U0095051

中國文學研究典籍叢刊

# 宋詞紀事

唐圭璋 編著

中華書局

**圖書在版編目(CIP)數據**

宋詞紀事/唐圭璋編著.—北京:中華書局,2008.5
(2024.3 重印)
(中國文學研究典籍叢刊)
ISBN 978-7-101-06129-1

Ⅰ.宋… Ⅱ.唐… Ⅲ.宋詞-文學研究 Ⅳ.I207.23

中國版本圖書館 CIP 數據核字(2008)第 056211 號

責任編輯:俞國林
責任印製:管 斌

中國文學研究典籍叢刊
**宋詞紀事**
唐圭璋 編著
*
中華書局出版發行
(北京市豐臺區太平橋西里 38 號 100073)
http://www.zhbc.com.cn
E-mail:zhbc@zhbc.com.cn
三河市鑫金馬印裝有限公司印刷
*
850×1168 毫米 1/32·12⅔印張·2 插頁·208 千字
2008 年 5 月第 1 版 2024 年 3 月第 7 次印刷
印數:14001-14800 册 定價:48.00 元
ISBN 978-7-101-06129-1

# 《中國文學研究典籍叢刊》出版説明

中國古代學者對文學的認識、思考、研究和總結，是以多種形式書寫、流傳並發生影響的，有的是理論性的專著，有的是隨筆式的評論，有的是作品前後的序跋，有的是作品之中的評點。這些典籍數量豐富，種類衆多，涉及各個時期的不同的文學現象和文學思潮，以及不同的作家作品和文體文類。對這些典籍文獻的收集、整理，在近百年來，一直是學術界著力的重點，取得了很大的成績。

爲了進一步推動這一工作的進展，我們組織了《中國文學研究典籍叢刊》，選擇歷代具有代表性的、比較重要的典籍，採用所能得到的善本，進行深入的整理。因各類典籍情況差異較大，整理的方式也因書而異，不求一律，或校勘，或標點，或注釋，或輯佚，詳見各書的前言與凡例。《叢刊》的目的，是系統地爲學術界提供一套承載著中國古代學者文學研究成果的，内容更爲準確、使用更爲方便的基礎資料。我們熱切地期待學術界的同仁們參與這一澤惠學林的工作，並誠摯地歡迎讀者對我們的工作提出批評指正。

中華書局編輯部

二〇〇六年六月

# 目録


吴序……一
自序……二
蘇易簡　越江吟……一
寇準　甘草子……二
錢惟演　玉樓春……三
陳堯佐　踏莎行……三
潘閬　憶餘杭……四
越娘　西江月……五
李遵勖　滴滴金　望漢月……六
陳亞　生查子……七
夏竦　喜遷鶯令……八
聶冠卿　多麗……八
范仲淹　定風波　剔銀燈　漁家傲……九
沈邈　剔銀燈　又……一一
柳永　醉蓬萊　定風波　鶴沖天　擊梧桐　望海潮　傾杯樂　傾杯……一二
張先　一叢花　天仙子　碧牡丹　望江南　謝池春慢……一八
晏殊　木蘭花　玉樓春　浣溪沙……二三
張昪　離亭燕　滿江紅……二四
王益　訴衷情……二五
關詠　迷仙引……二六
宋祁　浪淘沙　鷓鴣天　失調名……二七
梅堯臣　蘇幕遮……二九
葉清臣　江南好……三〇

吴感　折紅梅……三〇
歐陽修　臨江仙　又　朝中措……三一
蘇舜欽　水調歌頭……三三
韓琦　安陽好　又　點絳脣……三四
沈唐　霜葉飛……三六
劉几　花發狀元紅慢……三七
盧氏　鳳棲梧……三八
劉述　家山好……三九
李師中　菩薩蠻……三九
蔡挺　喜遷鶯……四〇
韓縝　鳳簫吟……四一
裴湘　浪淘沙　又……四二
王安石　桂枝香　漁家傲　生查子　謁金門　菩薩蠻……四三
沈注　踏莎行……四六
陳汝羲　減字木蘭花……四六
張才翁　雨中花……四七
俞紫芝　阮郎歸……四八
方資　黄鶴引……四九
孫洙　菩薩蠻……五〇
王安國　點絳脣……五〇
李清臣　失調名……五一
晏幾道　鷓鴣天　又　又……五二
張舜民　賣花聲　又……五四
王觀　清平樂　卜算子……五五
曾布　望江南　水調歌頭……五六
蘇軾　滿江紅　滿庭芳　滿江紅　虞美人　減字木蘭花　永遇樂　戚氏　蝶戀花　又　醉翁操　南柯子　虞美人　漁家傲　減字木蘭花　臨江仙　減字木蘭花　瑶池燕　江城子　水調歌頭　念奴嬌　哨遍　西江月　玉樓春　定風波　行香子　洞仙歌

浣溪沙　賀新郎　西江月　定風波　行香子
踏莎行　江神子　卜算子　水龍吟……五九
許　將　臨江仙……八四
鄭無黨　臨江仙……八四
蘇　轍　漁家傲……八五
李　嬰　滿江紅……八六
王齊叟　望江南……八七
琴　操　滿庭芳……八八
陳　睦　沁園春　清平樂……八九
太尉夫人　極相思……九〇
張商英　南鄉子　又……九〇
王　雱　倦尋芳慢……九一
黃大臨　七娘子　青玉案……九二
黃庭堅　浣溪沙　鷲山溪　滿庭芳　好事近
又　南鄉子　木蘭花令……九四
吳城小龍女　清平樂令……九八
晁端禮　並蒂芙蓉　黃河清慢……九八
蔡　京　西江月……一〇〇
曾　肇　好事近……一〇一
蘇　瓊　清平樂……一〇一
李元膺　茶瓶兒……一〇二
趙　頊　瑤臺第一層……一〇二
朱　服　漁家傲……一〇三
劉　弇　清平樂……一〇四
啞　女　失調名……一〇五
秦　觀　南歌子　雨中花　虞美人　御街行
臨江仙　南柯子　千秋歲　滿庭芳　青門飲
好事近　踏莎行　水龍吟　醉鄉春……一〇六
賀　鑄　石州引　鴈後歸　青玉案……一一四
趙仲御　瑤臺第一層……一一六

仲殊　踏莎行　南柯子……一一七
晁補之　下水船……一一八
青幕子婦　減字木蘭花……一一九
張耒　少年游……一二〇
侯蒙　臨江仙……一二〇
周邦彥　風流子　點絳脣　少年游　蘭陵王　江南好　瑞鶴仙　燭影搖紅……一二一
陳師道　減字木蘭花　浣溪沙……一二七
陳瓘　蝶戀花　滿庭芳……一二九
李廌　品令……一三一
曾誕　失調名……一三一
阮閱　洞仙歌　眼兒媚……一三二
趙企　感皇恩……一三三
謝逸　江城子……一三三
夏倪　減字木蘭花……一三四
晁冲之　漢宮春　上林春慢……一三五
趙軏　雨中花……一三七
張閣　鳳凰臺上憶吹簫……一三八
郭詎　河傳……一三九
毛滂　惜分飛……一四〇
范致虛　滿庭芳……一四〇
司馬槱　黃金縷　河傳……一四一
某兩地　一落索……一四三
韓嘉彥　玉漏遲……一四三
沈蔚　天仙子……一四四
惠洪　浪淘沙　清平樂　西江月　鷓鴣天　蝶戀花　西江月　青玉案……一四五
謝克家　憶君王……一四九
宋媛　蝶戀花　阮郎歸……一四九
范周　木蘭花慢　寶鼎現……一五〇

徐　俯　浣溪沙　又　鷓鴣天　又……一五二
王安中　點絳脣　失調名……一五四
葉夢得　賀新郎……一五五
江　衍　錦纏絆……一五六
美　奴　卜算子　如夢令……一五七
崔　木　最高樓　虞美人……一五八
歐陽珣　踏莎行……一五九
劉一止　喜遷鶯……一六〇
汪　藻　醉落魄　點絳脣……一六一
曹　組　脫銀袍　點絳脣……一六二
万俟詠　安平樂慢　雪明鴉鵲夜慢　鳳凰枝令……一六三
徐　伸　二郎神……一六五
江　漢　喜遷鶯……一六六
慕容嵓卿妻　浣溪沙……一六七
朱敦復　雙鴈兒……六八
趙　佶　臨江仙　醉落魄　滿庭芳　燕山亭　勝勝慢　月上海棠……一六九
侯彭老　踏莎行……一七二
胡舜陟　感皇恩　漁家傲……一七三
李清照　醉花陰　一剪梅……一七四
李　邴　玉蝴蝶……一七五
向子諲　滿庭芳……一七六
顏博文　品令……一七七
胡松年　石州慢　又……一七八
李持正　明月逐人來　人月圓……一七九
幼　卿　浪淘沙……一八〇
鄭意娘　好事近……一八一
竊杯女子　鷓鴣天　念奴嬌……一八一
江致和　五福降中天……一八二

宋齊愈　眼兒媚　……一八三
袁　綯　撒金錢　傳言玉女　……一八四
連仲宣　念奴嬌　……一八五
賈　奕　南鄉子　……一八六
蔣興祖女　減字木蘭花　……一八七
邢俊臣　臨江仙　……一八七
洪　皓　江梅引　其二　其三　……一八八
何　㮚　虞美人　……一九二
韓世忠　臨江仙　南鄉子　……一九三
邵　緝　滿庭芳　……一九四
紫　姑　瑞鶴仙　白苧　……一九五
陳襲善　漁家傲　采桑子　……一九七
曾乾曜　醜奴兒　……一九八
李　生　漁家傲　……一九九
柳　富　醉高樓　……二〇〇
譚意哥　極相思令　長相思令　……二〇〇
李　氏　極相思　……二〇一
劉　濬　期夜月　……二〇二
施酒監　卜算子　……二〇三
虞　策　江神子　……二〇三
范仲胤妻　伊川令　……二〇四
楊師純　清平樂　又　……二〇五
楊端臣　漁家傲　又　阮郎歸　……二〇六
聶勝瓊　鷓鴣天　……二〇七
趙才卿　燕歸梁　……二〇八
都下妓　朝中措　……二〇九
胡　仔　滿江紅　……二〇九
杜大中妾　臨江仙　……二一〇
劉　彤　臨江仙　……二一一
僧　兒　滿庭芳　……二一二

王　昂　好事近……二一二
張元幹　賀新郎……二一三
張　生　雨中花……二一四
董德元　柳梢青……二一五
朱　翌　點絳脣……二一五
張表臣　菩薩蠻　驀山溪……二一六
趙　桓　眼兒媚　西江月　又……二一八
何大圭　水調歌頭……二一九
陸凝之　酹江月……二二〇
胡　銓　好事近……二二一
俞處俊　百字令……二二二
趙　構　漁父十五首　望江南……二二三
關　注　桂華明……二二七
康與之　舞楊花　喜遷鶯　采桑子　瑞鶴仙　望江南……二二九
朱耆壽　瑞鶴仙……二二二
張　掄　鵲橋仙……二二二
曾　覿　壺中天慢　阮郎歸　柳梢青……二二三
趙彦端　謁金門……二二六
洪　邁　臨江仙　六州歌頭……二二六
巫山神女　惜奴嬌等九首……二三八
趙縮手　浪淘沙……二四二
張珍奴　失調名……二四三
張風子　滿庭芳……二四五
洪惠英　減字木蘭花……二四六
劉之翰　水調歌頭……二四七
嬾堂女子　燭影搖紅……二四八
葉祖義　如夢令……二五〇
太學生　南鄉子……二五一
陸　淞　瑞鶴仙……二五一

鄭　聞　瑞鶴仙……二五二
向　滴　卜算子……二五三
甄龍友　賀新郎……二五四
韋能謙　虞美人……二五五
陸　游　釵頭鳳　風入松　長相思……二五六
陸游妾　卜算子……二五八
蜀　娼　鵲橋仙……二五九
周必大　點絳脣　又……二五九
游次公　賀新郎……二六〇
尤　袤　瑞鷓鴣　又……二六一
某教授　眼兒媚……二六二
嚴　蕊　如夢令　鵲橋仙　卜算子……二六三
張孝祥　六州歌頭　滿江紅　念奴嬌……二六四
許左之　失調名……二六六
閻蒼舒　水龍吟……二六七
林　外　洞仙歌……二六八
傅大詢　水調歌頭……二六九
辛棄疾　摸魚兒　永遇樂　祝英臺近　滿江紅　好事近……二七〇
徐似道　一剪梅　阮郎歸……二七四
李　泳　水調歌頭……二七五
朱景文　玉樓春……二七七
連久道　清平樂……二七八
王　楙　江南好……二七九
劉　過　長相思　念奴嬌　沁園春　又　又　天仙子……二八〇
姜　夔　眉嫵　滿江紅　暗香　疎影……二八五
梅　嬌　滿庭芳……二八七
吳　琚　水龍吟　酹江月……二八八
趙　昂　婆羅門引……二九一

徐　珌　謁金門　又……二九二
謝　直　卜算子……二九三
易祓妻　一剪梅……二九四
俞國寶　風入松……二九四
胡與可　百字令……二九五
戴復古妻　憐薄命……二九六
曹　豳　紅窗迥……二九六
衛元卿　謁金門……二九七
孫惟信　失調名……二九八
蘇　洞　摸魚兒　雨中花……二九八
王　邁　沁園春……三〇〇
趙　葵　南鄉子……三〇一
劉克莊　清平樂……三〇一
玉　真　楊柳枝……三〇二
周文謨　念奴嬌……三〇三
尹　煥　唐多令……二〇三
淮上女　減字木蘭花……二〇四
平江妓　賀新郎……三〇五
劉震孫　摸魚兒……三〇五
馬光祖　減字木蘭花……三〇六
李南金　賀新郎……三〇七
薛　泳　失調名……三〇八
國學生　沁園春……二〇九
吳文英　玉樓春……二〇九
翁孟寅　摸魚兒……三一〇
潘　牥　水龍吟……三一一
劉　瀾　買陂塘……三一二
金淑柔　浪淘沙……三一二
李霜涯　晴偏好……三一三
鄱陽護戎女　望海潮……三一四

尹詞客　玉樓春……三一四
李　演　賀新郎……三一五
陳　郁　念奴嬌　聲聲慢　寶鼎現　絳都春……三一六
姚　勉　賀新郎……三一九
文及翁　賀新郎……三一九
箕　仙　憶少年　鵲橋仙……三二〇
郭居安　聲聲慢……三二一
倪君奭　夜行船……三二二
楊僉判　一剪梅……三二三
德祐太學生　念奴嬌　祝英臺近……三二四
蕭　某　沁園春……三二五
王清惠　滿江紅……三二六
金德淑　望江南……三二七
徐君寶妻　滿庭芳……三二八
劉　氏　沁園春……三二九
張　炎　南浦　解連環　清平樂……三二九
葉　李　失調名……三三一
張幼謙　一剪梅　長相思……三三二
徐觀國　鷰山溪……三三四
李　瑾　水龍吟……三三四
宇文元質　于飛樂……三三五
游子西　念奴嬌……三三六
申二官人　踏莎行……三三七
張樞密　聲聲慢……三三七
陳彥章妻　沁園春……三三八
鄭文妻　憶秦娥……三三九
劉鼎臣妻　鷓鴣天……三三九
張任國　柳梢青……三四〇
醴陵士人　一剪梅……三四〇

福建士子　卜算子　……三四一
楚　娘　生查子　……三四二
連靜女　失調名　武陵春　……三四二
張　時　南鄉子　……三四三
無名氏　誤桃源　魚游春水　失調名　浣溪沙
玉瓏璁　踏青游　玉樓春　望海潮　念奴嬌
侍香金童　眉峰碧　柳梢青　行香子　失調名
失調名　失調名　湘靈瑟　失調名　浪淘沙
夜游宮　西江月　青玉案　減字木蘭花　滴滴金
失調名　水調歌頭　失調名　失調名　失調名
鷓鴣天十五首　玉樓春　大聖樂　漁家傲
失調名　失調名　新水令　臨江仙　駐馬聽
南歌子　菩薩蠻　傾盃序　擷芳詞　行香子
沁園春　唐多令　賀聖朝　失調名　沁園春
長相思　……三四四

# 吴序

唐君圭璋輯《宋詞紀事》既成，謁余昭潭寓廬，屬一言弁首。余讀而善之。徵引諸籍，多宋賢撰著，明、清紀載迻録殊鮮，一也。薈集原文，不加增損，一言一字，可以覆核，二也。補苴遺逸，多前人未及，張皇幽渺，殫見洽聞，三也。因作而嘆曰：尋繹此書，可悟作述之體矣。記云「作者之謂聖，述者之謂明」，孔子亦云「述而不作」，其鄭重有如是者。今世才彦，事不師古，喜自成一家言，流傳諸作，如嚮壁面牆。若夫輯録一書，又臆斷節取，或展轉裨販，不足徵信。抑知述者之難，較作者爲尤甚，引證圖籍，當從舊刊者，所以祛俗學也；采擇諸説，當取創論者，所以尊昔賢也。自明人刊書，動多删易，而古人面目，不盡可見，是以纂述之業，必推清儒者，此亦海内學者之公論矣。然而詞苑諸書，如徐釚、張宗橚輩，猶多可議。顔黄門云：「談説製文，援引古昔，必須眼學，勿信耳受。」圭璋此作，殆深合黄門之恉歟！往讀樊榭《宋詩紀事》，怪其詩多而事少，今圭璋所述，凡詞無本事者，咸擯弗采，故卷帙雖簡，而事實獨豐。余江潭避地，顧景無儔，辱君厚我，遠來存問，昔日絃誦之地，鞠爲茂草，俯仰身世，百端交集，讀君鴻著，益自傷遲暮矣。

戊寅二月，長洲同學兄吴梅書於湘潭之柚園

# 自序

宋詞極盛於一時，足以比美唐詩；而詞人之韻事流傳，亦頗有旗亭畫壁之風。惜宋人如楊繪之《本事曲》、楊湜之《古今詞話》皆已失傳，是以今日不能多知其本事。惟宋人黄昇之《花庵詞選》及何士信之《草堂詩餘》，間附詞話。此外，則散見於宋人詩話及筆記之中。明人陳耀文輯《花草粹編》，卓人月輯《詞統》，俱兼采詞話，附本詞後。顧所引詞話，往往節其大意，不録原文，甚有不注出處者。

清初，朱彝尊既輯《詞綜》，風行宇内；而徐釚復輯《詞苑叢談》，與《詞綜》並行，亦爲言詞者之所宗。第徐書共分八類，紀事者僅居其一，而不注出處，剪裁舊文，又與明書同失。其後紀事之書，有張宗橚之《詞林紀事》及葉申薌之《本事詞》。葉書既剪裁舊文，亦不注出處。張書依詞人時代先後，排比分卷，最爲整齊；雖注出處，但不盡依原文，是皆不能無憾也。

且張書失處，尚有三端：任意增删原文，致失本來面目，一也。徵引本事，不直取宋人載籍，而據明、清人詞書入録，二也。書名紀事，而書中輒漫録前人評語，或掇拾詞題，以充篇幅，三也。此外，且有誤處，如卷六載晁次膺《鴨頭緑·新秋近》一首，考《珊瑚鉤詩話》，次膺本事詞爲《錦堂深》一首，而「新秋近」一首，則晁補之詞也。又如卷八載謝無逸《江城子》「一江春水碧灣灣」一首，考《苕溪漁隱叢話》，無逸題壁本事詞爲「杏花村館酒旗風」一首，而非此首也。至於失收之事亦多，如耆卿以贈淮妓詞而使妓竭産來歸，子京以詠燕子詞而蒙恩復官，子野作《謝池春慢》以叙媚卿之遇，小山作《鷓鴣天》以拒蔡京之請，東坡嘗以詞調陳季常，少游嘗以詞贈碧桃，清真以《望江南》而獲罪，伯可以《望江南》而得寵，稼軒又嘗以整整酬醫作《好事近》。他如劉孝述有掛冠之詠，許沖元有及第之詠，蘇子由有悟禪之詠，張臺卿有憶舊之詠；向豐之爲《卜算子》而棄婦來歸，鄭無黨爲《臨江仙》而逋欠得償，連仲宣爲《念奴嬌》而特免文解，韓嘉彦爲《玉漏遲》而公主悔悟，趙昂爲《婆羅門引》而九重賜金，關永言爲《迷仙引》而石曼卿夢中致謝，劉朔齋爲《摸魚子》而吴毅夫臨歧揮淚，凡此皆張書所未及者。

余既惜宋人詞話之失傳，又慨夫明、清人所述之詞話，多剪裁節取，不盡依宋人書籍原文，因重輯此書，以宋證宋，以供研究詞學者之參考。惟涉及評語及無關本事者，則概置不録云。

戊寅三月，唐圭璋自序於武昌黄鶴樓

# 宋詞紀事

## 蘇易簡

易簡字太簡，梓州銅山人。太平興國五年進士。累官知制誥，充翰林學士，遷給事中，參知政事。出知陳州卒。

### 越江吟

神仙神仙瑶池宴。片片。碧桃零落春風晚。翠雲開處，隱隱金輿挽。玉麟背冷清風遠。

《續湘山野録》：太宗嘗酷愛宫詞中十小調子，乃隋賀若弼所撰。其聲與意及用指取聲之法，古今無能加者。十調者：一曰《不博金》，二曰《不換玉》，三曰《夾泛》，四曰《越溪吟》，五曰《越江吟》，六曰《孤猿吟》，七曰《清夜吟》，八曰《葉下聞蟬》，九曰《三清》，外一調最優古，忘其名，琴家祇名曰《賀若》。太宗嘗謂《不博金》、《不換玉》二調之名頗俗，御改《不博金》爲《楚澤涵秋》，《不換玉》爲《塞門積雪》。命近臣十人各探一調，撰一詞。蘇翰林易簡探得《越江吟》。詞如上略。

《苕溪漁隱叢話》前集卷第十六引《冷齋夜話》：又一本云：「非雲非烟瑶池宴。片片。碧桃冷落誰見。黄金殿。蝦鬚半捲。天香散。春雲和，孤竹清婉。入霄漢。紅顔醉態爛漫。金輿轉。霓旌影亂。簫聲遠。」

## 寇　準

準字平仲，華州下邽人。太平興國五年進士。淳化五年，參知政事。真宗朝累官尚書右僕射、集賢殿大學士、同中書門下平章事，封萊國公。乾興初，貶雷州司户，徙衡州司馬卒。

### 甘草子

春早。柳絲無力，低拂青門道。暖日籠啼鳥，初拆桃花小。　遥望碧天淨如埽，曳一縷、輕烟縹緲。堪惜流年謝芳草，任玉壺傾倒。

《湘山野録》卷下：寇萊公嘗曰：母氏言吾初生，兩耳垂有肉環，數歲方合。自疑嘗爲異僧，好游佛寺。遇虚窗靜院，惟喜與僧談真。公歷富貴四十年，無田園邸第。入則寄僧舍，或僦居。在大名日，自出題試貢士曰《公儀休拔園葵賦》、《霍將軍辭治第詩》，此其志也。詩人魏野獻詩曰：「有官居鼎鼐，無地起樓臺。」采詩者以爲中的。虜使至大名，問公曰：「莫是『無地起樓臺』相公否？」公因早春宴客，自撰樂府詞，俾工歌之。詞如上略。

## 錢惟演

惟演字希聖，吴越忠懿王俶之子。歸宋，累遷翰林學士樞密使。罷爲鎮國軍節度觀察留後，改保大軍節度使，知河陽。入朝，加同中書門下平章事。坐事落職，爲崇信軍節度，歸鎮卒。

### 玉樓春

城上風光鶯語亂。城下烟波春拍岸。緑楊芳草幾時休，泪眼愁腸先已斷。　情懷漸變成衰晚。鸞鑑朱顔驚暗換。昔年多病厭芳尊，今日芳尊惟恐淺。

《湘山野録》卷上：錢思公謫居漢東日，撰一曲曰：詞如上略。每酒闌歌之則垂涕。時後閣尚有故國一白髮姬，乃鄧王俶歌鬟驚鴻者也，曰：「吾憶先王將薨，預戒挽鐸中歌《木蘭花》，引紼爲送。今相公其將亡乎？」果薨於隨。鄧王舊曲，亦有「帝鄉烟雨鎖春愁，故國山川空泪眼」之句，頗相類。

## 陳堯佐

堯佐字希元，閬中人。端拱二年狀元。歷官同中書門下平章事、集賢殿大學士。

## 踏莎行

二社良辰，千家庭院。翩翩又見新來燕。鳳皇巢穩許爲鄰，瀟湘烟暝來何晚。亂入紅樓，低飛緑岸。晝梁時拂歌塵散。爲誰歸去爲誰來，主人恩重珠簾卷。

《湘山野録》卷中：吕申公屢乞致仕。仁宗眷倚之重，久之不允。他日，復叩於便坐，上度其志不可奪，因詢之曰：「卿果退，當何人可代？」申公曰：「知臣莫若君，陛下當自擇。」仁宗堅詢之，申公遂引陳文惠堯佐曰：「陛下欲用英俊經綸之臣，則臣所不知。必欲圖任老成，鎮靜百度，周知天下之良苦，無如陳某者。」仁宗深然之，遂大拜。後文惠公極懷薦引之德，無以形其意，因撰《燕詞》一闋，攜觴相館，使人歌之。詞如上略。申公聽歌醉笑曰：「自恨卷簾人已老。」文惠應曰：「莫愁調鼎事無功。」老於嵓廊，蘊藉不減。

## 潘閬

閬字逍遥，大名人。嘗居錢塘。太宗召對，賜進士第。坐事遁中條山，後收繫。真宗釋其罪，以爲滁州參軍。

## 憶餘杭

長憶西湖湖水上。盡日憑欄樓上望。三三兩兩釣魚舟。島嶼正清秋。　笛聲依約蘆花裏。白鳥成行忽驚起。別來閒想整漁竿。思入水雲寒。

《湘山野録》卷下：閬有清才，嘗作《憶餘杭》一闋，詞如上略。錢希白愛之，自寫於玉堂後壁。

《花草粹編》卷五引《古今詞話》云：「石曼卿見此詞，使畫工綵繪之，作小景圖。」

案：潘閬《逍遥集·憶餘杭》十首作《酒泉子》。

## 越　娘

越娘，廣州參軍陳敏夫妾。

### 西江月

一自東君去後，幾多恩愛睽離。頻凝泪眼望鄉畿。客路迢迢千里。　顧我風情不薄，與君驛邸相隨。參軍雖死不須悲。幸有連枝同氣。

《緑窗新話》卷上引《麗情集》：陳敏夫隨兄任廣州參軍，其兄素無妻室，專寵一妾，名越娘，美貌能詩。兄在任不禄，敏夫與越娘搬挈還家。歸次洪都，越娘吟詩一聯曰：「悠悠江水漲帆渡，疊疊雲山緩轡行。」命敏夫和之。敏夫應聲曰：「今夜不知何處宿，清風明月最關情。」微寓相挑之意。越娘見詩，微笑。是夜宿雙溪驛，月明如晝，越娘開樽，同敏夫飲，唱酬歡洽。問敏夫：「今夜何處睡？」答曰：「廊下圖得看月。」各有餘情。夜向深，敏夫聞廊下有履聲，乃潛起看，見越娘搖手令低聲，迎進相抱曰：「今日被君詩句惹動春心。」遂就寢。越娘乃吟詞。詞如上略。

## 李遵勖

遵勖字公武，崇矩孫。真宗時，尚荆國大長公主，授左龍武軍將軍、駙馬都尉，累遷寧國軍節度使，徙鎮國軍，知許州卒。

### 滴滴金

帝城五夜宴游歇。殘燈外，看殘月。都人猶在醉鄉中，聽更漏初徹。　行樂已成閒話説，如春夢，覺時節。大家重約探春行，問甚花先發。

《能改齋漫録》卷十七：詞如上略。李駙馬正月十九所撰《滴滴金》詞也。京師上元，國初放燈止三夕。時錢氏納土，進錢買兩夜。其後十七、十八兩夜燈，因錢氏而添，故詞云「五夜」。

## 望漢月

黄菊一叢臨砌。顆顆露珠妝綴。獨教冷落向秋天，恨東君不曾留意。　雕闌新雨霽。緑蘚上亂鋪金蕊。此花開後更無花，願愛惜莫同桃李。

《能改齋漫録》卷十六：李和文公作詠菊《望漢月》詞。詞如上略。一時稱美。時公鎮澶淵，寄劉子儀書云：「澶淵營妓，有一二擅喉轉之技者，唯以『此花開後更無花』爲酒鄉之資也。」「不是花中唯愛菊，此花開後更無花」，乃元微之詩，和文用之耳。

# 陳亞

亞字亞之，維揚人。咸平五年進士。嘗爲杭之於潛令，仕至太常少卿。

## 生查子

朝廷數擢賢，旋占凌霄路。自是鬱陶人，險難無移處。　也知没藥療飢寒，食薄何相誤。大幅紙連黏，甘草《歸田賦》。

《青箱雜記》卷一：亞與章郇公同年友善。郇公當軸，將用之，而爲言者所抑。亞作藥名《生查子》陳情獻之。

## 夏竦

竦字子喬，江州德安人。以父死事補官。真宗朝舉賢良，除光禄丞。仁宗朝累擢知制誥，拜同中書門下平章事，封英國公，後改封鄭。

### 喜遷鶯令

霞散綺，月沈鉤。簾捲未央樓。夜涼河漢截天流。宮闕鎖新秋。　瑶階曙，金莖露。鳳髓香和雲霧。三千珠翠擁宸游。水殿按《梁州》。

《青箱雜記》卷五：景德中，夏公初授館職，時方早秋，上夕宴後庭，酒酣，遽命中使詣公索新詞。公問上在甚處，中使曰：「在拱宸殿按舞。」公即抒思，立進《喜遷鶯》詞。詞如上略。中使入奏，上大悦。

## 聶冠卿

冠卿字長孺，新安人。舉進士，授連州軍事推官。慶曆元年，以兵部郎中知制誥，拜翰林學士。

多　麗

想人生，美景良辰堪惜。問其間賞心樂事，就中難是并得。況東城鳳臺沁苑，泛晴波淺照金碧。露洗華桐，烟霏絲柳，緑陰搖曳，蕩春一色。畫堂迴，玉簪瓊佩，高會盡詞客。清歡久，重燃絳蠟，別就瑶席。　有翩若輕鴻體態，暮爲行雨標格。逞朱脣緩歌妖麗，似聽流鶯亂花隔。慢舞縈回，嬌鬟低鞭，腰肢纖細困無力。忍分散，彩雲歸後，何處更尋覓？休辭醉，明月好花，莫謾輕擲。

《能改齋漫録》卷十六：翰林學士聶冠卿，嘗於李良定公席上賦《多麗》詞。蔡君謨時知泉州，寄良定公書云：「新傳《多麗》詞，述宴游之娱，使病夫舉首增嘆耳。又近者有客至自京師，言諸公春日多會於元伯園池，因念昔游，輒形篇詠：『緑渠春水走潺湲，畫閣峰巒映碧鮮。酒令已行金琖側，樂聲初認翠裙圓。清游勝事傳都下，《多麗》新詞到海邊。曾是尊前沈醉客，天涯迴首重依然。』」

## 范仲淹

仲淹字希文，其先邠人，後徙吴縣。大中祥符八年進士，仕至樞密副使參知政事，以資政殿學士爲陝西四路宣撫使。知邠州，徙鄧州、荆南、杭州、青州卒。

## 定風波

羅綺滿城春欲暮。百花洲上尋芳去。浦映花，花映浦。無盡處。恍然身入桃源路。莫怪山翁聊逸豫。功名得喪歸時數。鶯解新聲蝶解舞。天賦與。爭教我輩無歡緒。

《敬齋古今黈》卷之八引《本事曲子》：范文正公自前二府鎮穰下，營百花洲，親製《定風波》五詞。其第一首云：詞如上略。尋其聲律，乃與《漁家傲》正同。

## 剔銀燈

昨夜因看《蜀志》。笑曹操孫權劉備。用盡機關，徒勞心力，只得三分天地。屈指細尋思，爭如共、劉伶一醉。　人世都無百歲。少癡騃老成尪悴。只有中間，些子少年，忍把浮名牽繫。一品與千金，問白髮、如何迴避。

《中吴紀聞》卷第五：范文正與歐陽文忠席上分題作《剔銀燈》，皆寓勸世之意。

## 漁家傲

塞下秋來風景異。衡陽雁去無留意。四面邊聲連角起。千嶂裏。長烟落日孤城閉。　濁酒一杯家萬里。燕然未勒歸無計。羌管悠悠霜滿地。人不寐。將軍白髮征夫淚。

《東軒筆録》卷之十一：范文正公守邊日，作《漁家傲》樂歌數闋，皆以「塞下秋來」爲首句，頗述邊鎮之勞苦。歐陽公嘗呼爲窮塞主之詞。及王尚書素出守平涼，文忠亦作《漁家傲》一詞以送之，其斷章曰：「戰勝歸來飛捷奏。傾賀酒。玉階遥獻南山壽。」顧謂王曰：「此真元帥之事也。」

## 沈　邈

邈字子山，信州弋陽人。進士及第。慶曆初，爲侍御史。後知延州卒。

### 剔銀燈

一夜隋河風勁。霜濕水天如鏡。古柳堤長，寒烟不起，波上月無流影。那堪頻聽。疎星外離鴻相應。　須信道情多是病。酒未到愁腸還醒。數疊蘭衾，餘香未減，甚時枕鴛重並？教伊須更。將盟誓後約言定。

### 又

江上秋高霜早。雲靜月華如掃。候雁初飛，啼蛩正苦，又是黄花衰草。等閒臨照。

潘郎鬢星星易老。　那堪更酒醒孤棹。望千里長安西笑。臂上妝痕，胸前泪粉，暗惹離愁多少？此情難表。除非是重相見了。

《能改齋漫録》卷十七：宿州營妓張玉姐，字温卿，本蘄澤人。色技冠一時，見者皆屬意。沈子山爲獄掾，最所鍾愛。既罷官，途次南京，念之不忘，爲《剔銀燈》二闋。詞如上略。其後明道中，張子野先、黄子思孝先相繼爲掾，尤賞之。偶陳師之求古以光禄丞來掌榷酤，温卿遂託其家。僅二年而亡，纔十九歲。子思以詩弔之云：「人生第一莫多情。眼看仙花結不成。爲報兩京才子道：好將詩句哭温卿。」先是，子思有愛姬宜哥，客死舟中，遺言葬堤下，冀他日過此得一見，以慰孤魂。子思從之，作詩納柩中。其斷章云：「恩同花上露，留得不多時。」二人皆葬於宿州柳市之東。子野嘉祐中過而題詩云：「好物難留古亦嗟。人生無物不塵沙。何時宰樹連雙塚，結作人間並蒂花。」

## 柳永

永字耆卿，初名三變，崇安人。景祐元年進士，官至屯田員外郎。

### 醉蓬萊

漸亭皋葉下，隴首雲飛，素秋新霽。華闕中天，鎖葱葱佳氣。嫩菊黄深，拒霜紅淺，近寶階香砌。玉宇無塵，金莖有露，碧天如水。　正值昇平，萬機多暇，夜色澄鮮，漏聲迢遞。南極星中，有老人呈瑞。此際宸游，鳳輦何處，動管絃清脆。太液波翻，披香簾捲，月明風細。

《澠水燕談録》卷第八：柳三變景祐末登進士第，少有俊才，尤精樂章。後以疾更名永，字耆卿。皇祐中，久困選調，入内都知史某愛其才而憐其潦倒。會教坊進新曲《醉蓬萊》，時司天臺奏老人星見，史乘仁宗之悦，以耆卿應制。耆卿方冀進用，欣然走筆，甚自得意，詞名《醉蓬萊慢》。比進呈，上見首有「漸」字，色若不悦。讀至「宸游鳳輦何處」，乃與御製真宗挽詞暗合，上慘然。又讀至「太液波翻」曰：「何不言波澄？」乃擲之於地。永自此不復進用。

《歲時廣記》卷十七引《古今詞話》：柳耆卿祝仁宗皇帝聖壽，作《醉蓬萊》一曲。此詞一傳，天下皆稱妙絶。蓋中間誤使宸游鳳輦挽章句。耆卿作此詞，惟務鉤摘好語，卻不參考出處。仁宗皇帝覽而惡之。及御注差注至耆卿，抹其名曰：「此人不可仕宦，儘從他花下淺斟低唱。」由是淪落貧窘，終老無子。掩骸僧舍，京西妓者鳩錢葬於棗陽縣花山。既出郊原，有浪子數人戲曰：「這大伯做鬼也愛打鬨。」其後遇清明日，游人多狎飲墳墓之側，謂之弔柳七。

## 定風波

自春來慘綠愁紅，芳心是事可可。日上花梢，鶯穿柳帶，猶壓香衾臥。暖酥銷，膩雲彈。終日厭厭倦梳裹。無那。恨薄情一去，音書無箇。　早知恁般麽。悔當初、不把雕鞍鎖。向鷄窗只與，鸞牋象管，拘束教吟課。鎮相隨，莫拋躲。針綫閒拈伴伊坐。和我。免使少年，光陰虛過。

《畫墁録》卷一：柳三變既以詞忤仁廟，吏部不放改官。三變不能堪，詣政府，晏公曰：「賢俊作曲子麽？」三變曰：「祇如相公亦作曲子。」公曰：「殊雖作曲子，不曾道『綵綫慵拈伴伊坐』。」柳遂退。

## 鶴沖天

黃金榜上。偶失龍頭望。明代暫遺賢，如何向？　未遂風雲便，爭不恣狂蕩。何須論得喪。才子詞人，自是白衣卿相。　烟花巷陌，依約丹青屏幛。幸有意中人，堪尋訪。且恁偎紅翠，風流事，平生暢。青春都一餉。忍把浮名，換了淺斟低唱。

《能改齋漫録》卷十六：仁宗留意儒雅，務本理道，深斥浮豔虛薄之文。初，進士柳三變，好爲淫冶謳歌之曲，傳播四方。嘗有《鶴沖天》詞云：「忍把浮名，換了淺斟低唱。」及臨軒放榜，特落之，曰：「且去淺斟低唱，何要浮名！」至景祐元年方及第，後改名永，方得磨勘轉官。

## 擊梧桐

香靨深深，姿姿媚媚，雅格奇容天與。自識伊來，便好看承，會得妖嬈心素。臨歧再約同歡，定是都把、平生相許。又恐恩情，易破難成，未免千般思慮。　近日書來，寒暄而已，苦没忉忉言語。便認得聽人教當，擬把前言輕負。見説蘭臺宋玉，多才多藝善詞賦。試與問朝朝暮暮。行雲何處去？

《緑窗新話》卷上引《古今詞話》：柳耆卿嘗在江淮惓一官妓，臨别以杜門爲期。既來京師，日久未還，妓有異圖，耆卿聞之怏怏。會朱儒林往江淮，柳因作《擊梧桐》以寄之。妓得此詞，遂負愧竭産，泛舟來輦下，遂終身從耆卿焉。

## 望海潮

東南形勝，三吴都會，錢塘自古繁華。烟柳畫橋，風簾翠幕，參差十萬人家。雲樹遶隄沙。怒濤卷霜雪，天塹無涯。市列珠璣，户盈羅綺競豪奢。　重湖疊巘清佳。有三秋桂子，十里荷花。羌管弄晴，菱歌泛夜，嬉嬉釣叟蓮娃。千騎擁高牙。乘醉聽簫鼓，吟賞烟霞。異日圖將好景，歸去鳳池誇。

《鶴林玉露》卷一：孫何帥錢塘，柳耆卿作《望海潮》詞贈之。此詞流播，金主亮聞歌，欣然有慕於三秋桂子，十里荷花，遂起投鞭渡江之志。近時謝處厚詩云：「誰把杭州曲子謳。荷花十里桂三秋。那知卉木無情物，牽動長江萬里愁。」余謂此詞雖牽動長江之愁，然卒爲金主送死之媒，未足恨也。至於荷豔桂香，妝點湖山之清麗，使士夫流連於歌舞嬉游之樂，遂忘中原，是則深可恨耳。因和其詩云：「殺胡快劍是清謳。牛渚依然一片秋。卻恨荷花留玉輦，竟忘烟柳汴宮愁。」

《歲時廣記》卷三十一引《古今詞話》：柳耆卿與孫相何爲布衣交。孫知杭州，門禁甚嚴。耆卿欲見之不得，作《望海潮》詞，往謁名妓楚楚曰：「欲見孫相，恨無門路，若因府會，願借朱脣歌於孫相公之前。若問誰爲此詞，但説柳七。」中秋府會，楚楚宛轉歌之，孫即日迎耆卿預坐。

## 傾杯樂

禁漏花深，繡工日永，蕙風布暖。變韶景都門十二，元宵三五，銀蟾光滿。連雲複道凌飛觀。聳皇居麗，佳色瑞烟葱蒨。翠華宵幸，是處層城閬苑。　龍鳳燭交光星漢。對咫尺鼇山開雉扇。會樂府兩籍神仙，梨園四部絃管。向曉色都人未散。盈萬井，山呼鼇抃。願歲歲天仗裏，常瞻鳳輦。

《避暑録話》卷下：永初爲《上元辭》有「樂府兩籍神僊，梨園四部絃管」之句傳禁中，多稱之。

後因秋晚張樂，有使作《醉蓬萊》詞以獻，語不稱旨，仁宗亦疑有欲爲之地者，因置不問。永亦善爲他文辭，而偶先以是得名，始悔爲己累。後改名三變，而終不能救，擇術不可不慎。余仕丹徒，嘗見一西夏歸朝官云「凡有井水飲處，即能歌柳詞」，言其傳之廣也。永終屯田員外郎，死旅殯潤州僧寺。王和甫爲守時，求其後不得，乃爲出錢葬之。

## 傾杯

金風淡蕩，漸秋光老，清宵永。小院新晴天氣，輕烟乍斂，皓月當軒練淨。對千里寒光，念幽期阻，當殘景。早是多愁多病。那堪細把，舊約前歡重省。　最苦碧雲信斷，仙鄉路杳，歸鴻難倩。每高歌、強遣離懷，奈慘咽、翻成心耿耿。漏殘露冷。空贏得、悄悄無言，愁緒終難整。又是立盡，梧桐碎影。

《苕溪漁隱叢話》後集卷第三十八，苕溪漁隱曰：回仙於京師景德寺僧房壁上題詩云：「明月斜，秋風冷。今夜故人來不來，教人立盡梧桐影。」相傳此詞自國初時即有之。柳耆卿詞云：「愁緒終難整。人立盡，梧桐碎影。」用回仙語也。《古今詞話》乃云：「耆卿作《傾杯·秋景》一闋，忽夢一婦人云：『妾非今世人，曾作前詩，數百年無人稱道，公能用之。』夢覺説其事，世傳乃鬼謠也。此語怪誕無可考據，蓋不曾見回仙留題，遂妄言耳。」

案：《傾杯》原詞見《樂章集》。

## 張先

先字子野，湖州人。天聖八年進士，嘗知吴江縣，仕至都官郎中。

### 一叢花

傷春懷遠幾時窮。無物似情濃。離愁正恁牽絲亂，更南陌飛絮濛濛。歸騎漸遥，征塵不斷，何處認郎蹤。　雙鴛池沼水溶溶。南北小橋通。梯横畫閣黄昏後，又還是新月簾櫳。沉恨細思，不如桃杏，猶解嫁東風。

《過庭録》：張先子野郎中《一叢花》詞，一時盛傳，歐陽永叔尤愛之，恨未識其人。子野家南地，以故至都謁永叔，閽者以通，永叔倒屣迎之曰：「此乃桃杏嫁東風郎中。」東坡守杭，子野尚在，嘗預宴席，有《南鄉子》詞，末句云：「聞道賢人聚吴分。試問。也應傍有老人星。」蓋年八十餘矣。

《緑窗新話》卷上引《古今詞話》：張先字子野，嘗與一尼私約。其老尼性嚴，每臥於池島中一小閣上。俟夜深人靜，其尼潛下梯，俾子野登閣相遇。臨别，子野不勝惓惓，作《一叢花》詞以道其懷。文字微異。

## 天仙子

水調數聲持酒聽。午醉醒來愁未醒。送春春去幾時回，臨晚鏡。傷流景。往事後期空記省。　沙上並禽池上暝。雲破月來花弄影。重重簾幕密遮燈，風不定。人初靜。明日落紅應滿徑。

《後山詩話》：尚書郎張先善著詞，有云：「雲破月來花弄影」，「簾壓捲花影」，「墮輕絮無影」，世稱誦云張三影。王介甫謂「雲破月來花弄影」，不如李冠「朦朧澹月雲來去」也。冠，齊人，爲《六州歌頭》，道劉、項事，慷慨雄偉。劉潛，大俠也，喜誦之。

《苕溪漁隱叢話》前集卷第三十七引《高齋詩話》云：「子野嘗有詩云『浮萍斷處見山影』，又長短句云『雲破月來花弄影』，又云『隔牆送過秋千影』，並膾炙人口，世謂『張三影』。」

《苕溪漁隱叢話》前集卷第三十七引《古今詩話》云：「有客謂子野曰：『人皆謂公張三中，即心中事、眼中泪、意中人也。』公曰：『何不目之爲張三影？』客不曉，公曰：『雲破月來花弄影；嬌柔嬾起，簾壓卷花影；柳徑無人，墮風絮無影。此余平生所得意也。』」苕溪漁隱曰：「細味三説，當以《後山》、《古今》二詩話所載三影爲勝。」

《苕溪漁隱叢話》前集卷第三十七：《古今詩話》云：「子野嘗作《天仙子》詞云『雲破月來花

弄影』，士大夫多稱之。張初謁見歐公，迎謂曰：『好雲破月來花弄影。』恨相見之晚也。」二説未知孰是？

《苕溪漁隱叢話》前集卷第三十七引《遯齋閑覽》云：「張子野郎中以樂章擅名一時，宋子京尚書奇其才，先往見之，遣將命者謂曰：『尚書欲見雲破月來花弄影郎中乎？』子野屏後呼曰：『得非紅杏枝頭春意鬧尚書邪？』遂出，置酒盡歡。蓋二人所舉，皆其警策也。」

## 碧牡丹

步帳搖紅綺。曉月墮，沈烟砌。緩板香檀，唱徹伊家新製。怨入眉頭，斂黛峰橫翠。芭蕉寒，雨聲碎。　鏡華翳。閒照孤鸞戲。思量去時容易。鈿盒瑤釵，至今冷落輕棄。望極藍橋，但暮雲千里。幾重山？幾重水？

《道山清話》：晏元獻公爲京兆尹，辟張先爲通判。新納侍兒，公甚屬意。先字子野，能爲詩詞，公雅重之。每張來，即令侍兒出侑觴，往往歌子野之詞。其後王夫人寖不容，公即出之。一日，子野至，公與之飲。子野作《碧牡丹》詞，令營妓歌之，有云「望極藍橋，但暮雲千里。幾重山、幾重水」之句。公聞之憮然，曰：「人生行樂耳，何自苦如此！」亟命於宅庫支錢若干，復取前所出侍兒。既來，夫人亦不復誰何也。

《綠窗新話》卷上：晏元獻之子小晏，善詞章，頗有父風。有寵人善歌舞，晏每作新詞，先使寵人歌之。張子野與小晏厚善，每稱賞寵之善歌。偶一日，寵人觸小晏細君之怒，遂出之。子野作《碧牡丹》一曲以戲小晏。小晏見之淒然，與子野曰：「人生以適意爲貴，吾何咎之有！」乃多以金帛贖姬。及歸，使歌子野之詞。

## 望江南

青樓宴，靚女薦瑶杯。一曲白雲江月滿，際天拖練夜潮來。人物誤瑶臺。　醺醺酒，拂拂上雙腮。媚臉已非朱淡粉，香紅全勝雪籠梅。標格外塵埃。

《後山詩話》：杭妓胡楚、龍靚，皆有詩名。胡云：「不見當時丁令威。年年處處是相思。若將此恨同芳草，卻恐青青有盡時。」張子野老於杭，多爲官妓作詞，而不及靚。靚獻詩云：「天與群芳十樣葩。獨分顏色不堪誇。牡丹芍藥人題徧，自分身如鼓子花。」子野於是爲作《望江南》詞也。

## 謝池春慢

繚牆重院，時聞有流鶯到。繡被堆餘寒，晝幕明新曉。朱檻連天闊，飛絮知多少。徑莎平，池水渺。日長風靜，花影閒相照。　塵香拂馬，逢謝女城南道。秀豔過施粉，多媚生輕笑。鬬色鮮衣薄，碾玉雙蟬小。歡難偶，春過了。琵琶流怨，都入相思調。

《緑窗新話》卷上引《古今詞話》：張子野往玉仙觀，中路逢謝媚卿，初未相識，但兩相聞名。子野才韻既高，謝亦秀色出世，一見慕悦，目色相授。張領其意，緩轡久之而去。因作《謝池春慢》以叙一時之遇。

## 晏殊

殊字同叔，臨川人。七歲能屬文。景德初，以神童詔試，賜進士出身。累擢知制誥、翰林學士。慶曆中，拜集賢殿學士、同中書門下平章事，兼樞密院使。出知永興軍，徙河南。以疾歸京師，留侍經筵卒。

### 木蘭花

東風昨夜回梁苑。日腳依稀添一綫。旋開楊柳緑蛾眉，暗折海棠紅粉面。　無情欲去雲間雁。有意飛來梁上燕。無情有意且休論，莫向酒杯容易散。

《歲時廣記》卷七引《古今詞話》：慶曆癸未十二月二十九日立春，甲申元日，丞相晏元獻公會兩禁於私第，丞相席上自作《木蘭花》以侑觴。於時坐客皆和，亦不敢改首句「東風昨夜」四字。

## 玉樓春

綠楊芳草長亭路。年少拋人容易去。樓頭殘夢五更鐘，花外離愁三月雨。　無情不似多情苦。一寸還成千萬縷。天涯地角有窮時，只有相思無盡處。

《苕溪漁隱叢話》前集卷第二十六引《詩眼》云：「晏叔原見蒲傳正云：『先公平日小詞雖多，未嘗作婦人語也。』傳正云：『綠楊芳草長亭路，年少拋人容易去，豈非婦人語乎？』晏曰：『公謂年少爲何語？』傳正曰：『豈不謂其所歡乎？』晏曰：『因公之言，遂曉樂天詩兩句云：欲留年少待富貴，富貴不來年少去。』傳正笑而悟。然如此語意自高雅爾。」

## 浣溪沙

一曲新詞酒一杯。去年天氣舊亭臺。夕陽西下幾時回。　無可奈何花落去，似曾相識燕歸來。小園香徑獨徘徊。

《苕溪漁隱叢話》後集卷第二十引《復齋漫録》云：「晏元獻赴杭州，道過維揚，憩大明寺，瞑目徐行，使侍史讀壁間詩板，戒其勿言爵里姓氏，終篇者無幾。又俾誦一詩云：『水調隋宮曲，當年亦九成。哀音已亡國，廢沼尚留名。儀鳳終陳跡，鳴蛙祇沸聲。淒涼不可問，落日下蕪城。』徐問之，江都尉王琪詩也。召至同飯，飯已，又同步池上。時春晚，已有落花，晏云：『每得句書牆壁間，或彌年未嘗強對，且如無可奈何花落去，至今未能對也。』王應聲曰：『似曾相識燕歸來。』自此辟置館職，逐躋侍從矣。」

## 張昪

昪字杲卿，韓城人。大中祥符八年進士，累官參知政事、樞密使。以彰信軍節度使同中書門下平章事，判許州，改鎮河陽，以太子太師致仕。

### 離亭燕

一帶江山如畫。風物向秋瀟灑。水浸碧天何處斷？霽色冷光相射。蓼嶼荻花洲，掩映竹籬茅舍。　雲際客帆高掛。烟外酒旗低亞。多少六朝興廢事，盡入漁樵閒話。悵望倚危樓，寒日無言西下。

《過庭録》：張康節公居江南，有《離亭燕》詞。公晚年鰥居，有侍妾宴康，奉公甚謹，未嘗少違意。公嘗召而謂曰：「吾死亦當從我爾。」妾亦恭應曰：「唯命是從。」公薨，妾相繼果死，人以爲異。

案：《攻媿集》卷七十七及《唐宋諸賢絶妙詞選》卷七皆以爲孫浩然作。

## 滿江紅

無利無名，無榮無辱，無煩無惱。夜燈前、獨歌獨酌，獨吟獨笑。況值群山初雪滿，又明月交光好。便假饒百歲擬如何，從他老。　知富貴，誰能保。知功業，何時了。算簞瓢金玉，所爭多少。一瞬光陰何足道，但思行樂常不早。待春來攜酒殢東風，眠芳草。

《青箱雜記》卷八：樞相張公昇，字杲卿，陽翟人。大中祥符八年蔡齊下及第，仕亦晚達。皇祐中，自潤州解官，時已六十餘。語三命僧化成曰：「運限恰好，去未得。未幾除侍御史，知雜事。不十年，作樞相。退歸陽翟，生計不豐，短氈輕縧，翛然自適。乃結庵於嵩陽紫虚谷，每旦晨起，焚香讀《華嚴》。庵中無長物，荻簾、紙帳、布被、革履而已。年八十餘，自撰《滿江紅》一首，聞者莫不慕其曠達。

# 王　益

益字舜良，臨川人，王安石之父。大中祥符八年進士，任蜀之新繁令，官至都官員外郎。

## 訴衷情

燒殘絳蠟泪成痕。街鼓報黃昏。碧雲又阻來信，廊上月侵門。　愁永夜，拂香裀。待誰温？夢蘭憔悴，擲果淒涼，兩處銷魂。

《能改齋漫録》卷十七：晁以道云：「杜安世詞：『燒殘絳蠟泪成痕。街鼓報黃昏。』或譏其黃昏未到，那得燒殘絳蠟？或曰：王荆公父益都官所作，曾有人以此問之，答曰：『重簷邃屋，簾幙擁密，不夜已可燃燭矣。』韓魏公以此賞杜公，杜乃云：『王益作。』荆公時在坐，聞語離席。」其全章蓋《訴衷情》也。

# 關　詠

詠字永言，官屯田郎中，曾知湖州、通州、泉州。

## 迷仙引

春陰霽。岸柳參差，裊裊金絲細。畫閣晝眠鶯喚起。烟光媚。燕燕雙高，引愁人如醉。慵緩步，眉斂金鋪倚。佳景易失，懊惱韶光改。花空委。忍厭厭地。施朱粉，臨鸞鏡，膩香銷減摧桃李。　獨自箇凝睇。暮雲暗，遥山翠。天色無情，四遠低垂淡如水。離恨託征雁寄。旋嬌波，暗落相思泪。妝如洗。向高樓、日日春風裏。悔憑欄、芳草人千里。

《詩話總龜》卷三十三引《古今詩話》：「石曼卿嘗於平陽會中，代作《寄尹師魯》一篇曰：『十年一夢花空委。依舊河山損桃李。雁聲北去燕南飛，高樓日日春風裏。眉黛石州山對起。嬌波泪落妝如洗。汾河不斷天南流，天色無情淡如水。』曼卿死後數年，關永言夢曼卿曰：『延年平生作詩多矣，常以爲《平陽代意》篇最得意，而世人少稱之。能令余此詩傳於世者，在永言耳。』永言乃增其詞爲曲，度以《迷仙引》，於是人爭歌之。他日夢曼卿致謝焉。」

案：此詞又見《花草粹編》卷十二引《古今詩話》。又見《詞譜》卷二十引楊湜《古今詞話》。

## 宋祁

祁字子京，安州安陸人，徙開封之雍丘。天聖二年，與兄庠同舉進士，奏名第一，章獻太后以爲弟不可先兄，乃擢庠第一，而真祁第十，時號大小宋。累遷知制誥、工部尚書、翰林學士承旨卒。

### 浪淘沙

少年不管。流光如箭。因循不覺韶光換。至如今，始惜月滿、花滿、酒滿。　扁舟欲解垂楊岸。尚同歡宴。日斜歌闋將分散。倚蘭橈，望水遠、天遠、人遠。

《能改齋漫録》卷十七：侍讀劉原父守維揚，宋景文赴壽春，道出治下，原父爲具以待宋。又爲《踏莎行》詞以侑歡云：「蠟炬高高，龍烟細細。玉樓十二門初閉。疎簾不卷水晶寒，小屏半掩琉璃翠。桃葉新聲，榴花美味。南山賓客東山妓。利名不肯放人閑，忙中偷取功夫醉。」宋即席爲《浪淘沙》詞，以別原父。其云「南山賓客東山妓」，本白樂天詩。

## 鷓鴣天

畫轂雕鞍狹路逢。一聲腸斷繡簾中。身無彩鳳雙飛翼，心有靈犀一點通。　金作屋，玉爲籠。車如流水馬游龍。劉郎已恨蓬山遠，更隔蓬山幾萬重。

《唐宋諸賢絶妙詞選》卷三：子京過繁臺街，逢内家車子，中有褰簾者曰：「小宋也。」子京歸，遂作此詞，都下傳唱，達於禁中。仁宗知之，問内人第幾車子，何人呼小宋。有内人自陳：「頃侍御宴，見宣翰林學士，左右内臣曰：『小宋也。』時在車子中偶見之，呼一聲爾。」上召子京，從容語及，子京皇懼無地。上笑曰：「蓬山不遠。」因以内人賜之。

## 失調名

因爲銜泥汙錦衣，垂下珠簾不敢歸。

《邵氏聞見後録》卷第十九：宋子京在翰林時，同院李獻臣以次有六學士。一日，張貴妃詞頭下，議行告庭之禮，未決。子京遽以制上，妃怒抵於地曰：「何學士敢輕人！」子京出知安州，以長短句詠燕子，有「因爲銜泥汙錦衣，垂下珠簾不敢歸」之句。或傳入禁中，仁皇帝覽之一嘆，尋召還玉堂署。

## 梅堯臣

堯臣字聖俞，宣城人。詢從子，以蔭補齋郎。皇祐三年召試，賜進士，擢國子直講，歷尚書都官員外郎。

### 蘇幕遮

露隄平，烟墅杳。亂碧萋萋，雨後江天曉。獨有庾郎年最少。窣地春袍，嫩色宜相照。　接長亭，迷遠道。堪怨王孫，不記歸期早。落盡梨花春又了。滿地殘陽，翠色和烟老。

《能改齋漫録》卷十七：梅聖俞在歐陽公座，有以林逋《草》詞「金谷年年，亂生青草誰爲主」爲美者，聖俞因別爲《蘇幕遮》一闋。歐公擊節賞之，又自爲一詞云：「欄杆十二獨憑春。晴碧遠連雲，千里萬里，二月三月，行色苦愁人。謝家池上，江淹浦畔，吟魄與離魂。那堪疎雨滴黄昏。更特地憶王孫。」蓋《少年游》令也。不惟前二公所不及，雖置諸唐人温、李集中，殆與之爲一矣。今集本不載此篇，惜哉！

## 葉清臣

清臣字道卿，烏程人。天聖二年舉進士。累官翰林學士、權三司使。皇祐初，罷爲侍讀學士，知河陽卒。

### 江南好

丞相有才裨造化，聖皇寬詔養疎頑。贏取十年閒。

《塵史》卷下《語讖》：前廣西漕李朝奉湜，江寧人，言昔日内相葉清臣道卿守金陵，爲《江南好》十闋，有云：詞如上略。意以爲雖補郡，不越十年，必復任矣。去金陵十年而卒。

## 吴感

感字應之，吴郡人。天聖二年以省試第一。又中天聖九年書判拔萃科，仕至殿中丞。

## 折紅梅

喜輕澌初泮，微和漸入，芳郊時節。春消息，夜來陡覺，紅梅數枝爭發。玉溪仙館，不是箇、尋常標格。化工別與，一種風情，似勻點胭脂，染成香雪。　重吟細閱。比繁杏夭桃，品流真別。只愁共、彩雲易散，冷落謝池風月。憑誰向説。三弄處、龍吟休咽。大家留取，時倚欄干，聞有花堪折，勸君須折。

《中吴紀聞》卷第一：吴感，字應之，以文章知名。天聖二年，省試爲第一。又中天聖九年書判拔萃科，仕至殿中丞。居小市橋，有侍姬曰紅梅，因以名其閣。嘗作《折紅梅》詞。其詞傳播人口，春日郡宴，必使倡人歌之。吴死，其閣爲林少卿所得，兵火前尚存。子純，字晦叔。文行亦高，鄉人呼爲吴先生。楊元素《本事集》誤以爲蔣堂侍郎有小鬟號紅梅，其殿丞作此詞贈之。

## 歐陽修

修字永叔，廬陵人。天聖八年省元，中進士甲科。累擢知制誥、翰林學士，歷樞密副使、參知政事。

## 臨江仙

記得金鑾同唱第，春風上國繁華。而今薄宦老天涯。十年歧路，孤負曲江花。聞説閬山通閬苑，樓高不見君家。孤城寒日等閒斜。離愁無盡，紅樹遠連霞。

《湘山野録》卷上：歐陽公頃謫滁州，一同年將赴閬倅，因訪之。即席爲一曲歌以送。其飄逸清遠，皆白之品流也。

## 又

柳外輕雷池上雨，雨聲滴碎荷聲。小樓西角斷虹明。闌干倚處，待得月華生。燕子飛來窺畫棟，玉鈎垂下簾旌。涼波不動簟紋平。水精雙枕，旁有墮釵横。

《錢氏私志》：歐文忠任河南推官，親一妓。時先文僖罷政，爲西京留守，梅聖俞、謝希深、尹師魯同在幕下。惜歐有才無行，共白於公，屢諷而不之恤。一日，宴於後園，客集而歐與妓俱不至，移時方來，在坐相視以目。公責妓云：「末至何也？」妓云：「中暑往涼堂睡著，覺失金釵，猶未見。」公曰：「若得歐推官一詞，當爲償汝。」歐即席云：詞如上略。坐客皆稱善，遂命妓滿酌觴歐，而令公庫償釵。

## 朝中措

平山闌檻倚晴空。山色有無中。手種堂前垂柳，別來幾度春風。　文章太守，揮毫萬字，一飲千鍾。行樂直須年少，尊前看取衰翁。

《苕溪漁隱叢話》後集卷第二十三引《藝苑雌黄》云：「送劉貢父守維揚作長短句云：『平山闌檻倚晴空。山色有無中。』平山堂望江左諸山甚近，或以爲永叔短視，故云『山色有無中』。東坡笑之，因賦《快哉亭》道其事云：『長記平山堂上，欹枕江南烟雨，杳杳没孤鴻。認取醉翁語，山色有無中。』蓋山色有無中，非烟雨不能然也。」

《墨莊漫録》卷二：揚州蜀岡上大明寺平山堂前，歐陽文忠公手植柳一株，謂之歐公柳。公詞所謂「手種堂前楊柳，別來幾度春風」者。薛嗣昌作守，相對亦種一株，白榜曰薛公柳，人莫不嗤之。嗣昌既去，爲人伐之，不度德有如此者。

## 蘇舜欽

舜欽字子美，其先梓州人，家開封，易簡孫。景祐中進士，累遷集賢校理、監進奏院。坐用故紙錢除名，居蘇州，作滄浪亭以自適。

## 水調歌頭　滄浪亭

瀟灑太湖岸，淡泞洞庭山。魚龍隱處，烟霧深鎖渺瀰間。方念陶朱張翰，忽有扁舟急槳，撇浪載鱸還。落日暴風雨，歸路繞汀灣。　丈夫志，當景盛，恥疎閒。壯年何事憔悴，華髮改朱顏？擬借寒潭垂釣，又恐鷗鳥相猜，不肯傍青綸。刺棹穿蘆荻，無語看波瀾。

《東軒筆録》卷之十五：蘇子美謫居吴中，欲游丹陽，潘師旦深不欲其來，宣言於人，欲拒之。子美作《水調歌頭》有「擬借寒潭垂釣，又恐鷗鳥相猜，不肯傍青綸」之句，蓋謂是也。

案：全詞見《唐宋諸賢絶妙詞選》卷三。

# 韓琦

琦字稚圭，安陽人。天聖五年進士。嘉祐初，歷同中書門下平章事、昭文館大學士，異封魏國公。

## 安陽好

安陽好，形勢魏西州。曼衍山河環故國，昇平鼓吹沸高樓。和氣鎮飛浮。　籠畫陌，喬木幾春秋。花外軒窗排遠岫，竹間門巷帶長流。風物更清幽。

又

安陽好，戟户使君宫。白晝錦衣清宴處，鉄楹丹榭畫圖中。壁記舊三公。　堂訟悄，池館北園通。夏夜泉聲來枕簟，春來花氣透簾櫳。行樂興何窮。

《能改齋漫録》卷十七：韓魏公皇祐初鎮揚州，《本事集》載公親撰《維揚好》詞四章，所謂「二十四橋千步柳，春風十里上珠簾」者是也。其後熙寧初，公罷相，出鎮安陽，公復作《安陽好》詞十章。其一、其二云：詞如上略。餘八章不記。

點絳脣

病起懨懨，畫堂花樹添憔悴。亂紅飄砌。滴盡胭脂泪。　惆悵前春，誰向花前醉？愁無際。武陵回睇。人遠波空翠。

《青箱雜記》卷八：韓魏公晚年鎮北州，一日病起，作《點絳脣》小詞。詞如上略。

## 沈唐

唐字公述，韓琦之客，嘗官大名府簽判。

### 霜葉飛

霜林凋晚，危樓迥，登樓無限秋思。望中閒想，洞庭波面，亂紅初墜。更蕭索、風吹渭水。長安飛舞千門裏。變景催芳謝，唯有蘭衰暮叢，菊殘餘蕊。　回念花滿華堂，美人一去，鎮掩香閨經歲。又觀珠露，碎點蒼苔，敗梧飄砌。漫贏得相思泪眼，東君早作歸來計。便莫惜丹青手，重與芳菲，萬紅千翠。

《碧鷄漫志》卷二：沈公述爲韓魏公之客，魏公在中山，門人多有賜環之望。沈秋日作《霜葉飛》詞云：「漫贏得相思甚了，東君早作歸來計。便莫惜丹青手，重與芳菲，萬紅千翠。」爲魏公發也。

案：此首全詞見《樂府雅詞拾遺》上。

《畫墁録》卷一：沈唐善詞曲，始爲楚州職官，胡知州楷差打蝗蟲，唐方少年負氣，不堪其苦，作《蝗蟲三疊》，且曰：「不是這下輩無禮，都緣是我自家遭逢。」楷大怒，科其帶禁軍隨行，坐贓三十年。至熙寧，魏公劄子特旨改官，辟充大名府簽判，作《霜葉飛》云願「早作歸來計」之語。介甫大怒，矢言曰：「誰教你！」及河大決曹村。凡豫事者皆獲免，其惟唐衝替久之。王廣淵以鄉閭之素，辟渭州簽判，作《雨中花》云：「有誰念我，如今霜鬢，遠赴邊堠。」廣淵聞之，亦怒責歌者。唐鬱不自安，竟卒於官。先自曲初成，識者曰：「唐不歸矣。」以其有「身在碧雲西畔，情隨渭水東流」之語，已而果然。

## 劉几

几字伯壽，洛陽人。神宗朝，官秘書監。

### 花發狀元紅慢

三春向暮，萬卉成陰，有嘉艷方拆。嬌姿嫩質冠群品，共賞傾城傾國。上苑晴晝喧，千素萬紅猶奇特。綺筵開，會詠歌才子，壓倒元白。　別有芳幽苞小，步帳華絲，綺軒油壁。與紫鴛鴦，素蛺蝶。自清旦、往往連夕。巧鶯喧脆管，嬌燕語雕梁留客。武陵人，念夢役意濃，堪遣情溺。

《花草粹編》卷十一：劉几在神宗時與范蜀公重定大樂。洛陽花品曰狀元紅，爲一時之冠，樂工花日新能爲新聲，汴妓郜懿以色著，祕監致仕劉伯壽尤精音律。熙寧中，几攜花日新，就郜懿歡詠，仍撰此曲，填詞以贈之，人有謂爲高達者。郜懿第六，即蔡奴之母也。李定之父與郜六游，生定而郜六死，定不之知也。及王荆公爲宰相，擢用李定，言官交攻，以爲母死不持服爲此。蔡奴亦以色著云。

## 盧氏

盧氏，天聖中人。父爲漢川縣令。

### 鳳棲梧

蜀道青天烟靄翳。帝里繁華，迢遞何時至？回望錦川揮粉泪。鳳釵斜彈烏雲膩。　鈿帶雙垂金縷細。玉珮玎璫，露滴寒如水。從此鸞妝添遠意。畫眉學得遥山翠。

《墨客揮犀》卷四：蜀路泥溪驛，天聖中，有女郎盧氏者，隨父往漢川作縣令，替歸，題於驛舍之壁。其序略云：登山臨水，不廢於謳吟；易羽移商，聊舒於羈思。因成《鳳棲梧》曲子一闋，聊書於壁，後之君子覽之者，毋以婦人竊弄翰墨爲罪。

## 劉述

述字孝叔，湖州人。景祐元年進士，爲御史臺主簿。神宗立，召爲侍御史，與劉琦、錢顗共上疏劾安石，出知江州。踰年，提舉崇禧觀卒。

### 家山好

掛冠歸去舊烟蘿。閒身健，養天和。功名富貴非由我，莫貪他。這歧路，足風波。

水晶宮裏家山好，物外勝游多。晴溪短棹，時時醉唱《裏梭羅》。天公奈我何！

《湘山野録》卷中：劉孝叔吏部公述，深味道腴，東吴端清之士也。方強仕之際，已恬於進，撰一闋以見志曰：詞如上略。後將引年，方得請爲三茅宫僚，始有養天和之漸，夫何已先朝露。歌此闋幾卅年，信乎一林泉與軒冕，難爲必期。

## 李師中

師中字誠之，楚丘人。舉進士，累官中允、提點廣西刑獄。後爲吕惠卿所排，貶和州團練使卒。

菩薩蠻

子規啼破城樓月。畫船曉載笙歌發。兩岸荔支紅。萬家烟雨中。　佳人相對泣，泪下羅衣溼。從此信音稀。嶺南無雁飛。

《過庭録》：李師中誠之，帥桂罷歸，一詞題别云：詞如上略。荔支烟雨，蓋桂實景也。

## 蔡挺

挺字子政，宋城人。舉進士。神宗朝，歷樞密副使、判南京留司御史臺卒。

喜遷鶯

霜天清曉。望紫塞古壘，寒雲衰草。汗馬嘶風，邊鴻飜月，壟上鐵衣寒早。劍歌騎曲悲壯，盡道君恩難報。塞垣樂，盡雙鞬錦帶，山西年少。　談笑。刁斗静，烽火一把，常送平安耗。聖主憂邊，威靈遐布，驕虜且寬天討。歲華向晚愁思，誰念玉關人老？太平也，且歡娱，不惜金尊頻倒。

《揮麈餘話》卷之一：熙寧中，蔡敏肅挺以樞密直學士帥平涼，初冬置酒郡齋，偶成《喜遷鶯》

一闋。詞成閒步後園，以示其子朦。朦寘之袖中，偶遺墜，爲應門老卒得之。老卒不識字，持令筆吏辨之。適郡之娼魁，素與筆吏洽，因授之。會賜衣襖中使至，敏肅開燕，娼尊前執板歌此。敏肅怒，送獄根治。娼之儕類，祈哀於中使，爲援於敏肅。敏肅舍之，復令謳焉。中使得其本以歸，達於禁中，宮女輩但見「太平也」三字，爭相傳授。歌聲遍掖庭，遂徹於宸聽，詰其從來，乃知敏肅所製。裕陵即索紙批出云：「玉關人老，朕甚念之，樞管有闕，留以待汝。」以賜敏肅。未幾，遂拜樞密副使。御筆見藏其孫稹家。史言「敏肅交結內侍，進詞柄用」，又不同也。

## 韓縝

縝字玉汝，靈壽人，絳、維之弟。第進士。英宗朝，歷淮南轉運使。神宗朝，累知樞密院事。哲宗朝，拜尚書右僕射兼中書侍郎，出知潁昌府。以太子太保致仕卒。

### 鳳簫吟

鎖離愁，連綿無際，來時陌上初熏。繡幃人念遠，暗垂珠露，泣送征輪。長行長在眼，更重重遠水孤村。但望極樓高，盡日目斷王孫。　消魂。池塘從別後，曾行處，綠妬輕裙。恁時攜素手，亂花飛絮裏，緩步香茵。朱顏空自改，向年年，芳意長新。遍綠野，嬉游醉眼，莫負青春。

《石林詩話》卷上：元豐初，虜人來議地界。韓丞相名縝，自樞密院都承旨出分畫。玉汝有愛妾劉氏，將行，劇飲通夕，且作樂府詞留別。翼日，神宗已密知，忽中批步軍司遣兵馬搬家追送之。玉汝初莫測所因，久之方知其自樂府發也。蓋上以恩澤待下，雖閨門之私，亦恤之如此。故中外士大夫，無不樂盡其力。劉貢父玉汝姻黨，即作小詩寄之以戲云：「嫖姚不復顧家爲。誰謂東山久不歸？卷耳幸容攜婉孌，皇華何啻有光輝。」玉汝之詞，由此亦遂盛傳於天下。

沈雄《古今詞話》卷一引《樂府紀聞》：「縝有愛姬能詞，韓奉使時，姬作《蝶戀花》送之云：『香作風光濃著露，正恁雙棲，又遣分飛去。密訴東君應不許。淚波一灑奴衷素。』神宗知之，遣使送行。劉貢父贈以詩：『卷耳幸容留婉孌，皇華何啻有光輝。』玉汝莫測中旨何自而出，後乃知姬人別曲傳入內庭也。韓亦有詞云，詞如上略。此《鳳簫吟》詠芳草以留別，與《蘭陵王》詠柳以叙別同意。後人竟以芳草爲調名，則失《鳳簫吟》原唱意矣。」

## 裴湘

湘字楚老，仁宗時內官。

## 浪淘沙　詠并門

雁塞説并門。郡枕西汾。山形高下遠相吞。古寺樓臺依碧嶂，烟景遥分。晋廟鎖溪雲。簫鼓仍存。牛羊斜日自歸村。惟有故城禾黍地，前事銷魂。

## 又　詠汴州

萬國仰神京。禮樂縱横。葱葱佳氣鎖龍城。日御明堂天子聖，朝會簪纓。九陌六街平。萬物充盈。青樓絃管酒如澠。别有隋堤烟柳暮，千古含情。

《青箱雜記》卷十：裴湘字楚老，善爲小詞，嘗在河東路走馬承受，有詠并門《浪淘沙》小詞，復有詠汴州《浪淘沙》小詞，仁宗命録進，亦嘉之。

# 王安石

安石字介甫，臨川人。慶曆二年進士。神宗朝，累除知制誥翰林學士，拜同中書門下平章事，加尚書左僕射兼門下侍郎，封荆國公。晚居金陵，自號半山老人。

## 桂枝香　金陵懷古

登臨縱目。正故國晚秋，天氣初肅。千里澄江似練，翠峰如簇。歸帆去棹殘陽裏，背西風、酒旗斜矗。綵舟雲淡，星河鷺起，畫圖難足。　念往昔豪華競逐。嘆門外樓頭，悲恨相續。千古憑高，對此謾嗟榮辱。六朝舊事隨流水，但寒烟芳草凝綠。至今商女，時時猶唱，《後庭》遺曲。

《草堂詩餘》後集上引《古今詞話》：「金陵懷古，諸公寄詞於《桂枝香》，凡三十餘首，獨介甫最爲絶唱。東坡見之，不覺嘆息曰：『此老乃野狐精也。』」

## 漁家傲

平岸小橋千嶂抱。揉藍一水縈花草。茅屋數間窗窈窕。塵不到。時時自有清風掃。　午枕覺來聞語鳥。欹眠似聽朝鷄早。忽憶故人今總老。貪夢好。茫茫忘了邯鄲道。

《觀林詩話》：半山嘗於江上人家壁間見一絶云：「一江春水碧揉藍。船趁歸潮未上帆。渡口酒家賒不得，問人何處典春衫。」深味其首句，爲躊躇久之而去。已而作小詞，有「平漲小橋千嶂抱。揉藍一水縈花草」之句，蓋追用其語。

## 生查子

雨打江南樹。一夜花開無數。綠葉漸成陰，下有游人歸路。　與君相逢處。不道春將暮。把酒祝東風，且莫恁匆匆去。

## 謁金門

春又老。南陌酒香梅小。徧地落花渾不掃。夢回情意悄。　紅箋寄與添煩惱。細寫相思多少。醉後幾行書帶草。淚痕都搵了。

《能改齋漫録》卷十六：王江寧元豐間，嘗得樂章兩闋於夢中云：詞如上略。

## 菩薩蠻

數間茅屋閒臨水。窄衫短帽垂楊裏。花似去年紅。吹開一夜風。　柳梢新月偃。午醉醒來晚。何物最關情？黃鸝三兩聲。

《能改齋漫録》卷十七：王荆公築草堂於半山，引八功德水，作小港其上，疊石作橋，爲集句填

《菩薩蠻》云：詞如上略。其後豫章戲效其體云：「半烟半雨溪橋畔。漁翁醉著無人喚。疎懶意何長。春風花草香。江山如有待。此意陶潛解。問我去何之。君行即自知。」

## 沈注

### 踏莎行

竹閣雲深，巢虛人闃。幾年湖上音塵寂。風流今有使君家，月明夜夜聞雙笛。原闕。

《泊宅篇》卷第七：楊蟠宅在錢塘湖上，晚罷永嘉郡而歸，浩然有掛冠之興。每從親朋乘月泛舟，使二笛婢侑樽，悠然忘返。沈注贈一闋，有「竹閣雲深」云云，人咨其清逸。

## 陳汝羲

汝羲晉江人，皇祐五年進士，官職方員外郎。

### 減字木蘭花

纖纖素手。盤裏酥花新點就。對葉雙心。別有東風意思深。　瓊霑粉綴。消得玉堂留客醉。試嗅清芳。別有紅蘿巧袖香。

《歲時廣記》卷八引《復雅歌詞》：「熙寧八年乙卯，楊繪在翰林，十二月立春日，肆筵設滴酥花，陳汝羲即席賦《減字木蘭花》云：詞如上略。」

## 張才翁

才翁嘗仕臨邛秋官。

### 雨中花

萬縷青青，初眠官柳，向人猶未成陰。據雕鞍馬上，擁鼻微吟。遠宦情懷誰問，空嗟壯志銷沈。正好花時節，山城留滯，忍負歸心。　別離萬里，飄蓬無定，誰念會合難憑。相聚裏，休辭金盞，酒淺還深。欲把春愁抖擻，春愁轉更難禁。亂山高處，憑欄袖，聊寄登臨。

《能改齋漫録》卷十六：張才翁風韻不羈，初任臨邛秋官，郡守張公庠待之不厚。會有白鶴之游，郡守率屬官同往，才翁不預，乃語官妓楊皎曰：「老子到彼，必有詩詞，可速寄來。」公庠既到白鶴，便留題曰：「初眠官柳未成陰。馬上聊爲擁鼻吟。遠宦情懷銷壯志，好花時節負歸心。別離長恨人南北，會合休辭酒淺深。欲把春愁閒抖擻，亂山高處一登臨」。皎録寄才翁，才翁增減作《雨中花》詞寄皎。公庠再坐，皎歌於側。公庠問之，皎前稟曰：「張司理恰寄來，命皎歌之，以獻台座。」公庠遂青顧才翁尤厚。

案：此事又見《歲時廣記》卷九引《古今詞話》。

## 俞紫芝

紫芝字秀老，金華人，流寓揚州，游王安石之門。

### 阮郎歸

釣魚船上謝三郎。雙鬢已蒼蒼。蓑衣未必清貴，不肯換金章。　汀草畔，浦花旁。靜鳴榔。自來好箇，漁父家風，一片瀟湘。

《苕溪漁隱叢話》後集卷三：山谷云：詞如上略。金華俞秀老作此篇，道人多傳之，非道意岑寂，其語不能如是。苕溪漁隱曰：《傳燈録》云：元沙，福州閩縣人，姓謝氏，幼好垂釣，泛小船於南臺江，狎諸漁者。年甫三十，忽慕出塵，乃棄釣艇，投芙蓉山訓禪師落髮，秀老用其事也。

# 方資

資婺州人。嘉祐八年進士，曾任南陽教授。

## 黄鶴引

生逢垂拱。不識干戈免田隴。士林書圃終年，庸非天寵。才初闞茸。老去支離何用。浩然歸弄。似黄鶴、秋風相送。　塵事塞翁心，浮世莊生夢。漾舟遥指烟波，群山森動。神閒意聳。回首利韈名鞚。此情誰共。問幾許、淋浪春甕。

《泊宅篇》卷上：先子晚官鄧州，一日，秋風起，思吴中山水，嘗信筆作長短句，名《黄鶴引》，遂致仕。其序曰：「余生浙東，世業農。總角失所天，稍從里閈儒者游。年十八，婺以充貢，凡八至禮部，始得一青衫。間關二十年，仕不過縣令，擢才南陽教授。紹聖改元，實六十五歲矣。秋風忽起，亟告老於有司，適所願也。謂同志曰：『仕無補於上下，而退號朝士。婚姻既畢，公私無虞。將買舟放浪江湖中，浮家泛宅，誓以此生，非太平之幸民而何？』因閱阮田曹所製《黄鶴引》，愛其詞調清高，寄爲一闋，命稚子歌之以侑尊焉。」

## 孫洙

洙字巨源，廣陵人。舉進士。元豐中，官翰林學士。

### 菩薩蠻

樓頭尚有三通鼓。何須抵死催人去？上馬苦匆匆。琵琶曲未終。　回頭凝望處。那更廉纖雨。漫道玉爲堂。玉堂今夜長。

《夷堅甲志》卷第四：孫公在時，嘗一日鎖院，宣召者至其家，則已出，數十輩蹤跡之，得於李端愿太尉家。時李新納妾，能琵琶，孫飲不肯去，而迫於宣命，不敢留，遂入院。草三制罷，復作長短句，寄恨恨之意，遲明遣示李。或以爲孫將亡時所作，非也。

## 王安國

安國字平甫，臨川人，安石弟。熙寧初，以材行召試及第，除西京國子教授，後改祕閣校理。

### 點絳脣

秋氣微涼，夢回明月穿簾幕。井梧蕭索。正遶南枝鵲。　寶瑟塵生，金雁空零落。

情無託。鬢雲慵掠。不似君恩薄。

《苕溪漁隱叢話》前集卷第三十六引《倦游雜録》云：「平甫熙寧中判官告院，忽於秋日作宮詞《點絳脣》一解以示魏泰。泰曰：『斷章有流離之思，何也？』明年果得罪，廢歸金陵。」

## 李清臣

清臣字邦直，魏人。舉進士，中才識兼茂科。神宗召爲兩朝國史編修官。徽宗立，爲門下侍郎，出知大名府卒。

### 失調名

楊花落。燕子橫飛高閣。長恨春醪如水薄。春愁無處著。　往年曾宿王陵舖，鼓角悲風。今日遼東。舊日樓臺一半空。

《麈史》卷中《神授》：王樂道幼子銍，少而博學，善持論。嘗爲予説李邦直作門下侍郎日，忽夢一石室有石牀，李披髮坐於上，旁有人曰：「此王陵舍也。」夢中因爲一詞。既覺書之，因示韓治循之。其詞曰：詞如上略。後李出北都，逾年而卒。「王陵舍」，乃近北都地名也。

《獨醒雜志》卷三：秦少游、賀方回相繼以歌詞知名。少游有詞云：「醉臥古藤陰下，了不知南北。」其後遷謫，卒於藤州光華亭上。方回亦有詞云：「當年曾到王陵舖，鼓角悲風。千歲遼東。回首人間萬事空。」後卒於北門，門外有王陵舖，人皆以爲詞讖云。

《侯鯖録》卷七：李邦直黄門在政府時，夜夢作春詞云：「楊花落。燕子横穿朱閣。苦恨春醪如水薄，閑愁無處著。緑野帶江山絡角。桃葉參差殘萼。歷歷危檣沙外泊。東風晚來惡。」

《過庭録》：李清臣邦直平生罕作詞，惟晚年赴大名道中作一詞云：「去年曾宿黄陵浦，鼓角秋風。海鶴遼東。回首紅塵一夢中。」竟死不返，亦爲詩讖也。

《艇齋詩話》：李邦直小詞有云：「楊花落。燕子飛高閣。長恨春醪如水薄。春愁無處著。往年曾宿王陵舖，鼓角悲風。今日遼東。舊日樓臺一半空。」亦佳作也。

案：《陽春白雪》載：方回《謁金門》云：「楊花落。燕子横穿朱閣。常恨春醪如水薄，閑愁無處著。緑野帶江山絡角。桃葉參差前約。歷歷短檣沙外泊。東風晚來惡。」並有自序云：「李黄門夢得一曲，前遍二十言，後遍二十二言，而無其聲。余采其前遍，潤一『横』字，已續二十五字寫之云。」據此可知楊花落原作，確爲李黄門之詞。曾氏《獨醒雜志》誤傳其事，知不足齋刻《侯鯖録》，據曾文補闕，並闢《塵史》之非，實亦誤也。

## 晏幾道

幾道字叔原，號小山，殊幼子。監潁昌許田鎮。

## 鷓鴣天

碧藕花開水殿涼。萬年枝上轉紅陽。昇平歌管隨天仗，祥瑞封章滿御牀。　金掌露，玉爐香。歲華方共聖恩長。皇州又奏圜扉靜，十樣宮眉捧壽觴。

《唐宋諸賢絶妙詞選》卷三：慶曆中，開封府與棘寺同日奏獄空，仁宗於宮中宴集，宣晏叔原作此，大稱上意。

## 又

九日悲秋不到心。鳳城歌管有新音。風彫碧柳愁眉淡，露染黃花笑靨深。　初過雁，已聞砧。綺羅叢裏勝登臨。須教月户纖纖玉，細捧霞觴艷艷金。

## 又

曉日迎長歲歲同。太平簫鼓閒歌鐘。雲高未有前村雪，梅小初開昨夜風。　羅幕翠，錦筵紅。釵頭羅勝寫宜冬。從今屈指春期近，莫使金罇對月空。

《碧鷄漫志》卷二：叔原年未至乞身，退居京城賜第，不踐諸貴之門。蔡京重九冬至日遣客求長短句，欣然兩爲作《鷓鴣天》，詞如上略。竟無一語及蔡者。

## 張舜民

舜民字芸叟，邠州人。治平四年進士。元祐初，除監察御史。徽宗朝，爲吏部侍郎。以龍圖閣待制知同州，坐元祐黨，貶商州卒。

### 賣花聲

木葉下君山。空水漫漫。十分斟酒斂芳顏。不是渭城西去客，休唱《陽關》。　醉袖撫危欄。天淡雲閒。何人此路得生還？回首夕陽紅盡處，應是長安。

### 又

樓上久踟躕。地遠身孤。擬將憔悴弔三閭。自是長安日下影，流落江湖。　爛醉且消除。不醉何如？又看暝色滿平蕪。試問寒沙新到雁，應有來書。

《清波雜志》卷第四：張芸叟元豐間從高遵裕辟，環慶出師失律，且爲轉運使李察訐其詩語，謫監郴州酒，舟行，以二小詞題岳陽樓。詞如上略。亦豈無去國流離之思，殊覺婉而不傷也。

# 王觀

觀字通叟，如皋人。嘉祐二年進士，累遷大理丞，知江都縣。

## 清平樂

黄金殿裏。燭影雙龍戲。勸得官家真箇醉。進酒猶呼萬歲。　折旋舞徹《伊州》。君恩與整搔頭。一夜御前宣住，六宫多少人愁。

《能改齋漫録》卷十七：王觀學士嘗應制撰《清平樂》詞，詞如上略。高太后以爲媟瀆神宗，翌日罷職，世遂有「逐客」之號。今集本乃以爲擬李太白應制，非也。

案：《耆舊續聞》卷九，以此爲王仲甫作。

## 卜算子

水是眼波横，山是眉峰聚。欲問行人去那邊，眉眼盈盈處。　纔始送春歸，又送君歸去。若到江東趕上春，千萬和春住。

《能改齋漫録》卷十六：王逐客送鮑浩然游浙東，作長短句云：詞如上略。韓子蒼在海陵送葛亞卿詩斷章云：「今日一盃愁送春。明日一盃愁送君。君應萬里隨春去。若到桃源問歸路。」詩詞意同。

## 曾布

布字子宣，南豐人。嘉祐二年進士。熙寧初，除崇政殿説書。元豐初，累户部尚書。哲宗朝，擢同知樞密院事。徽宗朝，拜尚書右僕射。

### 望江南

江南客，家有寧馨兒。三世文章稱大手，一門兄弟獨良眉。籍甚衆多推。　千里足，來自渥洼池。莫倚善題《鸚鵡賦》，青山須待健時歸。不似傲當時。

《揮麈餘話》卷之一：曾文肅十子，最鍾愛外祖空青公，有壽詞云：詞如上略。其後外祖果以詞翰名世，可謂父子爲知己也。

### 水調歌頭

排遍第一

魏豪有馮燕，年少客幽并。擊球鬬雞爲戲，游俠久知名。因避仇、來東郡。元戎留屬中軍。直氣凌貔虎，須臾叱咤風雲。凛凛坐中生。　偶乘佳興。輕裘錦帶，東風躍馬，往來尋訪幽勝。游冶出東城。堤上鶯花撩亂，香車寶馬縱横。草輭平沙穩。高樓兩岸春風。笑語隔簾聲。

排遍第二

袖籠鞭敲鐙，無語獨閒行。緑楊下，人初靜，烟澹夕陽明。窈窕佳人，獨立瑶階，擲果潘郎，瞥見紅顔，横波盼，不勝嬌輭倚銀屏。　曳紅裳，頻推朱户，半開還掩，似欲倚，咿啞聲裏，細説深情。因遣林間青鳥，爲言彼此心期，的的深相許，竊香解佩，綢繆相顧不勝情。

排遍第三

説良人滑將張嬰。從來嗜酒，還家鎮長酩酊狂酲。屋上鳴鳩空鬬，梁間客燕相驚。誰與花爲主，蘭房從此，朝雲夕雨兩牽縈。似游絲飄蕩，隨風無定。　奈何歲華荏苒，歡計苦難憑。惟見新恩繾綣，連枝並翼，香閨日日爲郎，誰知松蘿託蔓，一比一毫輕。

排遍第四

一夕還家醉，開户起相迎。爲郎引裾相庇，低首略潛形。情深無隱。欲郎乘間起佳兵。　授青萍。茫然撫嘆，不忍欺心。爾能負心於彼，於我必無情。熟視花鈿不足，剛腸終不能平。假手迎天意，一揮霜刃，牕間粉頸斷瑶瓊。

排遍第五

鳳凰釵，寶玉彫零。慘然悵，嬌魂怨，飲泣吞聲。還被凌波呼喚，相將金谷同游，想見逢迎處，揶揄羞面，妝臉淚盈盈。　醉眠人、醒來晨起，血凝螓首，但驚喧，白鄰里，駭我卒難明。思敗幽囚推究，覆盆無計哀鳴。丹筆終誣服，圜門驅擁，銜寃垂首欲臨刑。

排遍第六　帶花遍

向紅塵裏，有喧呼攘臂，轉聲辟衆，莫遣人寬濫，殺張室，忍偷生。僚吏驚呼呵叱，狂辭不變如初，投身屬吏，慷慨吐丹誠。　彷彿縲紲，自疑夢中，聞者皆驚嘆，爲不平。割愛無心，泣對虞姬，手戮傾城寵，翻然起死，不教仇怨負寃聲。

排遍第七　擷花十八

義城元靖賢相國，嘉慕英雄士，賜金繒。聞斯事，頻嘆賞，封章歸印。請贖馮燕罪，日邊紫泥封詔，闔境赦深刑。　萬古三河風義在，青簡上，衆知名。河東注，任流水滔滔，水涸名難泯。至今樂府歌詠，流入管絃聲。

《玉照新志》卷第二：《馮燕傳》見之《麗情集》，唐賈耽守太原時事也。元祐中，曾文肅帥并門，感嘆其義風，自製《水調歌頭》以亞大曲。然世失其傳，近閲故書得其本，恐久而湮没，盡録於後，詞如上略。

## 蘇　軾

軾字子瞻，眉山人。洵長子。嘉祐二年進士。累除中書舍人、翰林學士、歷端明殿學士、禮部尚書。紹聖初，坐訕謗，安置惠州，徙昌化。徽宗立，赦還，提舉玉局觀。建中靖國元年，卒於常州。

滿江紅

東武城南，新堤就，漣漪初溢。隱隱遍，長林高阜，原誤作「遍長林翠阜外」，兹據東坡詞改。臥紅堆碧。枝上殘花吹盡也，與君試向江頭覓。問向前、猶有幾多春？三之一。　官裏事，何時畢？風雨外，無多日。相將泛曲水，滿城爭出。君不見蘭亭修禊事，當時座上皆豪逸。到如今，修竹滿山陰，空陳跡。

《歲時廣記》卷十八引《古今詞話》：「東坡自禁城出守東武，適值霖潦經月，黃河決流，漂溺鉅野，及於彭城。東坡命力士持畚鍤，具薪芻，萬人紛紛，增塞城之敗壞者。至暮水勢益洶，東坡登城野宿，愈加督責，人意乃定，城不没者一板。不然，則東武之人盡爲魚鼈矣。坡復用僧應言之策，鑿清冷口積水入於古廢河，又東北入於海。水既退，坡具利害屢請於朝，築長堤十餘里以拒水勢，復建黃樓以厭之。堤成，水循故道，分流城中。上巳日，命從事樂成之。有一妓前曰：「自古上巳舊詞多矣，未有樂新堤而奏雅曲者，願得一闋歌公之前。」坡寫《滿江紅》曰：詞如上略。俾妓歌之，坐席歡甚。

## 滿庭芳

三十三年，漂流江海，萬里烟浪雲帆。故人驚怪，憔悴老青衫。我自疎狂異趣，君何事、奔走塵凡。流年盡，窮途坐守，船尾凍相銜。　巉巉。淮浦外，層樓翠壁，古寺空巖。步攜手林間，笑挽纖纖。莫上孤峰盡處，縈望眼、雲海相攙。家何在，因君問我，歸夢遶松杉。

趙萬里據毛斧季校本《東坡詞》上引楊元素《本事曲集》：「子瞻始與劉仲達往來於眉山，後相逢於泗上，久留郡中，游南山話舊而作。」

## 滿江紅

憂喜相尋，風雨過，一江春緑。巫峽夢，至今空有，亂山屏簇。何似伯鸞攜德耀，簟瓢未足清歡足。漸粲然，光彩照階庭，生蘭玉。　幽夢裏，傳心曲。腸斷處，憑他續。文君壻知否？笑君卑辱。君不見周南歌漢廣，天教夫子休喬木。便相將，左手抱琴書，雲間宿。

趙萬里據毛斧季校本《東坡詞》上引《本事曲集》：「董毅夫名鉞，自梓漕得罪歸鄱陽，遇東坡於齊安，怪其豐暇自得。曰：『吾再娶柳氏，三日而去官，吾固不戚戚，而憂柳氏不能忘懷於進退也。已而欣然同憂患如處富貴，吾是以益安焉。』乃令家僮歌其所作《滿江紅》，東坡嗟嘆之，次其韻。詞如上略。」

## 虞美人

湖山信是東南美。一望彌千里。使君能得幾回來。便使尊前醉倒且徘徊。　沙河塘裏燈初上。水調誰家唱。夜闌風靜欲歸時。惟有一江明月碧琉璃。

趙萬里據毛斧季校本《東坡詞》引《本事曲集》：「陳述古守杭，已及瓜代，未交前數日，宴僚佐於有美堂，因請貳車蘇子瞻賦詞。子瞻即席而就，寄《攤破虞美人》。詞如上略。」

## 減字木蘭花

雙龍對起。白甲蒼髯烟雨裏。疎影微香。下有幽人晝夢長。　湖風清輭。雙鵲飛來爭噪晚。翠颸紅輕。時下凌霄百尺英。

趙萬里據毛斧季校本《東坡詞》下引《本事曲集》：「錢塘西湖有詩僧清順居其上，自名藏春塢。門前有二古松，各有凌霄花絡其上。順常晝臥其下。時子瞻爲郡，一日，屏騎從過之，松風騷然，順指落花覓句，爲賦此詞。」

## 永遇樂

明月如霜，好風如水，清景無限。曲港跳魚，圓荷瀉露，寂寞無人見。紈如三鼓，錚然一葉，黯黯夢雲驚斷。夜茫茫、重尋無處，覺來小園行徧。　天涯倦客，山中歸路，望斷故園心眼。燕子樓空，佳人何在？空鎖樓中燕。古今如夢，何曾夢覺，但有舊歡新怨。

異時對、南樓夜景，爲余浩嘆。

《獨醒雜志》卷三：東坡守徐州，作燕子樓樂章，方具藁，人未知之。一日，忽鬨傳於城中，東坡訝焉，詰其所從來，乃謂發端於邏卒。東坡召而問之。對曰：「某稍知音律，嘗夜宿張建封廟，聞有歌聲，細聽乃此詞也，記而傳之，初不知何謂。」東坡笑而遣之。

## 戚氏

玉龜山，東皇靈媲統群仙。絳闕岧嶢，翠房深迥，倚霏烟。幽閒。志蕭然，金城千里鎖嬋娟。當時穆滿巡狩，翠華曾到海西邊。風露明霽，鯨波極目，勢浮輿蓋方圓。正迢迢麗日，元圃清寂，瓊草芊綿。　爭解繡勒香韉。鸞輅駐蹕，八馬戲芝田。瑶池近，畫樓隱隱，翠鳥翩翩。肆華筵，間作脆管鳴絃。宛若帝所鈞天。稚顔皓齒，緑髮方瞳，圓極恬淡高妍。　盡倒瓊壺酒，獻金鼎藥，固大椿年。縹渺飛瓊妙舞，命雙成、奏曲醉留連。雲璈韻響瀉寒泉。浩歌暢飲，斜月低河漢。漸漸綺霞，天際紅深淺。動歸思，迴首塵寰。爛漫游，玉輦東還。杏花風，數里響鳴鞭。望長安路，依稀柳色，翠點春妍。

《梁谿漫志》卷九：程子山敦厚舍人跋東坡《滿庭芳》詞云：「予聞之蘇仲虎云：一日，有傳此詞以爲先生作。東坡笑曰：吾文章肯以藻繪一香篆槃乎？然觀其間，如畫堂別是風光及十指露之語，誠非先生肯云。」子山之説，固人所共曉。予嘗怪李端叔謂東坡在中山，歌者欲試東坡倉卒之才，於其側歌《戚氏》，坡笑而頷之。邂逅方論穆天子事，頗摘其虚誕，遂資以應之，隨聲隨寫，歌竟篇，纔點定五六字。坐中隨聲擊節，終席不問他辭，亦不容别進一語。臨分曰：足以爲中山一時盛事。然予觀其詞，有曰玉龜山，東皇靈媲統群僊。又云爭解繡勒香韉。又云鑾輅駐蹕。又云肆華筵，間作脆管鳴絃。宛若帝所鈞天。又云盡倒瓊壺酒，獻金鼎藥，固大椿年。又云浩歌暢飲，回首塵寰。爛漫游，玉輦東還。東坡御風騎氣，下筆真神仙語。此等鄙俚猥俗之詞，殆是教坊倡優所爲，雖東坡竈下老婢，亦不作此語。而顧稱譽若此，豈果端叔之言耶？恐貽誤後人，不可以不辨。

《老學庵筆記》卷九：東坡先生在中山作《戚氏》樂府詞，最得意。幕客李端叔跋三百四十餘字，叙述甚備，欲刻石傳後。爲定武盛事，會謫去，不果。今乃不載集中，至有立論排詆，以爲非公作者，識真之難如此哉！

## 蝶戀花

花褪殘紅青杏小。燕子飛時，緑水人家遶。枝上柳綿吹又少。天涯何處無芳草！　牆裏秋千牆外道。牆外行人，牆裏佳人笑。笑漸不聞聲漸杳。多情卻被無情惱。

《瑯嬛記》卷中引《林下詞談》：「子瞻在惠州，與朝雲閒坐，時青女初至，落木蕭蕭，悽然有悲秋之意。命朝雲把大白，唱『花褪殘紅』，朝雲歌喉將轉，泪滿衣襟。子瞻詰其故，答曰：『奴所不能歌，是枝上柳綿吹又少，天涯何處無芳草也。』子瞻翻然大笑曰：『是吾政悲秋，而汝又傷春矣。』遂罷。朝雲不久抱疾而亡，子瞻終身不復聽此詞。」

又

別酒送君君一醉。清潤潘郎，更是何郎壻。記取釵頭新利市。莫將分付東鄰子。　回首長安佳麗地。三十年前，我是風流帥。爲向青樓尋舊事。花枝缺處餘名字。

《侯鯖録》卷一：東坡在徐州，送鄭彦能還都下，問其所游，因作詞云：「十五年前，我是風流帥。花枝缺處留名字。」記坐中人語，嘗題於壁。後秦少游薄游京師，見此詞，遂和之，其中有「我曾從事風流府」，公聞而笑之。

《能改齋漫録》卷十六：右《蝶戀花》詞，東坡在黄時送潘邠老赴省試作。今集不載。

醉翁操

琅然。清圓。誰彈？響空山，無言，惟翁醉中知其天。月明風露娟娟。人未眠。荷簣過山前。曰有心也哉此賢。　醉翁嘯詠，聲和流泉。醉翁去後，空有朝吟夜怨。山有時而童巔。水有時而回川。思翁無歲年。翁今爲飛仙。此意在人間，試聽徽外三兩絃。

《澠水燕談録》卷第七：慶曆中，歐陽文忠公謫守滁州，有琅琊幽谷，山川奇麗，鳴泉飛瀑，聲若環佩，公臨聽忘歸。僧智仙作亭其上，公刻石爲記，以遺州人。既去十年，太常博士沈遵，好奇之士，聞而往游，其山水秀絶，以琴寫其聲爲《醉翁吟》，蓋宮聲三疊。後會公河朔，遵援琴作之，公歌以遺遵，并爲《醉翁引》以叙其事，然調不主聲，爲知琴者所惜。後三十餘年，公薨，遵亦殁。其後廬山道人崔閑，遵客也，妙於琴理，常恨此曲無詞，乃譜其聲，請於東坡居士子瞻，以補其闕。然後聲詞皆備，遂爲琴中絶妙，好事者爭傳。方其補詞，閑爲弦其聲，居士倚爲詞，頃刻而就，無所點竄。遵之子爲比丘，號本覺真禪師，居士書以與之云：「二水同器，有不相入；二琴同手，有不相應。沈君信手彈琴而與泉合，居士縱筆作詞而與琴會，此必有真同者矣。」

## 南柯子

師唱誰家曲，宗風嗣阿誰？借君拍板與門槌。我也逢場作戲、莫相疑。　溪女方偷眼，山僧莫皺眉。卻嫌彌勒下生遲。不見阿婆三五、少年時。

《苕溪漁隱叢話》前集卷第五十七引《冷齋夜話》云：「東坡鎮錢塘，無日不在西湖。嘗攜妓謁大通禪師，師愠形於色。東坡作長短句，令妓歌之曰：詞如上略。時有僧仲殊在蘇州，聞而和之曰：『解舞《清平樂》，如今説向誰？紅爐片雪上鉗鎚。打就金毛獅子、也堪疑。木女明開眼，泥人暗皺眉。蟠桃已是著花遲。不向春風一笑、待何時？』」

## 虞美人

波聲拍枕長淮曉。隙月窺人小。無情汴水自東流。只載一船離恨向西州。　竹陰花圃曾同醉。酒味多於泪。誰教風鑑在塵埃。醞造一場煩惱送人來。

《苕溪漁隱叢話》前集卷第五十引《冷齋夜話》云：「東坡初未識少游，少游知其將復過維揚，作坡筆語，題壁於一山寺中，東坡果不能辨，大驚。及見孫莘老，出少游詩詞數十篇讀之，乃嘆曰：『向書壁者，定此郎也。』後與少游維揚飲別，作《虞美人》詞曰：詞如上略。世傳此詞是賀方回所作。雖山谷亦云。大觀中，於金陵見其親筆，醉墨超放，氣壓王子敬，蓋東坡詞也。」

## 漁家傲

千古龍蟠并虎踞。從公一弔興亡處。渺渺斜風吹細雨。芳草路。江南父老留公住。　公駕飛軿凌紫霧。紅鸞驂乘青鸞馭。卻訝此洲名白鷺。非吾侶。翩然欲下還飛去。

《侯鯖録》卷八：東坡自黄移汝，過金陵，見舒王。適陳和叔作守，多同飲會。一日，游蔣山，和叔被召將行，舒王顧江山曰：「子瞻可作歌。」坡醉中書云：詞如上略。和叔到任，數日而去。舒王笑曰：「白鷺者得無意乎？」

案：東坡詞題作《金陵賞心亭送王勝之龍圖》，與此不同。

## 減字木蘭花

春庭月午。影落春醪光欲舞。步轉回廊。半落梅花婉娩香。　輕風薄霧。都是少年行樂處。不似秋光。只共離人照斷腸。

《侯鯖録》卷四：元祐七年正月，東坡先生在汝陰，州堂前梅花大開，月色鮮霽。先生王夫人曰：「春月色勝如秋月色，秋月色令人悽慘，春月色令人和悦，何如召趙德麟輩來飲此花下。」先生大喜曰：「吾不知子能詩邪！此真詩家語耳。」遂相召與二客飲，用是語作《減字木蘭花》詞。

## 臨江仙

夜飲東坡醒復醉，歸來髣髴三更。家童鼻息已雷鳴。敲門都不應，倚杖聽江聲。

長恨此身非我有，何時忘卻營營。夜闌風靜縠紋平。小舟從此逝，江海寄餘生。

《避暑録話》卷上：子瞻在黄州病赤眼，踰月不出，或疑有他疾，過客遂傳以爲死矣。有語范景仁於許昌者，景仁絶不置疑，即舉袂大慟，召子弟具金帛，遣人賵其家。子弟徐言：「此傳聞未審，當先書以問其安否，得實，弔恤之未晚。」乃走僕以往。子瞻發書大笑。故後量移汝州，謝表有云：「疾病連年，人皆相傳爲已死。」未幾，復與數客飲江上，夜歸，江面際天，風露浩然，有當其意，乃作歌辭所謂「夜闌風靜縠紋平。小舟從此逝，江海寄餘生」者，與客大歌數過而散。翌日，喧傳子瞻夜作此辭，掛冠服江邊，拏舟長嘯去矣。郡守徐君猷聞之，驚且懼，以爲州失罪人，急命駕往謁，則子瞻鼻鼾如雷，猶未興也。然此語卒傳至京師，雖裕陵亦聞而疑之。

## 減字木蘭花

鄭莊好客。容我尊前時墮幘。落筆生風。籍甚聲名獨我公。　高山白早。瑩雪肌膚那解老。從此南徐。良夜清風月滿湖。

《捫蝨新話》下集卷九：東坡集中有《減字木蘭花》詞云：詞如上略。人多不曉其意。或云：坡昔過京口，官妓鄭容、高瑩二人嘗侍宴，坡喜之。二妓間請於坡，欲爲脱籍，坡許之而終不爲言。及臨别，二妓復之船所懇之，坡曰：「爾當持我之詞以往，太守一見，便知其意。」蓋是「鄭容落籍，高瑩從良」八字也。此老真爾狡獪耶！

## 瑶池燕

飛花成陣春心困。寸寸。別腸多少愁悶！無人問。偷啼自揾殘妝粉。　抱瑶琴尋出新韻。玉纖趁。南風來解幽愠。低雲鬢，眉峰斂暈。嬌和恨。

《侯鯖録》卷三：東坡云：琴曲有《瑶池燕》，其詞不協，而聲亦怨咽。變其詞作《閨怨》，寄陳季常去，此曲奇妙，勿妄與人云。

## 江城子

玉人家在鳳凰山。水雲間。掩門關。門外行人，立馬看弓彎。十里春風誰指似，斜日映，繡簾斑。　多情好事與君還。憫新鰥。拭餘潸。明月空江，香霧著雲鬟。陌上花開看盡也，聞舊曲，破朱顏。

《青泥蓮花記》卷七：陳直方之妾，本錢塘妓人也，丐新詞於蘇子瞻。子瞻因直方新喪正室，而錢塘人好唱陌上花緩緩曲，乃引其事以戲之，其詞則《江神子》也。

## 水調歌頭　丙辰中秋，歡飲達旦，大醉作此篇，兼懷子由。

明月幾時有？把酒問青天。不知天上宮闕，今夕是何年？我欲乘風歸去，又恐瓊樓玉宇，高處不勝寒。起舞弄清影，何似在人間？　轉朱閣，低綺户，照無眠。不應有恨，何事長向別時圓？人有悲歡離合，月有陰晴圓缺，此事古難全。但願人長久，千里共嬋娟。

《歲時廣記》卷三十一引《復雅歌詞》：詞如上略。「是詞乃東坡居士以丙辰中秋歡飲達旦，大醉，作《水調歌頭》兼懷子由，時丙辰熙寧九年也。元豐七年，都下傳唱此詞。神宗問内侍外面新行小詞，内侍録此進呈。讀至『又恐瓊樓玉宇，高處不勝寒』，上曰：『蘇軾終是愛君。』乃命量移汝州。」

《鐵圍山叢談》卷第三：歌者袁綯，乃天寶之李龜年也。宣和間供奉九重，嘗爲吾言：東坡公昔與客游金山，適中秋夕，天宇四垂，一碧無際，加江流傾湧，俄月色如晝，遂共登金山山頂之妙高臺，命綯歌其《水調歌頭》曰：「明月幾時有，把酒問青天。」歌罷，坡爲起舞，而顧問曰：「此便是神仙矣。」吾謂文章人物，誠千載一時，後世安所得乎？

## 念奴嬌　赤壁懷古

大江東去，浪淘盡、千古風流人物。故壘西邊人道是，三國周郎赤壁。亂石穿空，驚濤拍岸，卷起千堆雪。江山如畫，一時多少豪傑。　遥想公瑾當年，小喬初嫁了，雄姿英發。羽扇綸巾談笑間，強虜灰飛烟滅。故國神游，多情應是，笑我生華髮。人間如夢，一尊還酹江月。

《説郛》卷二十四引《吹劍續録》：「東坡在玉堂，有幕士善謳，因問『我詞比柳詞何如』，對曰：『柳郎中詞只好十七八女孩兒，執紅牙拍板唱楊柳岸曉風殘月。學士詞須關西大漢，執鐵板唱大江東去。』公爲之絶倒。」

全詞引自《全宋詞》。

## 哨　遍

睡起畫堂，銀蒜押簾，珠幕雲垂地。初雨歇，洗出碧羅天，正溶溶養花天氣。一霎暖風迴芳草，榮光浮動，卷皺銀塘水。方杏靨匀酥，花鬚吐繡，園林紅翠排比。見乳燕捎蝶過繁枝。忽一綫爐香惹游絲。晝永人閒，獨立斜陽，晚來情味。　便攜將佳麗，乘興深入芳菲裏。撥胡琴語，輕攏慢撚總伶俐。看緊約羅裾，急趨檀板，《霓裳》入破驚鴻起。顰月臨眉，醉霞横臉，歌聲悠揚雲際。任滿頭紅雨落花飛，漸鵁鶄樓西玉蟾低，尚徘徊未盡歡意。君看今古悠悠，浮幻人間世。這些百歲光陰幾日？三萬六千而已。醉鄉路穩不妨行，但人生要適情耳。

《侯鯖録》卷七：東坡老人在昌化，嘗負大瓢行歌於田間。有老婦年七十，謂坡云：「内翰昔日富貴，一場春夢。」坡然之。里人呼此婦爲「春夢婆」。

## 西江月

玉質那愁瘴霧，冰姿自有仙風。海仙時遣探芳叢。倒掛緑毛幺鳳。　素面常嫌粉涴，洗妝不褪脣紅。高情已逐曉雲空。不與梨花同夢。

《冷齋夜話》卷之十：嶺外梅花與中國異，其花幾類桃花之色，而脣紅香著。東坡詞曰：詞如上略。

## 玉樓春　次馬中玉韻

知君仙骨無寒暑。千載相逢猶旦暮。故將别語惱佳人，要看梨花枝上雨。　落花已逐迴風去。花本無心鶯自訴。明朝歸路下塘西，不見鶯啼花落處。

《玉照新志》卷第一：東坡先生知杭州，馬中玉成爲浙漕。東坡被召赴闕，中玉席間作詞曰：「來時吴會猶殘暑，去日武林春已暮。欲知遺愛感人深，灑淚多於江上雨。歡情未舉眉先聚，別酒多斟君莫訴。從今寧忍看西湖，擡眼盡成腸斷處。」東坡和之，所謂「明朝歸路下塘西，不見鶯啼花落處」是也。中玉，忠肅亮之子，仲甫猶子也。

## 定風波

常羨人間琢玉郎。天教分付點酥娘。自作清歌傳皓齒。風起。雪飛炎海變清涼。　萬里歸來年愈少。微笑。笑時猶帶嶺梅香。試問嶺南應不好。卻道。此心安處是吾鄉。

《苕溪漁隱叢話》後集卷第四十引《東皋雜録》云：「王定國嶺外歸，出歌者勸東坡酒，坡作《定風波》，序云：『王定國歌兒曰柔奴，姓宇文氏，眉目娟麗，善應對，家世在京師。定國南遷歸，余問柔，廣南風土應是不好，柔對曰：此心安處，便是吾鄉。因爲綴此詞云。』詞如上略。」

## 行香子

綺席纔終。歡意猶濃。酒闌時，高興無窮。共誇君賜，初拆臣封。看分香餅，黄金縷，密雲龍。　鬬贏一水，功敵千鍾。覺涼生，兩腋清風。暫留紅袖，少卻紗籠。放笙歌散，庭館靜，略從容。

汲古閣《東坡詞·行香子》注云：密雲籠，茶名，極爲甘馨。宋時秦、黄、張、晁爲蘇門四學士，東坡待之厚，每來必令侍妾朝雲取密雲籠，家人以此知之。廖正一，字明略，晚登東坡之門，公人奇之。一日，又命取密雲籠，家人謂是四學士，窺之，乃廖明略也。坡爲賦《行香子》一闋。詞如上略。

## 洞仙歌

冰肌玉骨，自清涼無汗。水殿風來暗香滿。繡簾開，一點明月窺人，人未寢，倚枕釵横鬢亂。　起來攜素手，庭户無聲，時見疎星度河漢。試問夜如何，夜已三更，金波淡，玉繩低轉。但屈指西風幾時來，又不道、流年暗中偷換。

《墨莊漫録》卷九：東坡作長短句《洞仙歌》，所謂「冰肌玉骨，自清涼無汗」者。公自叙云：「予幼時，見一老人，年九十餘，能言孟蜀主時事，云蜀主嘗與花蘂夫人夜起納涼於摩訶池上，作《洞仙歌》令。老人能歌之。予今但記其首兩句，力爲足之。」近見李公彦季成詩話，乃云楊元素作本事記，《洞仙歌》「冰肌玉骨，自清涼無汗」。錢唐有老尼能誦後主詩首章兩句，後人爲足其意，以填此詞。其説不同。予友陳興祖德昭云，頃見一詩話，亦題云李季成作，乃全載孟蜀主一詩：「冰肌玉骨清無汗。水殿風來暗香滿。簾間明月獨窺人，倚枕釵横雲鬢亂。三更庭院悄無聲，時見疎星度河漢。屈指西風幾時來，只恐流年暗中換。」云東坡少年，遇美人，喜《洞仙歌》，又邂逅處景色暗相似，故檃括稍協律以贈之也。予以謂此説近之，據此乃詩耳。而東坡自叙，乃云是《洞仙歌》令，蓋公以此叙自晦耳。《洞仙歌》腔出近世，五代及國初未之有也。

## 浣溪沙

山下蘭芽短浸溪。松間沙路淨無泥。蕭蕭暮雨子規啼。　誰道人生無再少？門前流水尚能西。休將白髮唱黄鷄。

《東坡志林》卷一：黄州東南三十里爲沙湖，亦曰螺師店，予買田其間。因往相田得疾，聞麻橋人龐安常善醫而聾，遂往求療。安常雖聾，而穎悟絶人，以紙畫字，書不數字，輒深了人意。予戲之曰：「予以手爲口，君以眼爲耳，皆一時異人也。」疾愈，與之同游清泉寺，寺在蘄水郭門外二里許，有王逸少洗筆泉，水極甘，下臨蘭溪，溪水西流，予作歌云：詞如上略。是日劇飲而歸。

## 賀新郎

乳燕飛華屋。悄無人、桐陰轉午，晚涼新浴。手弄生綃白團扇，扇手一時似玉。漸困倚、孤眠清熟。門外誰來推繡户？　枉教人、夢斷瑶臺曲。又卻是，風敲竹。　石榴半吐紅巾蹙。待浮花浪蕊都盡，伴君幽獨。濃艷一枝細看取，芳心千重似束。又恐被、西風驚緑。若待得君來，向此花前，對酒不忍觸。共粉泪，兩簌簌。

《苕溪漁隱叢話》後集卷第三十九引《古今詞話》云：「蘇子瞻守錢塘，有官妓秀蘭天性黠慧，善於應對。湖中有宴會，群妓畢至，惟秀蘭不來。遣人督之，須臾方至。子瞻問其故，具以『髮結沐浴，不覺困睡，忽有人叩門聲，急起而問之，乃樂營將催督之，非敢怠忽，謹以實告』。子瞻亦恕之。坐中倅車屬意於蘭，見其晚來，恚恨未已，責之曰：『必有他事，以此晚至。』秀蘭力辯，不能止倅之怒。是時榴花盛開，秀蘭以一枝藉手告倅，其怒愈甚。秀蘭收淚無言。子瞻作《賀新涼》以解之，其怒始息。子瞻之作，皆紀目前事，蓋取其沐浴新涼，曲名《賀新涼》也。後人不知之，誤爲《賀新郎》，蓋不得子瞻之意也。子瞻真所謂風流太守也，豈可與俗吏同日語哉！」苕溪漁隱曰：「野哉楊湜之言，真可入《笑林》。東坡此詞，冠絶古今，託意高遠，寧爲一娼而發邪？『簾外誰來推繡户？　枉教人夢斷瑶台曲。又卻是，風敲竹。』用古詩『捲簾風動竹，疑是故人來』之意，今乃云『忽有人叩門聲，急起而問之，乃樂營將催督』，此可笑者一也。『石榴半吐紅巾蹙。待浮花浪蕊都盡，伴君幽獨。濃豔一枝細看取，芳心千重似束』，蓋初夏之時，千花事退，榴花獨芳，因以中寫幽閨之情，今乃云『是時榴花盛開，秀蘭以一枝藉手告倅，其怒愈甚』，此可笑者二也。此詞腔調寄《賀新郎》，乃古曲名也，今乃云『取其沐浴新涼，曲名《賀新涼》，後人不知之，誤爲《賀新郎》』，此可笑者三也。《詞話》中可笑者甚衆，姑舉其尤者。第東坡此詞，深爲不幸，横遭點汙，吾不可無一言雪其恥。宋子京云：『江左有文拙而好刻石者，謂之詅嗤符。』今楊湜之言俚甚，而鋟板行世，殆類是也。」

《項氏家説》卷八：蘇公「乳燕飛華屋」之詞，興寄最深，有《離騷經》之遺法，蓋以興君臣遇合之難，一篇之中，殆不止三致意焉。瑶臺之夢，主恩之難常也。幽獨之情，臣心之不變也。恐西風之驚緑，憂讒之深也。冀君來而共泣，忠愛之至也。其首尾布置，全類《邶・柏舟》。或者不察其意，多疑末章專賦石榴，似與上章不屬，而不知此篇意最融貫也。余又謂「枝上柳綿吹漸少，天涯何處無芳草」，此意亦深切。余在會稽，嘗作《送春》詩曰：「墮紅一片已堪疑。吹到楊花事可知。借問春歸誰與伴，泪痕都付石榴枝。」蓋兼用兩詞之意，書生此念，千載一轍也。

《耆舊續聞》卷二：陸辰州子逸，左丞農師之孫，太傅公之玄孫也。晚以疾廢，卜築於秀野，越之佳山水也，公放傲其間，不復有榮念，對客則終日清談不倦，尤好語及前輩事，纚纚傾人聽。余嘗登門，出近作《贈别》長短句以示公，其末句云：「莫待柳吹綿。吹綿聞杜鵑。」公賞誦久之。是後從游頗密，公嘗謂余曰：「曾看東坡《賀新郎》詞否？」余對以世所共歌者。公云：「東坡此詞，人皆知其爲佳，但後擷用榴花事，人少知其意。某嘗於晁以道家見東坡真蹟，晁氏云：『東坡有妾名曰朝雲、榴花，朝雲死於嶺外，東坡嘗作《西江月》一闋，寓意於梅，所謂高情已逐曉雲空是也。惟榴花獨存，故其詞多及之。觀浮花浪蕊都盡，伴君幽獨，可見其意矣。』」

《耆舊續聞》卷第二：曩見陸辰州，語余以《賀新郎》詞用榴花事，乃妾名也。退即書其語，今十年矣，亦未嘗深考。近觀顧景藩續注，因悟東坡詞中用白團扇、瑶臺曲，皆侍妾故事。按晋中書令王珉，好執白團扇，婢作《白團扇》歌以贈珉。又《唐逸史》，許檀暴卒復悟，作詩云：「曉入瑶臺露氣清。座中惟見許飛瓊。塵心未盡俗緣重，千里下山空月明。」復寢，驚起，改第二句，云昨日夢到瑶池，飛瓊令改之，云不欲世間知有我也。按《漢武帝内傳》所載董雙成、許飛瓊，皆西王母侍兒，東坡用此事，迺知陸辰州得榴花之事於晁氏爲不妄也。《本事詞》載榴花事極鄙俚，誠爲妄誕。

《艇齋詩話》：東坡《賀新郎》在杭州萬頃寺作。寺有榴花樹，故詞中云「石榴」。又是日有歌者晝寢，故詞中云「漸困倚孤眠清熟」。其真本云「乳燕棲華屋」，今本作「飛」字，非是。

## 西江月

世事一場大夢，人生幾度新涼。夜來風葉已鳴廊。看取眉頭鬢上。　酒賤常愁客少，月明多被雲妨。中秋誰與共孤光。把盞淒涼北望。

《苕溪漁隱叢話》後集卷第三十九引《古今詞話》云：「東坡在黄州，中秋夜對月獨酌作《西江月》詞。坡以讒言謫居黄州，鬱鬱不得志，凡賦詩綴詞必寫其所懷，然一日不負朝廷，其懷君之心，末句可見矣。」苕溪漁隱曰：「《聚蘭集》載此詞，注曰『寄子由』，故後句云『中秋誰與共孤光，把酒淒涼北望』，則兄弟之情見於句意之間矣。疑是在錢塘作，時子由爲睢陽幕客，若《詞話》所云，則非也。」

## 定風波

月滿苕溪照夜堂。五星一老鬬光芒。十五年間真夢裏。何事？長庚對月獨淒涼。　緑鬢蒼顔同一醉。還是。六人吟笑水雲鄉。賓主談鋒誰得似？看取。曹劉今對兩蘇張。

《苕溪漁隱叢話》後集卷第三十九：東坡云：「吾昔自杭移高密，與楊元素同舟，而陳令舉、張子野皆從。余過李公擇於湖，遂與劉孝叔俱至松江。夜半月出，置酒垂虹亭上。子野年八十五，以歌詞聞於天下，作《定風波》令，其略云：『見説賢人聚吴分。試問。也應旁有老人星。』坐客歡甚，有醉倒者。此樂未嘗忘也。今七年耳，子野、孝叔、令舉皆爲異物，而松江橋亭，今歲七月九日，海風駕潮，平地丈餘，蕩盡無復孑遺矣。追思曩時，真一夢耳。」苕溪漁隱曰：吴興郡圃，今有六客亭，即公擇、子瞻、元素、子野、令舉、孝叔。時公擇守吴興也。東坡有云：「余昔與張子野、劉孝叔、李公擇、陳令舉、楊元素會於吴興，時子野作六客詞，其卒章云：『盡道賢人聚吴分。試問。也應旁有老人星。』凡十五年，再過吴興，而五人皆已之矣。時張仲謀與曹子方、劉景文、蘇伯固、張秉道爲坐客，仲謀請作後六客詞。詞如上略。」

## 行香子

北望平川。野水荒灣。共尋春，飛步孱顏。和風弄袖，香霧縈鬟。正酒酣時，人語笑，白雲間。　飛鴻落燕，相將歸去，淡娟娟，玉宇清閒。何人無事，燕坐空山。望長橋上，燈火鬧，使君還。

《揮麈後録》卷七引張唐佐云：「東坡先生自黄州移汝州，中道起守文登，舟次泗上，偶作詞云：『何人無事，燕坐空山。望長橋上，燈火鬧，使君還。』太守劉士彦本出法家，山東木強人也，聞之，亟謁東坡云：『知有新詞，學士名滿天下，京師便傳，在法泗州夜過長橋者，徒二年，況知州邪？切告收起，勿以示人。』東坡笑曰：『軾一生罪過，開口常是，不在徒二年以下。』」

## 踏莎行

這個禿奴，修行忒煞。雲山頂上持齋戒。一從迷戀玉樓人，鶉衣百結渾無奈。

毒手傷人，花容粉碎。空空色色今何在？臂間刺道苦相思，這回還了相思債。

《事林廣記》癸集卷之十三：靈隱寺有僧名了然，不遵戒行，常宿娼妓李秀奴家，往來日久，衣鉢爲之一空。秀奴絶之，僧迷戀不已，乘醉往秀奴家，不納，因擊秀奴，隨手而斃。縣官得實，具申州司，時内翰蘇子瞻治郡，一見大駡曰：「禿奴，有此横爲，送獄院推勘。」則見僧臂上刺字云「但願同生極樂國，免教今世苦相思」之句。及見款狀招伏，即行結斷，舉筆判成一詞，名《踏莎行》。詞如上略。判訖，押赴市曹處斬。

## 江神子

鳳凰山下雨初晴。水風清。晚霞明。一朵芙蓉，開過尚盈盈。何處飛來雙白鷺，如有意，慕娉婷。　忽聞筵上弄哀箏。苦含情。遣誰聽？烟斂雲收，依約是湘靈。擬待曲終尋問取，人不見，數峰青。

《甕牖閒評》卷五：東坡倅錢塘日，忽劉貢父相訪，因拉與同遊西湖。時二劉方在服制中，至湖心，有小舟翩然至前，一婦人甚佳。見東坡自叙：「少年景慕高名，以在室無由得見，今已嫁爲民妻，聞公遊湖，不避罪而來。善彈箏，願獻一曲，輒求一小詞，以爲終身之榮可乎？」東坡不能卻，援筆而成，與之。其詞云：詞如上略。

## 卜算子

缺月掛疎桐，漏斷人初靜。時見幽人獨往來，縹緲孤鴻影。　驚起卻回頭，有恨無人省。揀盡寒枝不肯棲，寂寞沙洲冷。

《能改齋漫録》卷十六：東坡先生謫居黄州，作《卜算子》詞云：詞如上略。其屬意蓋爲王氏女子也，讀者不能解。張右史文潛繼貶黄州，訪潘邠老，嘗得其詳，題詩以誌之云：「空江月明魚龍眠。月中孤鴻影翩翩。有人清吟立江邊。葛巾藜杖眼窺天。夜冷月墮幽蟲泣。鴻影翹沙衣露溼。仙人采詩作步虚。玉皇飲之碧琳腴。」

《女紅餘志》：惠州温氏女超超，年及笄，不肯字人。聞東坡至，喜曰：「我壻也。」日徘徊窗外，聽公吟詠，覺則亟去。東坡知之，乃曰：「吾將呼王郎與子爲媚。」東坡渡海歸，超超已卒，葬於沙際。公因作《卜算子》，有「揀盡寒枝不肯棲」之句。

## 水龍吟

楚山修竹如雲，異材秀出千林表。龍鬚半剪，鳳膺微漲，玉肌勻繞。木落淮南，雨晴雲夢，月明風裊。自中郎不見，桓伊去後，知辜負，秋多少。　聞道嶺南太守，後堂深，綠珠嬌小。綺窗學弄，《梁州》初遍，《霓裳》未了。嚼徵含宮，泛商流羽，一聲雲杪。爲使君，洗盡蠻風瘴雨，作霜天曉。

《唐宋諸賢絶妙詞選》卷二：太守閭丘公顯致仕，居姑蘇，公飲其家，出後房佐酒。有懿卿者，善吹笛，公因賦此以贈。詞如上略。

## 許將

將字沖元，福州人。嘉祐八年進士第一。神宗時，累拜翰林學士、兵部侍郎。徽宗時，知河南府。

### 臨江仙

聖主臨軒親策試，集英佳氣葱葱。鳴鞘聲震未央宮。卷簾龍影動，揮翰御烟濃。

上第歸來何事好，迎人花面爭紅。藍袍香散六街風。一鞭春色裏，驕損玉花驄。

《歲時廣記》卷三十一引《古今詞話》：嘉祐間，京師殿試，有一南商，控細鞍驄馬於右掖門，俟狀元獻之。日未曛，唱名第一人，乃許將也，姿狀奇秀，觀者若堵。自綴《臨江仙》曰：詞如上略。

## 鄭無黨

無黨，西州士人。

## 臨江仙

不比尋常三五夜，萬家齊望清輝。爛銀盤透碧玻璃。莫辭終夕看，動是隔年期。試問嫦娥還記否，玉人曾折高枝？明年此夜再圓時。閤開東府宴，身在鳳凰池。

《歲時廣記》卷三十一引《古今詞話》：「許將後帥成都，值中秋府會，官妓獻詞送酒，仍別歌《臨江仙》曰：詞如上略。許問誰作詞，妓白以西州人鄭無黨詞。後召相見，欲薦其才於廊廟，無黨辭以無意進取，惟投牒理逋欠數千緡。無黨爲人不羈，長於詞，蓋知許公《臨江仙》最喜歌者，投其所好也。」

# 蘇轍

轍字子由，眉山人。年十九，與兄軾同登進士。坐軾詩禍，謫監筠州鹽酒稅。哲宗朝，使契丹，還爲御史中丞。以直諫屢遭貶謫。

## 漁家傲

七十餘年真一夢。朝來壽斝兒孫奉。憂患已空無復痛。心不動。此間自有千鈞重。　蚤歲文章供世用。中年禪味疑天縱。石塔成時無一縫。誰與共。人間天上隨他送。

《欒城先生遺言》：公悟悅禪定，門人有以《漁家傳》祝生日及濟川者，以非其志也，乃賡和之。

## 李　嬰

嬰，元豐中，蘄水令。

### 滿江紅

荆楚風烟，寂寞近、中秋時候。露下冷，蘭英將謝，葦花初秀。歸燕殷勤辭巷陌，鳴蛩淒楚來窗牖。又誰念，江邊有神仙，飄零久。　横琴膝，攜笻手。曠望眼，閑吟口。任紛紛萬事，到頭何有。君不見凌烟冠劍客，何人氣貌長依舊？《歸去來》，一曲爲君吟，爲君壽。

《苕溪漁隱叢話》前集卷第五十九：苕溪漁隱曰：「元豐間，都人李嬰調蘄水縣令，作《滿江紅》一曲，往黄州上東坡，東坡甚喜之。」

# 王齊叟

齊叟字彦齡，懷州人。太原掾官。

## 望江南

居下位，只恐被人讒。昨日只吟《青玉案》，幾時曾做《望江南》？試問馬都監。

《碧鷄漫志》卷二：王齊叟彦齡，元祐副樞巖叟之弟，任俊得聲。初官太原，作《望江南》數十曲，嘲府縣同僚，遂併及帥。帥怒甚，因衆入謁，面責彦齡：「何敢爾！豈恃兄貴，謂吾不能劾治耶？」彦齡執手板頓首帥前，曰：詞如上略。帥不覺失笑，衆亦匿笑去。今別素質曲，「此事憑誰知證，有樓前明月，窗外花影」者，彦齡作也。娶舒氏，亦有詞翰。婦翁武選，彦齡事之素不謹，因醉酒謾罵，翁不能堪，取女歸，竟至離絶。舒在父家，一日行池上，懷其夫，作《點絳脣》曲云：「獨自臨流，興來時把闌干憑。舊愁新恨。耗卻來時興。鷺散魚潛，烟斂風初定。波心靜。照人如鏡。少個年時影。」

案：此事又見《夷堅三志》壬卷第七。

## 琴操

琴操，杭妓，後爲尼。

### 滿庭芳

山抹微雲，天連衰草，畫角聲斷斜陽。暫停征轡，聊共引離觴。多少蓬萊舊侶，頻回首、烟靄茫茫。孤村裏，寒鴉萬點，流水遶低牆。　魂傷。當此際，輕分羅帶，暗解香囊。漫贏得青樓，薄倖名狂。此去何時見也，襟袖上、空有餘香。傷心處，長城望斷，燈火已昏黃。

《能改齋漫録》卷十六：杭之西湖，有一倅閒唱少游《滿庭芳》，偶然誤舉一韻云：「畫角聲斷斜陽。」妓琴操在側云：「『畫角聲斷譙門』，非斜陽也。」倅因戲之曰：「爾可改韻否？」琴即改作陽字韻云：詞如上略。東坡聞而稱賞之。後因東坡在西湖，戲琴曰：「我作長老，爾試來問。」琴云：「何謂湖中景？」東坡答云：「秋水共長天一色，落霞與孤鶩齊飛。」琴又云：「何謂景中人？」東坡云：「裙拖六幅瀟湘水，鬢髻巫山一段雲。」琴又云：「何謂人中意？」東坡云：「惜他楊學士，憨殺鮑參軍。」琴又云：「如此究竟如何？」東坡云：「門前冷落車馬稀，老大嫁作商人婦。」琴大悟，即削髮爲尼。

## 陳　睦

睦字子雍，莆田人。嘉祐六年進士。元豐間，使高麗，歸直龍圖閣，知潭州卒。

### 沁園春

小雪初晴，畫舫明月，強飲未眠。念翠鬟雙聳，舞衣半捲，琵琶催拍，促管危絃。密意雖具，歡期難偶，遣我離情愁緒牽。追思處，奈溪橋道窄，無計留連。　天天！莫是前緣？自別後，深誠誰爲傳牋？玉篦偷付，珠囊暗解，兩心長在，須合金鈿。淺淡精神，溫柔情性，記我疎狂應痛憐。空腸斷，奈衾寒漏永，終夜如年。

### 清平樂

鬢雲斜墜。蓮步彎彎細。笑臉雙娥生多媚，百步蘭麝香噴。　從前萬種愁煩。枕邊未可明言。好是藍橋再渡，玉篦還勝金鈿。

《緑窗新話》卷下引《古今詞話》：陳子雍奉使浙江，沈可勳正叔留飲，出家妓侑觴。有翠鬟者，與子雍目色相授，以玉篦密贈子雍。未幾，辭沈而去，徑往子雍之宅。子雍未得翠鬟，有《沁園春》以念之曰：詞如上略。子雍既見翠鬟，又作《清平樂》曰：詞如上略。

## 太尉夫人

仁宗時宗室夫人。

### 極相思

柳烟霽色方晴。花露逼金莖。秋千院落，海棠漸老，纔過清明。　嫩玉腕托香脂臉，相傳粉、更與誰情。秋波綻處，相思泪迸，天阻深誠。

《墨客揮犀》卷八：仁廟朝，皇族中太尉夫人，一日，入内再拜告帝曰：「臣妾有夫，不幸爲婢妾所惑。」帝怒，流婢於千里，夫人亦得罪，居於瑶華宫，太尉罰俸而不得朝。經歲方春暮，夫人爲詞曲，名《極相思》令云：詞如上略。

## 張商英

商英字天覺，號無盡居士，蜀之新津人。登治平二年進士第，爲章惇所薦。大觀中，歷尚書右僕射、中書侍郎。貶衡州，復官。宣和三年卒。

## 南鄉子

向晚出京關。細雨微風拂面寒。楊柳堤邊青草岸。堪觀。只在人心咫尺間。酒飲盞須乾。莫道浮生似等閒。用則逆理天下事，何難？不用雲中別有山。

## 又

瓦鉢與磁甌。閒伴白雲醉後休。得失事常貧也樂，無憂。運去英雄不自由。彭越與韓侯。蓋世功名一土丘。名利有餌魚吞餌，輪收。得脱那能更上鈎？

《宣和遺事》亨集：次日，御筆除張天覺授勝州太守，即日遣中官管押之任。張天覺朝辭之任，乃作詞一首寄《南鄉子》。詞如上略。吟罷，行數十里，忽值路邊老牛臥地，天覺長吁一聲，依前韻又作一首寄《南鄉子》。詞如上略。中使録其詞，歸呈徽宗。徽宗看罷，心知大覺爲異人，悔之無及。

# 王雱

雱字元澤，安石子。未冠舉進士，調旌德尉。歷官龍圖閣學士，早卒。

## 倦尋芳慢

露晞向曉，簾幕風輕，小院閒晝。翠逕鶯來，驚下亂紅鋪繡。倚危牆，望高樹，海棠經雨胭脂透。算韶華，又因循過了，清明時候。　倦游宴，風光滿目，好景良辰，誰共攜手？恨被榆錢，買斷兩眉長皺。憶高陽，人散後。落花流水仍依舊。這情懷，對東風，盡成消瘦。

《捫蝨新話》下集卷四：世傳王元澤一生不作小詞，或者笑之，元澤遂作《倦尋芳慢》一首，時服其工。其詞曰：詞如上略。此詞甚佳，今人多能誦之，然元澤自此亦不復作。

# 黃大臨

大臨字元明，黃庭堅之兄。紹聖中，官萍鄉令。

## 七娘子

畫堂銀燭明如晝。見林宗、巾墊羞蓬首。針插花枝，綫賒羅袖。須臾兩帶還依舊。　勸君倒戴休令後。也不須、更漉淵明酒。寶篋深藏，濃香薰透。爲經十指如葱手。

《能改齋漫録》卷十七：豫章先生兄黄元明，宰廬陵縣，赴郡會，坐上巾帶偶脱，太守喻妓令綴之。既畢，且俾元明撰詞，云：詞如上略。蓋《七娘子》也。

## 青玉案

千峰百嶂宜州路。天黯淡、知人去。曉别吾家黄叔度。弟兄華髮，遠山修水，異日同歸處。長亭飲散尊罍暮。别語纏綿不成句。已斷離腸能幾許？水村山郭，夜闌無寐，聽盡空階雨。

《能改齋漫録》卷十六：賀方回爲《青玉案》詞，山谷尤愛之，故作小詩以紀其事。及謫宜州，山谷兄元明和以送之云：詞如上略。山谷和云：「烟中一綫來時路。極目送幽人去。第四陽關雲不度。山胡聲轉，子規言語，正是人愁處。别恨朝朝連暮暮。憶我當年醉時句。渡水穿雲心已許。晚年光景，小軒南浦，簾捲西山雨。」洪覺範亦嘗和云：「緑槐烟柳長亭路。恨取次分離去。日永如年愁難度。高城回首，暮雲遮盡，目斷人何處？解鞍旅舍天將暮。暗憶丁寧千萬句。一寸危腸情幾許？薄衾孤枕，夢回人靜，徹曉瀟瀟雨。」

## 黄庭堅

庭堅字魯直，洪州分寧人。治平四年舉進士，爲葉縣尉，歷祕書丞。紹聖初，坐修《神宗實録》失實，貶涪州別駕，黔州安置。建中靖國初，召還，知太平州，復除名編管宜州卒。

### 浣溪沙

腳上鞋兒四寸羅。脣邊朱麝一櫻多。見人無語但回波。　料得有心憐宋玉，祇應無奈楚襄何。今生有分向伊麽？

### 驀山溪

朝來春日，陡覺春衫便。官柳艷明眉，戲鞦韆、誰家倩盼？　烟滋露灑，草色媚横塘，平沙輭。雕輪轉。行樂聞絃管。　追思年少，曾約尋芳伴。一醉幾纏頭，過揚州朱簾盡捲。而今老矣，花似霧中看。　歡喜淺。天涯遠。信馬歸來晚。

《緑窗新話》卷上引《古今詞話》：「涪翁過瀘南，瀘帥留府。會有官妓盼盼性頗聰慧，帥嘗寵之。涪翁贈《浣溪沙》曰：詞如上略。盼盼拜謝。涪翁令唱詞侑觴，盼盼唱《惜花容》曰：『少年看花雙鬢緑。走馬章臺管絃逐。而今老更惜花深，終日看花看不足。座中美女顔如玉，爲我一歌《金縷曲》。歸時壓得帽簷欹，頭上春風紅簌簌。』涪翁大喜。翌日出城游山寺，盼盼乞詞，涪翁作《驀山溪》以見意。」

## 滿庭芳

北苑研膏，方圭圓璧，萬里名動天關。碎身粉骨，功合在凌烟。尊俎風流戰勝，降春夢，開拓愁邊。纖纖捧、香泉濺乳，金縷鷓鴣斑。　相如雖病渴，一觴一咏，賓有群賢。便扶起燈前，醉玉頹山。搜攪胸中萬卷，還傾動、三峽詞源。歸來晚，文君未寢，相對小妝殘。

《能改齋漫録》卷十七：豫章先生少時，嘗爲茶詞，寄《滿庭芳》云：「北苑龍團，江南鷹爪，萬里名動京關。碾深羅細，瓊蕊冷生烟。一種風流氣味，如甘露，不染塵煩。纖纖捧，冰甕弄影，金縷鷓鴣斑。相如方病酒，銀瓶蟹眼，驚鷺濤翻。爲扶起尊前，醉玉頹山。飲罷風生兩袖，醒魂到、明月輪邊。歸來晚，文君未寢，相對小窗前。」其後增損其詞，止詠建茶云：詞如上略。詞意益工也。後山陳無己同韻和之云：「北苑先春，琅函寶韞，帝所分落人間。綺窗纖手，一縷破雙團。雲裏游龍舞鳳，香霧靄，飛入琱盤。華堂靜，松風雲竹，金鼎沸潺湲。門闌車馬動，浮黄嫩白，小袖高鬟。便胸臆輪囷，肺腑生寒。喚起謫仙醉倒，飜湖海、傾瀉濤瀾。笙歌散，風簾月幕，禪榻鬢絲斑。」

## 好事近

一弄醒心絃，情在南山斜疊。彈到古人愁處，有真珠承睫。　使君來去本無心，休淚界紅頰。自恨老人怕酒，負十分金葉。

《能改齋漫録》卷十七：豫章先生在當塗，又贈小妓楊姝彈琴送酒，寄《好事近》云：詞如上略。故集中有贈彈琴妓楊姝絶句云：「千古人心指下傳。楊姝閒處更嬋娟。不知心向誰邊切，彈作南風欲斷絃。」

## 又

歌罷酒闌時，瀟灑座中風色。主禮到君須盡，奈賓朋南北。　暫時分散總尋常，難堪久離拆。不似建溪春草，解留連佳客。

《誠齋詩話》：東坡談笑善謔，過潤州，太守高會以餉之。飲散，諸妓歌魯直《茶詞》云：「惟有建溪春草，解留連佳客。」坡正色曰：「卻留我喫草。」諸妓立東坡後、憑東坡胡牀者大笑絶倒，胡牀遂折，東坡墮地，賓客一笑而散。見蜀人李珪説。

## 南鄉子

諸將説封侯。短笛長吹獨倚樓。萬事總成風雨去，休休。戲馬臺南金絡頭。　催酒莫遲留。酒似今秋勝去秋。花向老人頭上笑，羞羞。人不羞花花自羞。

《道山清話》：山谷之在宜也，其年乙酉，即崇寧四年也。重九日，登郡城之樓，聽邊人相語，今歲當鏖戰，取封侯，因作小詞云：詞如上略。倚闌高歌，若不能堪者。是月三十日果不起。范寥自言親見之。

## 木蘭花令

凌歊臺上青青麥。姑孰堂前餘翰墨。暫分一印管江山，稍爲諸公分皂白。　江山依舊雲空碧。昨日主人今日客。誰分賓主強惺惺，問取磯頭新婦石。

《能改齋漫録》卷十七：豫章守當塗，既解印，後一日，郡中置酒，郭功甫在坐，豫章爲《木蘭花令》一闋示之。其後復竄易前詞云：「翰林本是神仙謫。落帽風流傾坐席。座中還有賞音人，能岸烏紗傾大白。江山依舊雲横碧。昨日主人今日客。誰分賓主強惺惺，問取磯頭新婦石。」

## 吴城小龍女

### 清平樂令

調名據《唐宋諸賢絶妙詞選》卷十補。

簾卷曲闌獨倚。江展暮天無際。泪眼不曾晴，家在吴頭楚尾。　數點雪花亂委。撲鹿沙鷗驚起，詩句恰成時，没入蒼烟叢裏。

《苕溪漁隱叢話》前集卷第五十八引《冷齋夜話》云：「魯直自黔安出峽，登荆州江亭，柱間有詞曰：詞如上略。」

《詞綜》卷二十五引《冷齋夜話》，謂魯直見此詞驚悟曰：「此必吴城小龍女也。」

## 晁端禮

端禮字次膺，其先澶州清豐人，徙家彭門。熙寧六年進士，兩爲縣令，忤上官坐廢。晚以承事郎爲大晟府協律郎，不克受而卒。

### 並蒂芙蓉

太液波澄，向鑑中照影，芙蓉同蒂。千柄緑荷深，並丹臉爭媚。天心眷臨聖日，殿宇分明敞嘉瑞，弄香嗅蕊。願君王，壽與南山齊比。　池邊屢回翠輦，擁群仙醉賞，憑欄凝思。萼緑攬飛瓊，共波上游戲。西風又看露下，更結雙雙新蓮子。鬬妝競美。問鴛鴦向誰留意。

《能改齋漫録》卷十六：政和癸巳，大晟樂成。嘉瑞既至，蔡元長以晁端禮次膺薦於徽宗。詔乘驛赴闕。次膺至都，會禁中嘉蓮生。分苞合趺，夐出天造，人意有不能形容者。次膺效樂府體屬詞以進，名《並蒂芙蓉》。上覽之稱善，除大晟府協律郎，不克受而卒。

## 黄河清慢

晴景初升風細細。雲疎天淡如洗。檻外鳳凰雙闕，葱葱佳氣。朝罷香烟滿袖，近臣報、天顔有喜。夜來連得封章，奏大河、徹底清泚。　君王壽與天齊，馨香動上穹，頻降嘉瑞。大晟奏功，六樂初調角徵。合殿春風乍轉，萬花覆、千官盡醉。内家傳敕，重開宴、未央宫裏。

《鐵圍山叢談》卷第二：又有晁次膺者，先在韓師朴丞相中秋坐上作聽琵琶詞，爲世所重。又有一曲曰：「深院鎖春風，悄無人桃李自笑。」亦歌之，遂入大晟，亦爲製撰。時燕樂初成，八音告備，因作徵招、角招，有曲名《黄河清》、《壽星明》，二者音調極韶美，次膺作一詞曰：詞如上略。時天下無問邇遐小大，雖偉男髫女，皆爭唱之。

## 蔡　京

京字元長，興化軍仙游人。熙寧三年進士，歷尚書左僕射，轉司空，累封魯國公，加太師。徽宗朝，凡四入相。靖康中，貶死於潭州。

### 西江月

八十一年住世，四千里外無家。如今流落向天涯。夢到瑶池闕下。　玉殿五回命相，彤庭幾度宣麻。止因貪戀此榮華。便有如今事也。

《揮麈後録》卷八引馮于容云：「蔡元長既南遷，中路有旨，取所寵姬慕容、邢、武者三人，以金人指名來索也。元長作詩以別云：『爲愛桃花三樹紅。年年歲歲惹東風。如今去逐它人手，誰復尊前念老翁？』初，元長之竄也，道中市食飲之類，問知蔡氏，皆不肯售，至於詬罵，無所不道，州縣吏爲驅逐之，稍息。元長轎中獨嘆曰：『京失人心，一至於此！』至潭州，作詞曰：詞如上略。後數日卒。門人吕川卞老醵錢葬之，爲作墓誌，乃曰『天寶之末，姚宋何罪』云。」

## 曾肇

肇字子開，南豐人，鞏之弟。治平四年進士。元祐中，歷中書舍人、吏部侍郎。徽宗即位，累遷翰林學士。

### 好事近

歲晚鳳山陰，看盡楚天冰雪。不待牡丹時候，又使人輕別。　如今歸去老江南，扁舟載風月。不似畫梁雙燕，有重來時節。

《過庭録》：曾肇子開守亳秩滿，丐祠歸江南，一詞別諸僚舊云：詞如上略。

## 蘇瓊

瓊，蘇州官妓。

### 清平樂

韓愈文章蓋世，謝安情性風流。良辰美景在西樓。敢勸一巵芳酒。　記得南宮高選，弟兄爭占鼇頭。金爐玉殿瑞烟浮。高占甲科第九。

《能改齋漫録》卷十六：姑蘇官妓姓蘇名瓊，行第九。蔡元長道過蘇州，太守召飲。元長聞瓊之能詞，因命即席爲之。乞韻，以「九」字。詞云：詞如上略。蓋元長奏名第九也。

案：此首別作尹詞客詞，見《歲時廣記》卷三十五。

## 李元膺

元膺，東平人。南京教官。

### 茶瓶兒

去年相逢深院宇。海棠下曾歌《金縷》。歌罷花如雨。翠羅衫上，點點紅無數。今歲重尋攜手處。空物是人非春暮。回首青門路。亂紅飛絮，相逐東風去。

《冷齋夜話》卷之三：許彦周曰：「李元膺作南京教官，喪妻，作長短句曰：詞如上略。李元膺尋亦卒。」

## 趙　頊

頊，即宋神宗，英宗長子，在位十八年卒。

## 瑶臺第一層

西母池邊宴罷，贈南枝，步玉霄。緒風和扇，冰華秀發，雪質孤高。漢波呈練影，問是誰，獨立江皋。便凝望，認壺中圭璧，天上瓊瑶。　清標。曾陪勝賞，坐忘愁、解使塵銷。況雙成與乳丹點染，都付香梢。壽妝酥冷，郢韻珮舉，霧卷雲消。樂逍遥，鳳凰臺畔，取次憶吹簫。

《後山詩話》：武才人出慶壽宫，色最後庭，裕陵得之。會教坊獻新聲，爲作詞，號《瑶臺第一層》。

《能改齋漫録》卷十七：武才人以色最後庭，教坊詞名《瑶臺第一層》，託意以美云：詞如上略。

## 朱服

服字行中，烏程人。熙寧六年進士。哲宗朝，歷中書舍人、禮部侍郎。徽宗朝，加集賢殿修撰，知廣州、袁州，再貶蘄州安置。

### 漁家傲　東陽郡齋作

小雨纖纖風細細。萬家楊柳青烟裏。戀樹溼花飛不起。愁無比。和春付與東流水。　九十光陰能有幾？　金龜解盡留無計。寄語東陽沽酒市。拚一醉。而今樂事他年淚。

《泊宅篇》卷之上：朱行中自右史帶假龍出典數郡，是時年尚少，風采才藻皆秀整。守東陽日，嘗作春詞云：詞如上略。予以門下士每或從公，公往往乘醉大言：「你曾見我『而今樂事他年淚』否？」蓋公自謂好句，故誇之也。予嘗心惡之而不敢言。行中後歷中書舍人，帥番禺，遂得罪，安置興國軍以死。流落之兆，已見於此詞。

## 劉　弇

弇字偉明，江西安福人。元豐二年進士，復中詞科，歷官知峨嵋縣，改太學博士。徽宗立，授著作佐郎、實録院檢討。

### 清平樂

東風依舊。著意隋堤柳。搓得鵝兒黄欲就。天氣清明廝勾。　去年紫陌朱門。今朝雨魄雲魂。斷送一生憔悴，知他幾個黄昏？

《苕溪漁隱叢話》後集卷第四十引《復齋漫録》云：「劉偉明既喪愛妾而不能忘，爲《清平樂》

詞云：詞如上略。與唐阿灰之詞有間矣。」

案：此首又作趙令畤詞，見《樂府雅詞》卷中。

## 啞女

啞女，與周鍔同時。鍔，元豐二年進士。

### 失調名

風波未息。虛名浮利終無益。不如早去披蓑笠。高臥烟霞，千古企難及。今君既已壯行色。定應雁塔題名籍。他年若到南雄驛。玉石休分，徒累卞和泣。

《寧波府志》卷四十一：啞女者，莫詳其氏族，亦不知何許人。熙寧中，見於鄞之戒香寺，婉孌丱角，年若及笄，瘖不能言。惟日持帚，垂臂跣足，晨粥午飯，每拾菜滓餲餘啖，人以爲顛騃。歷人家，預知吉凶，以爲欣戚。里士周鍔學舉子業，女屢至其家，鍔知其非常，至則必延以蔬飯。一日，未及食，忽起書偈於壁曰：「三界火宅，衆苦俱備，汝諸人求早出離。」後又造鍔，值鍔趣裝將應舉，女笑不止。鍔疑焉，再三叩之，遂索筆作長短句云：詞如上略。鍔襲而藏之。一日，露臥鎮明嶺下，或訶以不檢，遽起歸寺，長吁坐逝，時三月三日也。鍔爲具棺槨，瘞之柳亭。後鍔見女於京師，追問之，不就。歸發其瘞，則空棺也。

## 秦觀

觀字少游，一字太虛，高郵人。舉進士。元祐初，除祕書省正字，兼國史院編修官。紹聖初，坐黨籍削秩，監處州酒稅，徙郴州、橫州，又徙雷州，放還至藤州卒。

### 南歌子

靄靄迷春態，溶溶媚曉光。不應容易下巫陽，祇恐翰林前世、是襄王。　暫爲清歌住，還因暮雨忙。瞥然歸去斷人腸。空使蘭臺公子、賦《高唐》。

《苕溪漁隱叢話》後集卷第二十九引《藝苑雌黃》云：「朝雲者，東坡侍妾也，嘗令就秦少游乞詞，少游作《南歌子》贈之云：詞如上略。何其婉媚也。《復齋漫録》云：『《洛陽伽藍記》言：河間王有婢名曰朝雲，善吹篪。諸羌叛，王令朝雲假爲老嫗吹篪，羌人無不流涕，復降。語曰：快馬健兒，不如老嫗吹篪。』然則名婢曰朝雲，不始於東坡也。」

### 雨中花

指點虛無征路，醉乘斑虬，遠訪西極。正天風吹露，滿空寒白。玉女明星迎笑，何苦自淹塵域。正火輪飛上，霧卷烟開，洞觀金碧。　重重觀閣，橫枕鼇峰，水面倒銜蒼石。隨處有奇香幽火，窅然難測。好是蟠桃熟後，阿鬟偷報消息。在青天碧海，一枝難遇，占取春色。

《苕溪漁隱叢話》前集卷第五十引《冷齋夜話》云：「少游元豐初夢中作長短句曰：詞如上略。既覺，使侍兒歌之，蓋《雨中花》也。」

## 虞美人

碧桃天上栽和露。不是凡花數。亂山深處水縈迴。借問一枝如玉爲誰開？　輕寒細雨情何限。不道春難管。爲君沈醉又何妨。只怕酒醒時候斷人腸。

《緑窗新話》卷上：秦少游寓京師，有貴官延飲，出寵姬碧桃侑觴，勸酒惓惓。少游領其意，復舉觴勸碧桃。貴官云：「碧桃素不善飲。」意不欲少游強之。碧桃曰：「今日爲學士拚了一醉。」引巨觴長飲。少游即席贈《虞美人》詞曰：詞如上略。闔座悉恨。貴官云：「今後永不令此姬出來。」滿座大笑。

## 御街行

銀燭生花如紅豆。這好事、而今有。夜闌人靜曲屏深，借寶瑟、輕輕招手。可憐一陣白蘋風，故滅燭、教相就。　花帶雨、冰肌香透。恨啼鳥、轆轤聲曉，岸柳微風吹殘酒，斷腸時、至今依舊。鏡中消瘦。那人知後，怕你來僝僽。

《緑窗新話》卷上引《古今詞話》：「秦少游在揚州，劉太尉家出姬侑觴，中有一妹善擘箜篌。此樂既古，近時罕有其傳，以爲絶藝。妹又傾慕少游之才名，偏屬意。少游借箜篌觀之。既而主人入宅更衣，適值狂風滅燭，妹來且相親，有倉卒之歡。且云：『今日爲學士瘦了一半。』少游因作《御街行》以道一時之景。」

## 臨江仙

千里瀟湘接藍浦，蘭橈往日曾經。月高風定露華清。微波澄不動，冷浸一天星。獨倚危檣情悄悄，遥聞妃瑟泠泠。新聲含盡古今情。曲終人不見，江上數峰青。

《能改齋漫録》卷十六：唐錢起《湘靈鼓瑟》詩末句「曲終人不見，江上數峰青」，秦少游嘗用以填詞云：詞如上略。滕子京亦嘗在巴陵，以前兩句填詞云：「湖水連天天連水，秋來分外澄清。君山自是小蓬瀛。氣蒸雲夢澤，波撼岳陽城。帝子有靈能鼓瑟，淒然依舊傷情。微聞蘭芷動芳馨。曲終人不見，江上數峰青。」

《五總志》：潭守宴客合江亭，時張才叔在坐，令官妓悉歌《臨江仙》。有一妓獨唱兩句云：

「微波渾不動，冷浸一天星。」才叔稱嘆，索其全篇，妓以實語告之：「賤妾夜居商人船中，鄰舟一男子，遇月色明朗，即倚檣而歌，聲極淒怨，但以苦乏性靈，不能盡記，願助以一二同列，共往記之。」太守許焉。至夕，乃與同列飲酒以待，果一男子三嘆而歌。有趙瓊者，傾耳墮淚曰：「此秦七聲度也。」趙善謳，少游南遷經從，一見而悅之。商人乃遣人問訊，即少游靈舟也。其詞曰：詞如上略。崇寧乙酉，張才叔過荆州，以語先子，乃相與嘆息曰：「少游了了，必不致沈滯，戀此壞身，似有物爲之。然詞語超妙，非少游不能作，抑又可疑也。」

## 南柯子　贈陶心兒

玉漏迢迢盡，銀潢淡淡橫。夢回宿酒未全醒。已被鄰雞催起，怕天明。　臂上妝猶在，襟間淚尚盈。水邊燈火漸人行。天外一鈎殘月，帶三星。

《苕溪漁隱叢話》前集卷第五十引《高齋詩話》云：「少游在蔡州，與營妓婁婉字東玉者甚密，贈之詞云『小樓連苑橫空』，又云『玉珮丁東別後』者是也。又贈陶心兒詞云『天外一鈎殘月，帶三星』，謂『心』字也。」

案：原詞見《淮海詞》。

## 千秋歲

水邊沙外。城郭春寒退。花影亂，鶯聲碎。飄零疎酒盞，離別寬衣帶。人不見，碧雲暮合空相對。　憶昔西池會。鵷鷺同飛蓋。攜手處，今誰在？日邊清夢斷，鏡裏朱顏改。春去也，飛紅萬點愁如海。

《獨醒雜志》卷五：秦少游謫古藤，意忽忽不樂。過衡陽，孔毅甫爲守，與之厚，延留待遇有加。一日飲於郡齋，少游作《千秋歲》詞，毅甫覽至「鏡裏朱顏改」之句，遽驚曰：「少游盛年，何爲言語悲愴如此！」遂賡其韻以解之。居數日別去，毅甫送之於郊，復相語終日。歸謂所親曰：「秦少游氣貌大不類平時，殆不久於世矣。」未幾果卒。

《能改齋漫録》卷十六：山谷守當塗日，郭功父嘗寓焉。一日，過山谷論文，山谷誦少游《千秋歲》詞，嘆其句意之善，欲和之而「海」字難押。功父連舉數海字，若孔北海之類，山谷頗厭，而未有以卻之者。次日，又過山谷問焉，山谷答曰：「昨晚偶得一海字韻。」功父問其所以，山谷云：「羞殺人也爺娘海。」自是功父不復論文於山谷矣。蓋山谷用俚語以卻之也。

《後村先生大全集》卷一百七十七：秦少游嘗謫處州，後人摘「柳邊沙外」詞中語爲鶯花亭題詠甚多。

## 滿庭芳

山抹微雲，天黏衰草，畫角聲斷譙門。暫停征棹，聊共引離尊。多少蓬萊舊事，空回首、烟靄紛紛。斜陽外，寒鴉數點，流水遶孤村。　消魂。當此際，香囊暗解，羅帶輕分。謾贏得秦樓，薄倖名存。此去何時見也？襟袖上、空染啼痕。傷情處，高城望斷，燈火已黄昏。

《苕溪漁隱叢話》後集卷第三十三引《藝苑雌黄》云：「程公闢守會稽，少游客焉，館之蓬萊閣。一日，席上有所悦，自爾眷眷，不能忘情，因賦長短句，所謂『多少蓬萊舊事，空回首、烟靄紛紛』是也。其詞極爲東坡所稱道，取其首句，呼之爲『山抹微雲君』。中間有『寒鴉萬點，流水遶孤村』之句，人皆以爲少游自造此語，殊不知亦有所本。予在臨安見平江梅知録云：隋煬帝詩云：『寒鴉千萬點，流水遶孤村。』少游用此語也。」

《鐵圍山叢談》卷第四：范内翰祖禹作《唐鑑》，名重天下。坐黨錮事久之。其幼子温，字元實，與吾善。政和初，得爲其盡力，而朝廷因還其恩數，遂官温焉。温實奇士也。一日，游大相國寺，而諸貴璫蓋不辨有祖禹，獨知有《唐鑑》而已。見温輒指目，方自相謂曰：「此唐鑑兒也。」又，温嘗預貴人家會，貴人有侍兒善歌秦少游長短句，坐間略不顧温，温亦謹不敢吐一語。及酒酣歡洽，侍兒者始問：「此郎何人耶？」温遽起，叉手而對曰：「某乃『山抹微雲』女壻也。」聞者多絶倒。

## 青門飲

風起雲間，雁横天末，嚴城畫角，梅花三奏。塞草西風，凍雲籠月，窗外曉寒輕透。人去香猶在，孤衾長閒餘繡。恨與宵長，一夜熏爐，添盡香獸。　前事空勞回首。雖夢斷春歸，相思依舊。湘瑟聲沈，庾梅信斷，誰念畫眉人瘦。一句難忘處，怎忍辜、耳邊輕呪。任人攀折，可憐又學，章臺楊柳。

《青泥蓮花記》卷一下引《古今詞話》云：「秦少游嘗惓一姝，臨別誓闔户相待，後有毁之者，少游作詞寄曰：詞如上略。姝見『任攀折』之句，遂削髮爲尼。」

## 好事近

山路雨添花，花動一山春色。行到小溪深處，有黄鸝千百。　飛雲當面化龍蛇，夭矯轉空碧。醉臥古藤陰下，杳不知南北。

《詩話總龜》卷四十引《冷齋夜話》云：「秦少游在處州，夢中作長短句曰：詞如上略。後南遷北歸，逗留藤州，終於光華亭。時方醉起，以玉盂汲泉欲飲，笑視而化。」

## 踏莎行　郴州旅舍

霧失樓台，月迷津渡。桃源望斷無尋處。可堪孤館閉春寒，杜鵑聲裏斜陽暮。驛寄梅花，魚傳尺素。砌成此恨無重數。郴江幸自繞郴山，爲誰流下瀟湘去？

《清波雜志》卷第九：秦少游發郴州，反顧有所屬，其詞曰：詞如上略。山谷云：「語意極似劉夢得楚、蜀間語。」

《苕溪漁隱叢話》前集卷第五十引《冷齋夜話》云：「東坡絶愛其尾兩句，自書於扇，曰：『少游已矣，雖萬人何贖！』」

## 水龍吟　寄營妓婁婉，婉字東玉。

小樓連苑橫空，下窺繡轂雕鞍驟。疎簾半捲，單衣初試，清明時候。破暖輕風，弄晴微雨，欲無還有。賣花聲過盡，垂楊院落，紅成陣，飛鴛甃。　玉珮丁東別後，悵佳期、參差難又。名韁利鎖，天還知道，和天也瘦。花下重門，柳邊深巷，不堪回首。念多情，但有當時皓月，照人依舊。

《唐宋諸賢絶妙詞選》卷二：後秦少游自會稽入京見東坡，坡云：「久別當作文甚勝，都下盛唱公『山抹微雲』之詞。」秦遜謝。坡遽云：「不意別後公卻學柳七作詞。」秦答：「某雖無識，亦不至是。先生之言，無乃過乎。」坡云：「『銷魂。當此際。』非柳詞句法乎？」秦慚服，然已流傳，不復可改矣。又問別作何詞。秦舉「小樓連苑橫空，下窺繡轂雕鞍驟」。坡云：「十三箇字，只說得一箇人騎馬樓前過。」秦問先生近著，坡云：「亦有一詞說樓上事。」乃舉「燕子樓空，佳人何在，空鎖樓中燕」。晁無咎在座云：「三句說盡張建封燕子樓一段事，奇哉！」

## 醉鄉春

喚起一聲人悄。衾暖夢寒窗曉。瘴雨過，海棠晴，春色又添多少！　社甕釀成微笑。半破瘿瓢共舀。覺顛倒，急投牀，醉鄉廣大人間小。

《苕溪漁隱叢話》前集卷第五十引《冷齋夜話》云：「少游在黃州，飲於海棠橋，橋南北多海棠，有老書生家於海棠叢間，少游醉宿於此，明日題其柱云：詞如上略。東坡愛其句，恨不得其腔，當有知者。」

# 賀鑄

鑄字方回，衛州人。孝惠皇后族孫，娶宗女，授右班殿直。元祐中，通判泗州，又倅太平州。居吳下，自號慶湖遺老。

## 石州引

薄雨初寒，斜照弄晴，春意空闊。長亭柳色纔黄，遠客一枝先折。烟横水際，映帶幾點歸鴻，東風銷盡龍沙雪。還記出關來，恰而今時節。　將發。畫樓芳酒，紅淚清歌，頓成輕别。已是經年，杳杳音塵都絶。欲知方寸，共有幾許清愁，芭蕉不展丁香結。望斷一天涯，兩厭厭風月。

《能改齋漫録》卷十六：賀方回眷一妓，别久，妓寄詩云：「獨倚危欄淚滿襟。小園春色嬾追尋。深思縱似丁香結，難展芭蕉一寸心。」賀得詩，初叙分别之景色，後用所寄詩，成《石州引》云：詞如上略。

## 鴈後歸

巧剪合歡羅勝子，釵頭春意翩翩。豔歌淺笑拜嫣然。願郎宜此酒，行樂駐華年。未至文園多病客，幽襟淒斷堪憐。舊游夢挂碧雲邊。人歸落鴈後，思發在花前。

《苕溪漁隱叢話》後集卷第二十五引《復齋漫録》云：「山谷守當塗，方回過焉，人日席上作也。

腔本《臨江仙》，山谷以方回用薛道衡詩，故易以《鴈後歸》云。」

## 青玉案

凌波不過横塘路。但目送、芳塵去。錦瑟年華誰與度？月橋花院，綺窗朱户。唯有春知處。　碧雲冉冉蘅皋暮。綵筆新題斷腸句。試問閑愁都幾許？一川烟草，滿城風絮。梅子黄時雨。

《中吴紀聞》卷第三：鑄有小築在姑蘇盤門之南十餘里，地名横塘。方回往來其間，嘗作《青玉案》詞。詞如上略。後山谷有詩云：「解道江南斷腸句，只今唯有賀方回。」其爲前輩推重如此。

《竹坡詩話》：賀方回嘗作《青玉案》詞，有「梅子黄時雨」之句，人皆服其工。士大夫謂之「賀梅子」。郭功父有《示耿天隲》一詩，王荆公嘗爲書之。其尾云：「廟前古木藏訓狐，豪氣英風亦何有。」方回晚倅姑孰，與功父游甚歡。方回寡髮，功父指其髻謂曰：「此真賀梅子也。」方回乃捋其鬚曰：「君可謂郭訓狐矣。」功父白髯而鬍，故有是語。

# 趙仲御

仲御，商王元份曾孫。哲宗初，累遷鎮寧、保寧、昭信、武安節度使，封汝南、華原郡王。

## 瑶臺第一層

嶰管聲催，人報道：嫦娥步月來。鳳燈鸞炬，寒輕簾箔，光泛樓臺。萬里正春未老，更帝鄉、日月蓬萊。從仙仗，看星河銀界，錦繡天街。　歡陪。千官萬騎，九霄人在五雲堆。赭袍光裏，星毬宛轉，花影徘徊。未央宮漏永，散異香、龍闕崔嵬。翠輿回。奏仙韶歌吹，寶殿樽罍。

《墨莊漫録》卷十：元祐以後，宗室以詞章知名者，如士暕、士宇、叔益、令畤、和之，皆有篇什聞於時。然近屬環衛中，能翰墨尤多，如嗣濮王仲御喜作長短句。嘗見十許篇於王之孫□□，皆可儷作者，不能盡載。如上元扈蹕作《瑶臺第一層》云：詞如上略。使人歌此曲，則太平熙熙之象，恍然在夢寐間也。

# 仲　殊

仲殊字師利，俗姓張氏，名揮，安州進士。後爲杭州寶月寺僧，東坡與之游。

## 踏莎行

濃潤侵衣，暗香飄砌。雨中花色添憔悴。鳳鞵溼透立多時，不言不語懨懨地。

眉上新愁，手中文字。因何不倩鱗鴻寄？想伊只訴薄情人，官中誰管閑公事。

《中吳紀聞》卷第四：一日，造郡中，接坐之間，見庭下一婦人投牒立於雨中。守命殊詠之，口就一詞云：詞如上略。後殊自經於枇杷樹下，輕薄子更之曰：「枇杷樹下立多時，不言不語懨懨地。」

## 南柯子

金甃蟠龍尾，蓮開舞鳳頭。涼生宮殿不因秋。門外莫尋塵世，捲地江流。　霽色澄千里，潮聲帶兩州。月華清汎浪花浮。今夜蓬萊歸夢，十二瓊樓。

《西湖游覽志》卷二十四：開化寺即塔院也。宋隆興二年建，嘉靖十二年與塔俱火。傍有金魚池、噴月泉、持正泉、秀江亭，鐵井欄刻八卦以鎮水怪。僧仲殊登秀江亭《南柯子》詞。詞如上略。

案：咸淳《臨安志》卷八十二，載此詞作仲殊《題六和塔》。

# 晁補之

補之字无咎，鉅野人。年十七，從父端友宰杭州之新城，著《錢塘七述》，受知蘇軾。舉進士，試開封及禮部別院皆第一。元祐中，爲著作郎。紹聖末，謫監信州酒稅，起知泗州卒。

## 下水船

上客驪駒繫。驚喚銀瓶睡起。困倚妝臺，盈盈正解羅髻。鳳釵墜。繚繞金盤玉指，巫山一段雲委。　半窺鏡，向我横秋水。斜領花枝交鏡裏。淡拂鉛華，悤悤自整羅綺。斂眉翠。雖有愔愔密意，空作江邊解佩。

《能改齋漫録》卷十六：元豐己未，廖明略、晁无咎同登科。明略所游田氏者，麗姝也。一日，明略邀无咎晨過田氏。田氏遽起，對鑑理髮，且盼且語，草草妝掠，以與客對。无咎以明略故，有意而莫傳也，因爲《下水船》一闋。

## 青幕子婦

### 減字木蘭花　斷句

清詞麗句。永叔子瞻曾獨步。似恁文章。寫得出來當甚強。

《後山詩話》：往時青幕之子婦，妓也。善爲詩詞。同府以詞挑之，妓答曰：詞如上略。

## 張耒

耒字文潛，楚州淮陰人。第進士。元祐初，仕至起居舍人。紹聖中，謫監黄州酒税。徽宗初，召爲太常少卿。坐元祐黨，復貶房州别駕、黄州安置。尋得自便居陳州，主管崇福宫卒。

### 少年游

含羞倚醉不成歌。纖手掩香羅。偎花映燭，偷傳深意，酒思入横波。　看朱成碧心迷亂，翻脈脈，斂雙蛾。相見時稀隔别多。又春盡，奈愁何！

《能改齋漫録》卷十七：右史張文潛，初官許州，喜官妓劉淑奴。張作《少年游》令云：詞如上略。其後去任，又爲《秋蕊香》寓意云：「簾幕疎疎風透，一綫香飄金獸。朱欄倚遍黄昏後，廊上月華如晝。别離滋味濃如酒，著人瘦。此情不及牆東柳，春色年年如舊。」元祐諸公皆有樂府，唯張僅見此二詞。味其句意，不在諸公下矣。

## 侯蒙

蒙字元功，高密人。登進士第。徽宗時，官户部尚書。

## 臨江仙

未遇行藏誰肯信，如今方表名蹤。無端良匠畫形容。當風輕借力，一舉入高空。

纔得吹噓身漸穩，只疑遠赴蟾宮。雨餘時候夕陽紅。幾人平地上，看我碧霄中。

《夷堅甲志》卷第四：侯中書元功蒙，密州人。自少游場屋，年三十有一，始得鄉貢。人以其年長貌寢，不加敬。有輕薄子畫其形於紙鳶上，引綫放之。蒙見而大笑，作《臨江仙》詞題其上。詞如上略。蒙一舉登第，年五十餘，遂爲執政。

# 周邦彥

邦彥字美成，錢塘人。元豐中，獻《汴都賦》，召爲太學正。徽宗朝，仕徽猷閣待制，提舉大晟府。出知順昌府，徙知處州。秩滿，提舉南京鴻慶宮卒。

## 風流子

新緑小池塘。風簾動，碎影舞斜陽。羨金屋去來，舊時巢燕，土花繚繞，前度莓牆。繡閣裏，鳳幃深幾許，聽得理絲簧。欲説又休，慮乖芳信，未歌先咽，愁轉清商。　暗想新妝了，開朱户，應自待月西廂。最苦夢魂，今宵不到伊行。問甚時卻與，佳音密耗，擬將秦鏡，偷換韓香。天便教人，霎時廝見何妨。

《揮麈餘話》卷之二：周美成爲江寧府溧水令，主簿之室，有色而慧，美成每款洽於尊席之間。世所傳《風流子》詞，蓋所寓意焉。新緑、待月，皆簿廳亭軒之名也。

## 點絳脣

遼鶴西歸，故鄉多少傷心事！短書不寄。魚浪空千里。憑仗桃根，説與相思意。愁何際。舊時衣袂。猶有東風淚。

《碧鷄漫志》卷二：周美成初在姑蘇，與營妓岳七楚雲者游甚久。後歸自京師，首訪之，則已從人矣。明日飲於太守蔡蠻子高坐中，見其妹，作《點絳脣》曲寄之。

案：此事又見《夷堅三志》壬卷第七。

## 少年游

并刀如水，吴鹽勝雪，纖手破新橙。錦幄初温，獸香不斷，相對坐調笙。低聲問向誰行宿，城上已三更。馬滑霜濃，不如休去，直是少人行。

## 蘭陵王

柳陰直。烟裏絲絲弄碧。隋堤上，曾見幾番，拂水飄綿送行色。登臨望故國。誰識。京華倦客。長亭路，年去歲來，應折柔條過千尺。　閒尋舊蹤跡。又酒趁哀絃，燈照離席。梨花榆火催寒食。愁一箭風快，半篙波暖，回頭迢遞便數驛，望人在天北。　悽惻。恨堆積。漸別浦縈迴，津堠岑寂，斜陽冉冉春無極。念月榭攜手，露橋聞笛。沈思前事，似夢裏，淚暗滴。

《貴耳集》卷下：道君幸李師師家，偶周邦彥先在焉，知道君至，遂匿於牀下。道君自攜新橙一顆，云「江南初進來」，遂與師師謔語。邦彥悉聞之，檃括成《少年游》云：詞如上略。師師因歌此詞，道君問誰作，師師奏云周邦彥詞。道君大怒，坐朝，宣諭蔡京云：「開封府有監稅周邦彥者，聞課額不登，如何京尹不按發來。」蔡京罔知所以，奏云：「容臣退朝，呼京尹叩問，續得復奏。」京尹至，蔡以御前聖旨諭之。京尹云：「惟周邦彥課額增羨。」蔡云：「上意如此，只得遷就。」將上，得旨：「周邦彥職事廢弛，可日下押出國門。」隔一二日，道君復幸李師師家，不見李師師，問其家，知送周監稅。道君方以邦彥出國門爲喜，既至不遇，坐久，至更初李始歸，愁眉淚睫，憔悴可掬。道君大怒云：「爾往那裏去？」李奏：「臣妾萬死，知周邦彥得罪，押出國門，略致一杯相別，不知官家來。」道君問：「曾有詞否？」李奏云：「有《蘭陵王》詞。」（即「柳陰直」者是也）道君云：「唱一遍看。」李奏云：「容臣妾奉一杯，歌此詞爲官家壽。」曲終，道君大喜，復召爲大晟樂正。後官至大晟樂樂府待制。

案：王國維《清真先生遺事》謂《貴耳録》此條所載失實。政和元年，先生已五十六歲，官至列卿，應無冶游之事。所爲大晟樂正與大晟樂樂府待制，宋時亦無此官。

## 江南好

歌席上，無賴是橫波。寶髻玲瓏欹玉燕，繡巾柔膩掩香羅。何況會婆娑！　無箇事，因甚斂雙蛾。淺淡梳妝疑是畫，惺鬆言語勝聞歌。好處是情多。

《浩然齋雅談》卷下：宣和中，李師師以能歌舞稱，時周邦彥爲太學生，每游其家。一夕，值祐陵臨幸，倉卒隱去。既而賦小詞，所謂「并刀如水，吳鹽勝雪」者，蓋紀此夕事也。未幾，李被宣喚，遂歌於上前。問誰所爲，則以邦彥對，於是遂與解褐，自此通顯。既而朝廷賜酺，師師又歌《大酺》、《六醜》二解，上顧教坊使袁綯問，綯曰：「此起居舍人新知潞州周邦彥作也。」問《六醜》之義，莫能對，急召邦彥問之。對曰：「此犯六調，皆聲之美者，然絶難歌。昔高陽氏有子六人，才而醜，故以比之。」上喜，意將留行，且以近者祥瑞沓至，將使播之樂府，命蔡元長微叩之。邦彥云：

「某老矣，頗悔少作。」會起居郎張果與之不咸，廉知邦彥嘗於親王席上作小詞贈舞鬟云：詞如上略。爲蔡道其事，上知之，由是得罪。師師後入中，封瀛國夫人。朱希真有詩云：「解唱《陽關》別調聲，前朝惟有李夫人。」即其人也。

案：王國維《清真先生遺事》謂此條亦失實，師師未嘗入宮，見《三朝北盟會編》。

## 瑞鶴仙

悄郊原帶郭。行路永，客去車塵漠漠。斜陽映山落。斂餘紅，猶戀孤城欄角。凌波步弱。過短亭、何用素約。有流鶯勸我，重解繡鞍，緩引春酌。　不記歸時早暮，上馬誰扶，醉眠朱閣。驚飈動幕。扶殘醉，遶紅藥。嘆西園，已是花深無地，東風何事又惡？任流光過卻。猶喜洞天自樂。

《玉照新志》卷第二：明清《揮麈餘話》記周美成《瑞鶴仙》事，近於故篋中，得先人所叙，特爲詳備，今具載之：美成以待制提舉南京鴻慶宮，自杭徙居睦州，夢中作長短句《瑞鶴仙》一闋，既覺猶能全記，了不詳其所謂也。未幾，青溪賊方臘起，逮其鴟張，方還杭州舊居，而道路兵戈已滿，僅得脱死。始入錢塘門，但見杭人倉皇奔避，如蜂屯蟻沸，視落日半在鼓角樓簷間，即詞中所謂「斜陽映山落。斂餘紅，猶戀孤城欄角」者應矣。當是時，天下承平日久，吴越享安閒之樂，而狂寇嘯聚，徑自睦州直擣蘇杭，聲言遂踞二浙。浙人傳聞，內外響應，求死不暇。美成舊居既不可往，是日無處得食，飢甚，忽於稠人中有呼「待制何往」者，視之，鄉人之侍兒素所識者也。且曰：「日昃未必食，能捨車過酒家乎？」美成從之。驚遽間，連引數盃。散去，腹枵頓解。乃詞中所謂「凌波步弱。過短亭、何用素約。有流鶯勸我，重解繡鞍，緩引春酌」之句驗矣。飲罷，覺微醉，便耳目惶惑，不敢少留，徑出城。北江漲橋諸寺，士女已盈滿，不能駐足。獨一小寺經閣偶無人，遂宿其上。即詞中所謂「上馬誰扶，醉眠朱閣」又應矣。既見兩浙處處奔避，遂絕江居揚州。未及息肩，而傳聞方賊已盡據二浙，將涉江之淮泗，因自計方領南京鴻慶宮，有齋廳可居，乃挈家往焉。則詞中所謂「念西園已是花深無路，東風又惡」之語應矣。至鴻慶，未幾，以疾卒。則「任流光過了，歸來洞天自樂」又應於身後矣。美成平生好作樂府，將死之際，夢中得句，而字字俱應，卒章又驗於身後，豈偶然哉！美成之守潁上，與僕相知，其至南京，又以此詞見寄，尚不知此詞之言，待其死，乃盡驗如此。

## 燭影搖紅

芳臉勻紅，黛眉巧畫宮妝淺。風流天付與精神，全在嬌波眼。早是縈心可慣。向尊前，頻頻顧盼。幾回相見，見了還休，爭如不見。　燭影搖紅，夜闌飲散春宵短。當時誰爲唱《陽關》，離恨天涯遠。爭奈雲收雨散，憑欄杆，東風淚滿。海棠開後，燕子來時，黄昏深院。

《能改齋漫録》卷十七：王都尉有憶故人詞云：「燭影摇紅，向夜闌，乍酒醒，心情嬾。尊前誰爲唱《陽關》，離恨天涯遠。無奈雲沈雨散，憑欄杆，東風淚眼。海棠開後，燕子來時，黄昏庭院。」徽宗喜其詞意，猶以不豐容宛轉爲恨，遂令大晟府别撰腔。周美成增損其詞，而以首句爲名，謂之《燭影摇紅》。

《後村先生大全集》卷一百七十六：嘉定更化，收召故老，一名公拜參與，雖好士而力不能援，謂客曰：「執贄而來者，吾皆倒屣，未嘗敢失一士，外議如何？」客素滑稽，答曰：「公大用，外問盛唱《燭影摇紅》之詞。」參與問何故，客舉卒章曰：「幾回見了，見了還休，爭如不見。」賓主相視一笑。

## 陳師道

師道字無己，一字履常，彭城人。元祐中，授徐州教授。紹聖初，歷祕書省正字。扈從南郊，不屑服趙挺之衣，以寒疾卒。

## 減字木蘭花

娉娉裊裊。芍藥梢頭紅樣小。舞袖低垂。心倒郎邊客已知。　金尊玉酒。勸我花前千萬壽。莫莫休休。白髮簪花各自羞。

《苕溪漁隱叢話》後集卷第三十三引《復齋漫録》云：「晁无咎貶玉山，過彭門，而無己廢居里中。无咎出小鬟舞《梁州》佐酒，無己作《木蘭花》云：詞如上略。无咎云：『人疑宋開府鐵心石腸，及爲《梅花賦》，清腴豔發，殆不類其爲人。無己清適，雖鐵石心腸不至於開府，而此詞清腴豔發，過於《梅花賦》矣。』」

## 浣溪沙

暮葉朝花種種陳。三秋作意問詩人。安排雲雨要新清。　隨意且須追去馬，輕衫從使著行塵。晚窗誰念一愁新。

《碧鷄漫志》卷二：陳無己作《浣溪沙》曲云：詞如上略。以末後句「新」字韻，遂倒作「新清」。世言無己喜作莊語，其弊生硬，是也。詞中暗帶陳三、念一兩名，亦有時不莊語乎？

# 陳瓘

瓘字瑩中，號了翁，沙縣人。元豐二年進士。徽宗朝，歷右司諫，權給事中。崇寧中，以黨籍除名，編隸台州，移楚州卒。

## 蝶戀花

有個胡兒模樣別。滿頷髭髮，生得渾如漆。見說近來頭也白。髭鬚那得長長黑。（逸忘一句）籥子鑷來，須有千堆雪。莫向細君容易説。恐他嫌你將伊摘。

《苕溪漁隱叢話》後集卷第三十九引《復齋漫録》云：「鄒志全徙昭，陳瑩中貶廉，間以長短句相諧樂，詞如上略。此瑩中語，謂志全之長髭也。『有箇頭陀修苦行，頭上頭髮駿毿毿。身披一副醪裙衫。緊纏雙腳，苦苦要游南。聞説度牒朝夕到，並除頷下髭髯。鉢中無粥住無菴。摩登伽處，只恐卻重參。』此志全語，謂瑩中之多慾也。廣陵馬推官往來二公間，亦嘗以詩詞贈之：『有才何事老青衫。十載低徊北斗南。肯伴雪髯千日醉，此心真與古人參。』『今見故人今幾年。年來風物尚依然。遥知閑望登臨處，極目江山萬里天。』志全語也。『一樽薄酒。滿酌勸君君舉手。不是親朋。誰肯相從寂寞濱。人生如夢。夢裏惺惺何處用。盞到休辭。醉後全勝未醉時。』瑩中語也。

初，志全自元符間貶新州，徽宗即位，以爲中書舍人。乃未幾謫零陵別駕，龍水安置，未幾徙昭焉。」

## 滿庭芳

槁木形骸，浮雲身世，一年兩到京華。又還乘興，閒看洛陽花。聞道姚黄魏紫，春歸後、終委泥沙。忘言處，花開花謝，不似我生涯。　年華。留不住，饑餐困寢，觸處爲家。這一輪明月，本自無瑕。隨分冬裘夏葛，都不會、赤水黄沙。誰知我，春風一拐，談笑有丹砂。

《冷齋夜話》卷之八：劉跛子者，青州人也。拄一拐，每歲必一至洛中看花，館范家園，春盡即還京師。爲人談噱有味，范家子弟多狎戲之。有大范者見之，即與二十四金，曰：「跛子喫半角。」小范者即與一金，喫椀羹。於是以詩謝伯仲曰：「大范見時二十四，小范見時喫椀羹。人生四海皆兄弟，酒肉林中過一生。」初，張丞相召自荆湖，跛子與客飲市橋，客聞車馬過甚都，起觀之。跛子挽其衣，使且飲，作詩曰：「遷客湖湘召赴京，車蹄迎迓一何榮。爭如與子市橋飲，且免人間寵辱驚。」陳瑩中甚愛之，作長短句贈之。詞前半如上略。

案：此首全詞見《樂府雅詞》中。

## 李廌

廌字方叔，華州人。少以文爲蘇軾所知，中年絶意進取。

### 品令

唱歌須是，玉人檀口，皓齒冰膚。意傳心事，語嬌聲顫，字如貫珠。老翁雖是解歌，無奈雪鬢霜鬚。大家且道，是伊模樣，怎如念奴。

《碧鷄漫志》卷一：政和間，李方叔在陽翟，有攜善謳老翁過之者，方叔戲作《品令》云：詞如上略。方叔固是沈於習俗，而「語嬌聲顫」，那得「字如貫珠」，不思甚矣。

## 曾誕

誕字敷文。崇寧間，守衡陽。

### 失調名　斷句

草草山陵職事，厭厭罷相情懷。

《揮麈後録》卷二：元符末，章子厚爲永泰山陵使。子厚專權之久，人情鬱陶。有曾誕敷文者，作詞略云：「草草山陵職事，厭厭罷相情懷。」謂故事也。

## 阮閱

閱字閎休，舒城人。元豐八年進士。宣和中，知郴州。建炎初，知袁州。

### 洞仙歌

趙家姊妹，合在昭陽殿。因甚人間有飛燕？見伊底，盡道獨步江南，便江北、也何曾慣見？　惜伊情性好，不解嗔人，長帶桃花笑時臉。向尊前酒底，得見些時，似恁地、能得幾回細看？待不眨眼兒、覷著伊，將眨眼底工夫，剩看幾遍。

《能改齋漫録》卷十七：龍舒人阮閱，字閎休，能爲長短句，見稱於世。政和間，官於宜春。官妓有趙佛奴，籍中之錚錚也。嘗爲《洞仙歌》贈之。阮官至中大夫，累仕監司郡守。他詞皆類此。

### 眼兒媚

樓上黃昏杏花寒。斜月小闌干。一雙燕子，兩行歸雁，畫角聲殘。　綺窗人在東風裏，無語對春閑。也應似舊，盈盈秋水，淡淡春山。

《苕溪漁隱叢話》前集卷第十一：苕溪漁隱曰：「世所傳《眼兒媚》詞，亦閎休所作也。閎休嘗爲錢唐幕官，眷一營妓，罷官去後，作此詞寄之。」

## 趙　企

企字循道，南陵人。大觀間，宰績溪。

### 感皇恩

騎馬踏紅塵，長安重到。人面依然似花好。舊歡纔展，又被新愁分了。未成雲雨夢，巫山曉。　千里斷腸，關山古道。回首高城似天杳。滿懷離恨，付與落花啼鳥。故人何處也，青春老。

《鐵圍山叢談》卷第二：大觀中，有趙企循道者，以長短句顯。如曰：「滿懷離恨，付與落花啼鳥。」人多稱道之，遂用爲顯官，俾以應朝會。

## 謝　逸

逸字無逸，臨川人。屢舉不第，以詩文自娛。

## 江城子

杏花村裏酒旗風。烟重重。水溶溶。野渡舟横，楊柳緑陰濃。望斷江南山色遠，人不見，草連空。　夕陽樓外晚烟籠。粉香融。淡眉峰。記得年年，相見畫屏中。只有關山今夜月，千里外，素光同。

《苕溪漁隱叢話》後集卷第三十三引《復齋漫録》云：無逸嘗於黄州關山杏花村館驛題《江城子》詞，過者必索筆於館卒，卒頗以爲苦，因以泥塗之。

案：《詞林紀事》卷八誤引謝逸《江城子》「一江春水碧灣灣」一首。

# 夏倪

倪字均父，蘄州人。夏竦之孫。宣和中，自府曹左官祁陽監酒。

## 減字木蘭花

江涵曉日。蕩漾波光摇槳入。笑指浯溪。漫叟雄文鎖翠微。　休嗟不偶。歸到中州何處有？獨立風烟。湘水浯臺總接天。

《能改齋漫録》卷十七：夏倪均父，宣和庚子，自府曹左遷祁陽酒官。過浯溪，登浯臺，愛其山水奇秀，自謂非中州所有，不減淵明斜川之游。且作長短句，以《減字木蘭花》歌之。

## 晁冲之

冲之字叔用，晁補之從弟。

### 漢宮春

瀟洒江梅，向竹梢疎處，横兩三枝。東風也不愛惜，雪壓霜欺。無情燕子，怕春寒、輕失花期。惟是有，南來塞雁，年年長見開時。　清淺小溪如練，問玉堂何似，茅舍疎籬？傷心故人去後，冷落新詩。微雲淡月，對孤芳、分付他誰？空自倚，清香未減，風流不在人知。

《玉照新志》卷第四：李漢老邴，少年日作《漢宮春》詞，膾炙人口，所謂「問玉堂何似茅舍疎籬」者是也。政和間，自書省丁憂歸山東，服終造朝，舉國無與立談者。方悵悵無計。時王黼爲首相，忽遣人招至東閣，開宴延之上坐，出其家姬十數人，皆絶色也。漢老惘然莫曉。酒半，群唱是詞以侑觴。漢老私竊自欣，大醉而歸。又數日，有館閣之命。不數年，遂入翰苑。

《苕溪漁隱叢話》前集卷第五十九：又端伯所編《樂府雅詞》中，有《漢宮春・梅》詞，云是李漢老作，非也。乃晁冲之叔用作。政和間，作此詞獻蔡攸。是時朝廷方興大晟府，蔡攸攜此詞呈其父云：「今日於樂府中得一人。」京覽其詞喜之，即除大晟府丞。今載其詞曰：詞如上略。此詞中用玉堂事，乃唐人詩云：「白玉堂前一樹梅。今朝忽見數枝開。兒家門户重重閉，春色因何得入來？」或云，玉堂乃翰苑之玉堂，非也。

《耆舊續聞》卷第九引陸務觀云：「《梅》詞《漢宮春》，人皆以爲李漢老作，非也。乃晁叔用贈王逐客之作。王仲甫爲翰林，權直内宿，有宮娥新得幸，仲甫應制賦詞云：『黄金殿裏。燭影雙龍戲。勸得官家真個醉。進酒猶呼萬歲。錦裀舞徹《涼州》。君恩與整搔頭。一夜御前宣喚，六宮多少人愁。』翌旦，宣仁太后聞之，語宰相曰：『豈有館閣儒臣，應制作狎詞邪？』既而彈章罷，然館中同僚相約祖餞，及期，無一至者，獨叔用一人而已。因作《梅》詞贈别云：『無情燕子，怕春寒輕失花期。』正謂此爾。又云：『問玉堂何似，茅舍疎籬。』指翰苑之玉堂。《苕溪漁隱叢話》卻引唐人詩『白玉堂前一樹梅，今朝忽見數枝開』，謂人間之玉堂，蓋未知此作也。又『傷心故人去後，零落清詩』，今之歌者類云『冷落』，不知用杜子美酬高適詩：『自從蜀中人日作，不意清詩久零落。』蓋『零』字與『泠』字同音，人但見『泠』字去一點爲『冷』字，遂云『冷落』，不知出此耳。王仲甫字明之，自號爲逐客，有《冠柳集》行於世。」

## 上林春慢

帽落宫花，衣惹御香，鳳輦晚來初過。鶴降詔飛，龍擎燭戲，端門萬枝燈火。滿城車馬，對明月、有誰閒坐？任狂游、更許傍禁街，不扃金鎖。　玉樓人、暗中擲果。珍簾下、笑著春衫裊娜。素蛾遶釵，輕蟬撲鬢，垂垂柳絲梅朵。夜闌飲散，但贏得、翠翹雙彈。醉歸來，又重向、曉窗梳裹。

《續骫骳説》：都下元宵觀游之盛，前人或於歌詞中道之，而故族大家，宗藩戚里，宴賞往來，車馬駢闐，五晝夜不止。每出，必窮日盡夜漏，乃始還家，往往不及小憩，雖含酲溢疲恧，亦不暇寐，皆相呼理殘妝，而速客者已在門矣。又婦女首飾至此一新，髻鬢簪插，如蛾蟬蜂蝶雪柳玉梅燈毬，裊裊滿頭。其名件甚多，不知起何時，而詞客未有及之者。晁叔用作《上林春慢》云：詞如上略。此詞雖非絶唱，然句句皆是實事，亦前人所未嘗道者，良可喜也。

## 趙　軏

軏字信可，許人。

## 雨中花

今夜陰雲初霽。畫簾外，月華如水。露靄晴空，風吹高樹，滿院中秋意。　皎皎蟾光當此際。怎奈何，不成況味。莫近簷間，休來窗上，且放離人睡。

《過庭録》：趙軏信可，許人也，以才稱鄉里。爲陝曹屬，潦倒選調，先子與之鄉舊，既在太原，趙沿檄相謁，因館於書室。是夕八月十四日夜，先子具酒飲食，宣使張永錫召先子會酌，趙獨處寂寥，就枕即作一詞達先子云：詞如上略。永叔見之大喜，贈上尊數壺。先子爲求薦章，僅改秩而終。

## 張閣

閣字臺卿，河陽人。第進士，歷中書舍人、給事中，出知杭州。政和二年，累遷兵部尚書、翰林學士。三年卒。

### 鳳凰臺上憶吹簫

長天霞散，遠浦潮平，危欄駐目江皋。長記年年榮遇，同是今朝。金鑾兩回命相，對清光、頻許揮毫。雍容久，正茶杯初賜，香袖時飄。　歸去玉堂深夜，泥封罷，金蓮一寸纔燒。帝語丁寧，曾被華袞親褒。如今漫勞夢想，嘆塵蹤、杳隔仙鼇。無聊意，強當歌、對酒怎消。

《夷堅丁志》卷第十：國朝故事，翰林學士草宰相制，或次補執政，謂之帶入。大觀三年六月八日，何清源執中登庸，四年六月八日，張無盡商英登庸，皆張臺卿閣草麻，竟無遷寵。時蔡京責太子少保，張當制，詆之甚切，爲搢紳所傳誦。京銜之，會復相，即出張知杭州。明年六月八日，宴客中和堂，忽思前兩歲宿直命相，正與是日同，乃作長短句紀其事。詞如上略。觀者美其詞而訝其卒章失意。未幾以故物召還，遽卒於官，壽止四十。臺卿河陽人。吴傅朋説。

## 郭詎

詎，元祐初，承議郎。

### 河傳

大官無悶。剛被傍人，競來相問。又難爲□□敷陳，且衹將、甘草論。　朴消大戟並銀粉。疏風緊，甘草閒相混。及至下來，轉殺他人，爾甘草、有一分。

《畫墁録》卷一：郭詎性善謔，工詞曲，以選人入市易務，不數年至中行。元祐初，釐校市易，復以爲承議郎。親知每見之，必詰問所因，郭口喫不能答，作《河傳・甘草》以見意云。詞如上略。

## 毛滂

滂字澤民，衢州人。爲杭州法曹，受知東坡。政和中，守嘉禾。

### 惜分飛　題富陽僧舍，作別語贈妓瓊芳。

泪溼闌干花著露。愁到眉峰碧聚。此恨平分取。更無言語空相覷。　斷雨殘雲無意緒。寂寞朝朝暮暮。今夜山深處。斷魂分付潮回去。

《清波雜志》卷第九：毛澤民元祐間罷杭州法曹，至富陽所作贈別也。因是受知東坡。語盡而情不盡，何酷似少游也。乾道間，舅氏張仁仲宰武康，輝往，見留三日，徧覽東堂之勝，蓋澤民嘗宰是邑，於彼老士人家，見別語墨跡。

## 范致虛

致虛字謙叔，建陽人。元祐三年進士。徽宗時，累官尚書左丞。高宗幸建康，召知鼎州，行至巴陵卒。

## 滿庭芳

紫禁寒輕，瑶津冰泮，麗月光射千門。萬年枝上，甘露惹祥氛。北闕華燈預賞，嬉游盛、絲管紛紛。東風峭，雪殘梅瘦，烟鎖鳳城春。　風光何處好？綵山萬仞，寶炬凌雲。盡歡陪舜樂，喜贊堯仁。天子千秋萬歲，徵招宴、宰府師臣。君恩重，年年此夜，長祝奉嘉辰。

《歲時廣記》卷十引《歲時雜記》：宣和間，上元賜觀燈御筵，范左丞致虛進《滿庭芳慢》一闋云：詞如上略。

# 司馬樵

樵字才仲，陝人。制舉中第，調關中第一幕官，後易杭州幕官。

## 黃金縷

妾本錢塘江上住。花落花開，不管流年度。燕子銜將春色去。紗窗幾陣黃梅雨。斜插犀梳雲半吐。檀板輕籠，唱徹《黃金縷》。夢斷彩雲無覓處。夜涼明月生春渚。

《柯山集》四十四：司馬櫄，陝人，太師文正之姪也，制舉中第，調關中第一幕官。行次里中，一日晝寐，恍惚間見一美婦人，衣裳甚古，入幌中執板歌曰：「家在錢塘江上住。花落花開，不管年華度。燕子又將春色去，紗窗一陣黃昏雨。」歌闋而去。櫄因續成一曲：「斜插犀梳雲半吐。檀板清歌，唱徹《黃金縷》。望斷行雲無去處。夢回明月生春浦。」後易杭州幕官，或云其官舍下乃蘇小墓，而櫄竟卒於官。

《春渚紀聞》卷第七：司馬才仲初在洛下，晝寢，夢一美姝牽帷而歌曰：詞如上半闋，略。才仲愛其詞，因詢曲名，云是《黃金縷》，且曰：「後日相見於錢塘江上。」及才仲以東坡先生薦，應制舉中等，遂爲錢塘幕官。其廨舍後，唐蘇小墓在焉。時秦少章爲錢塘尉，爲續其詞後云：詞如下半闋，略。不踰年而才仲得疾，所乘畫水輿，艤泊河塘，柁工遽見才仲攜一麗人登舟，即前聲喏，繼而火起舟尾，狼忙走報，家已慟哭矣。

## 河傳

銀河漾漾。正桐飛露井，寒生斗帳。芳草夢驚，人憶高唐惆悵。感離愁，甚情況。春風二月桃花浪。扁舟征棹，又過吳江上。人去雁回，千里風雲相望。倚江樓，倍悽愴。

《雲齋廣録》卷七：司馬櫄赴闕調官，得餘杭幕客，拏舟東下。及過錢塘，因憶曩昔夢中美人，自謂「妾本錢塘江上住」，今至於此，何所問耗。君意悽惻，乃爲詞以思之，調寄《河傳》。詞如上略。君謳之數四，意頗不懌。

## 某兩地

### 一落索

爲愛金陵佳麗。迺分符來此。擁麾忽又向淮東，便咫尺，人千里。　畫鼓一聲催起。邦内人齊跪。江山有興我重來，斟別酒，休辭醉。

《揮麈餘話》卷之二：宣政中，有兩地，早從王荆公學，以經術自任，全乏文采，自建業移帥維揚，臨發，作長短句，題於賞心亭云：詞如上略。官中以碧紗籠之。後有輕薄子過其下，刮去「有」字，改作「没」字，「我」字易作「你」字。往來觀之，莫不啟齒。

## 韓嘉彦

嘉彦，琦子。元祐四年，選尚神宗女曹國長公主，拜左衛將軍、駙馬都尉。

## 玉漏遲

杏香消散盡，須知自昔，都門春早。燕子來時，繡陌亂鋪芳草。蕙圃妖桃過雨，弄笑臉，紅篩碧沼。深院悄。綠楊巷陌，鶯聲爭巧。　蚤是賦得多情，更遇酒臨花，鎮辜歡笑。數曲闌干，故國漫勞凝眺。漢外微雲盡處，亂峰鎖、一竿修竹，間琅玕，東風淚零多少。

《花草粹編》卷九：韓魏公子都尉嘉彥，才質清秀，頗有豪氣。因言語間與公主參商，安置鄧州。洎春來感懷，作此詞，都下盛傳。因教池開，公主出游教池，李師師獻此詞以侑觴，聲韻悽惋。公主問辭之所由，師師具道其意，公主因緣感疾。帝乃遣使，速召嘉彥還都。

# 沈　蔚

蔚字會宗，吳興人。

## 天仙子

景物因人成勝槩。滿目更無塵可礙。等閒簾幕小闌干，衣未解。心先快。明月清風如有待。　誰信門前車馬隘。別是人間閒世界。坐中無物不清涼，山一帶。水一派。流水白雲長自在。

《苕溪漁隱叢話》前集卷第五十九：苕溪漁隱曰：「賈耘老舊有水閣在苕溪之上，景物清曠，東坡作守時屢過之，題詩畫竹於壁間。沈會宗又爲賦小詞云：詞如上略。其後水閣屢易主，今已摧毁久矣，遺址正與余水閣相近，同在一岸，景物悉如會宗之詞，故余嘗有鄙句云：『三間小閣賈耘老，一首佳詞沈會宗。無限當時好風月，如今總屬績溪翁。』蓋謂此也。」

## 惠　洪

惠洪字覺範，筠州人。俗姓彭。大觀中，游丞相張商英之門。

### 浪淘沙

城裏久偷閒。塵涴雲衫。此身已是再眠蠶。隔岸有山歸去好，萬壑千巖。　霜曉更憑闌。滅盡晴嵐。微雲生處是茅庵。試問此生誰作伴？彌勒同龕。

《苕溪漁隱叢話》後集卷第三十七引《冷齋夜話》：「予留南昌，久而忘歸，獨行無侶，意緒蕭然。偶登秋屏閣，望西山，於是浩然有歸志，作長短句寄意。其詞曰：詞如上略。」

## 清平樂

十指嫩抽春筍，纖纖玉輭紅柔。人前欲展強嬌羞。微露雲衣霓袖。　最好洞天春晚，黃庭卷罷清幽。凡心無計奈閒愁。試撚花枝頻嗅。

《苕溪漁隱叢話》後集卷第三十七引《復齋漫録》：「臨川距城南一里有觀曰魏壇，蓋魏夫人經游之地，具諸顔魯公之碑，以故諸女真嗣續不絶，然而守戒者鮮矣。陳虚中崇寧間守臨川，爲詩曰：『夫人在兮若冰雪，夫人去兮仙蹤滅。可惜如今學道人，羅裙帶上同心結。』洪覺範嘗作長短句贈一女真云：詞如上略。」

## 西江月

大廈吞風吐月，小舟坐水眠空。霧窗春曉翠如葱。睡起雲濤正湧。　往事回頭笑處，此生彈指聲中。玉牋佳句敏驚鴻。聞道衡陽價重。

《苕溪漁隱叢話》前集卷第四十八引《冷齋夜話》：「山谷南遷，與余會於長沙，留碧湘門一月，李子光以官舟借之，爲憎疾者腹誹，因攜十六口買小舟，余以舟迫窄爲言，山谷笑曰：『烟波萬頃，水宿小舟，與大廈千楹，醉眠一榻何所異，道人謬矣。』即解縴去。聞留衡陽作詩寫字，因作長短句寄之曰：詞如上略。時余方還江南，山谷和其詞曰：『月仄金盆墮水，雁回醉墨書空。君詩秀絶雨園葱。相見衲衣寒擁。　蟻穴夢魂人世，楊花蹤跡風中。莫將社燕笑秋鴻。處處春山翠重。』」

## 鷓鴣天

密燭花光清夜闌。粉衣香翅遶團團。人猶認假爲真實，蛾豈將燈作火看。　方嘆息，爲遮欄。也知愛處實難拚。忽然性命隨烟焰，始覺從前被眼瞞。

《詩話總龜》後集卷四十四引《冷齋夜話》：「余至瓊州，劉蒙叟方飲於張守之席，三鼓矣，遣急足來覓長短句，欲問叙何事，蒙叟視燭有蛾，撲之不去，曰：『爲賦此。』急足反走持紙曰：『急爲之，不然獲譴也。』余口授吏書之曰：詞如上略。蒙叟醉笑，首肯之。既北渡，夜發海津，又贈行，爲之詞曰：『一段文章種性，更謫仙風韻。畫戟叢中，清香凝宴寢。落日清寒勒花信，愁似海洗光詞錦。後夜歸舟，雲濤喧醉枕。』」

## 蝶戀花

碧瓦籠晴香霧繞。水殿西偏，小駐聞啼鳥。風度女牆吹語笑。南枝破臘應開了。

道骨不凡江瘴曉。春色通靈，醫得花多少。抱甕釀寒香杳杳。譙門畫角催殘照。

## 西江月

入骨風流國色，透塵種性真香。爲誰風鬢涴啼妝。半樹水村春暗。　雪壓低枝籬落，月高影動池塘。高情數筆寄微茫。小寢初開霧帳。

《詩話總龜》後集卷四十六引《冷齋夜話》：「衡州花光仁老以墨爲梅花，魯直觀之，嘆曰：『如嫩寒春曉行孤山籬落間，但欠香耳。』余因爲賦長短句曰：詞如上略。」

## 青玉案

凝祥宴罷聞歌吠。畫轂走，香塵起。冠壓花枝馳萬騎。馬行燈鬧，鳳樓簾捲，陸海鼇山對。　當年曾看天顏醉。御杯舉，歡聲沸。時節雖同悲樂異。海風吹夢，嶺猿啼月，一枕思歸泪。

《苕溪漁隱叢話》前集卷第五十六引《冷齋夜話》：「予謫海外，上元，椰子林中，漁火三四而已，中夜聞猿聲淒動，作詞曰：詞如上略。」

## 謝克家

克家字任伯，上蔡人。紹聖四年中第，建炎四年，參知政事。

### 憶君王

依依宮柳拂宮牆。樓殿無人春晝長。燕子歸來依舊忙。憶君王。月照黃昏人斷腸。

《鼠璞》卷下：舊傳靖康淵聖狩虜營，有人作《憶君王》詞云：詞如上略。語意悲悽，讀之令人淚墮，真愛君憂國之語也。

案：《避戎夜話》卷下，謂謝元及作此詞。

## 宋　媛

媛，女狐。

### 蝶戀花

雲破蟾光穿曉户。欹枕淒涼，多少傷心處。惟有相思情最苦。檀郎咫尺千山阻。

莫學飛花兼落絮。搖蕩春風，迤邐拋人去。結盡寸腸千萬縷。如今認得先辜負。

## 阮郎歸

東風成陣送春歸。庭花高下飛。柔條繚繞入簾幃。斑斑裝舞衣。　雲鬟亂，坐偷啼。郎來何負期。人生恰似這芳菲。芳菲能幾時？

《雲齋廣録》卷五：宣德郎李褒字聖與，於紹聖間調眉州丹稜縣令。其子達道爲女子宋媛所惑，媛實狐也。一日，生乘間獨步後圃，於山徑得花牋一幅，生覽之，乃媛所作之詞也，調寄《蝶戀花》。詞如上略。他時生有幹入眉州，媛思之至切，因成《落花辭》一闋，用以見意，調寄《阮郎歸》。詞如上略。

以上文字，乃就原文大意檃括。

# 范周

周字無外，范仲淹姪孫，純古之子。

## 木蘭花慢

美蘭堂晝永，晏清暑，晚迎涼。控水檻風簾，千花競擁，一朵偏雙。銀塘。盡傾醉眼，訝湘娥、倦倚兩霓裳。依約凝情鑑裏，竝頭宮面高妝。　蓮房。露臉盈盈，無語處，恨何長。有翡翠憐紅，鴛鴦妒影，俱斷柔腸。淒涼。芰荷暮雨，褪嬌紅、換紫結秋房。堪把丹青對寫，鳳池歸去攜將。

《中吳紀聞》卷第五：雙蓮堂在木蘭堂東，舊芙蓉堂是也。至和初，光禄吕大卿濟叔以雙蓮花開，故易此名。楊備郎中有詩云：「雙蓮倒影面波光。翠蓋風摇紅粉香。中有畫船鳴鼓吹，瞥然驚起兩鴛鴦。」政和中，盛密學季文作守，亦産雙蓮，范無外賦《木蘭花慢》云：詞如上略。

## 寶鼎現

夕陽西下，暮靄紅溢，香風羅綺。乘夜景，華燈爭放，燄燄燒空連錦砌。覩皓月，浸嚴城如晝，花影寒籠絳蕊。漸掩映，芙蓉萬頃，迤邐齊開秋水。　太守無限行歌意。擁麾幢，光動珠翠。傾萬井，歌臺舞榭，瞻望朱輪駢鼓吹。控寶馬，耀貔貅千騎。銀燭交光數里。似亂簇寒星萬點，擁入蓬壺影裏。　來伴宴閣多才，環艷粉瑶簪珠履。空看看，丹詔歸春，宸游燕侍。便趁早，占通宵醉，莫放笙歌起。任畫角、吹徹寒梅，月落西樓十二。

《中吳紀聞》卷第五：盛季文作守時，頗嫚士，嘗於元宵作《寶鼎現》詞投之，極蒙嘉獎，因遺酒五百壺。其詞播於天下，每遇燈夕，諸郡皆歌之。

## 徐俯

俯字師川，洪州分寧人。以父禧死事，授通直郎。紹興初，賜進士出身，累官端明殿學士、簽書樞密院事、權參知政事。罷，提舉洞霄宮。

### 浣溪沙

西塞山前白鷺飛。桃花流水鱖魚肥。一波纔動萬波隨。黃帽豈如青篛笠，羊裘何似綠簑衣。斜風細雨不須歸。

### 又

新婦磯邊秋月明。女兒浦口晚潮平。沙頭鷺宿戲魚驚。青篛笠前明此事，綠簑衣裏度平生。斜風細雨小船輕。

### 鷓鴣天

西塞山前白鷺飛。桃花流水鱖魚肥。朝廷若覓玄真子，恒在長江理釣絲。青篛笠，緑簑衣。斜風細雨不須歸。浮雲萬里烟波客，惟有滄浪孺子知。

又

七澤三湘翠草連。洞庭江漢水如天。朝廷若覓玄真子，不在江邊即酒邊。　明月棹，夕陽船。鱸魚恰似鏡中懸。絲綸釣餌都收卻，八字山前聽雨眠。

《能改齋漫録》卷十六：徐師川云：「張志和《漁父詞》云：『西塞山邊白鷺飛，桃花流水鱖魚肥。青箬笠，緑簑衣，斜風細雨不須歸。』顧況《漁父詞》：『新婦磯邊月明，女兒浦口潮平，沙頭鷺宿魚驚。』東坡云：『玄真語極清麗，恨其曲度不傳。』加數語以《浣溪沙》歌之云：『西塞山邊白鷺飛，散花洲外片帆微，桃花流水鱖魚肥。自庇一身青箬笠，相隨到處緑簑衣，斜風細雨不須歸。』山谷見之，擊節稱賞，且云：『惜乎散花與桃花字重疊，又漁舟少有使帆者。』乃取張、顧二詞合爲《浣溪沙》云：『新婦磯邊眉黛愁，女兒浦口眼波秋，驚魚錯認月沈鈎。青箬笠前無限事，緑簑衣底一時休，斜風細雨轉船頭。』東坡云：『魯直此詞，清新婉麗，問其最得意處，以山光水色替卻玉肌花貌，真得漁父家風也。然纔出新婦磯，便入女兒浦，此漁父無乃太瀾浪乎？』山谷晚年，亦悔前作之未工。因表弟李如篪言『《漁父詞》以《鷓鴣天》歌之，甚協律，恨語少聲多耳』，因以憲宗畫像求玄真子文章，及玄真之兄松齡勸歸之意，足前後數句云：『西塞山前白鷺飛，桃花流水鱖魚肥。朝廷尚覓玄真子，何處而今更有詩？青箬笠，綠簑衣，斜風細雨不須歸。人間欲避風波險，一日風波十二時。』東坡笑曰：『魯直乃欲平地起風波耶？』」徐師川乃作《浣溪沙》《鷓鴣天》各二闋，蓋因坡、谷異同而作。

## 王安中

安中字履道，陽曲人。元符三年進士。政和中，自大名主簿累擢中書舍人、御史中丞、翰林學士承旨。出鎮燕山府，召除檢校太保、大名府尹，兼北京留守司公事。靖康初，貶象州。紹興初，復左中大夫。

### 點絳脣

峴首亭空，勸君休墮羊碑淚。宦游如寄。且伴山翁醉。說與鮫人，莫解江皋珮。將歸思。暈紅縈翠。細織回文字。

《苕溪漁隱叢話》後集卷第四十：「王初寮有《點絳脣》一詞，送韓濟之歸襄陽。初寮用前事，以其漢上故事，然於送人之詞，似難用也。」

## 失調名

笑裏眼迷情意貼，行時鞋露繡旁相。

《可書》：王安中從梁子美辟置大名幕中，時有妓籍一小鬟，名冠河朔。子美因令安中作小詞以贈，末句有云：詞如上略。安中曰：「此乃『盃深不覺琉璃滑，貪看六幺花十八』無異也。」時人稱之。

## 葉夢得

夢得字少蘊，烏程人，清臣曾孫。紹聖四年進士，累官龍圖閣直學士，帥杭州。高宗朝，除尚書左丞、江東安撫使，兼知建康府行宮留守，移知福州，提舉洞霄宮。居吴興弁山，自號石林居士。

### 賀新郎

睡起聞鶯語。點蒼苔、簾櫳晝掩，亂紅無數。吹盡殘花無人見，唯有垂楊自舞。漸暖靄、初回輕暑。寶扇重尋明月影，暗塵侵，尚有乘鸞女。驚舊恨，鎮如許。　江南夢斷橫江渚。浪黏天、蒲桃漲緑，半空烟雨。無限樓前滄波意，誰采蘋花寄取？但悵望蘭舟容與。萬里雲帆何時到？送孤鴻、目斷千山阻。重爲我，唱《金縷》。

《夷堅丁志》卷第十二：葉少蘊左丞初登第，調潤州丹徒尉，郡守器重之，俾檢察征稅之出入。務亭在西津上，葉嘗以休日往，與監官並闌干立，望江中有彩舫，傍亭而南，滿載皆婦女，嬉笑自若，謂爲貴富家人，方趍避之，舫已泊岸。十許輩袨服而登，徑詣亭上，問小史曰：「葉學士安在？幸爲入白。」葉不得已，出見之，皆再拜致詞曰：「學士儁聲滿江表，妾輩乃真州妓也，常願一侍尊俎，愜平生心，而身隸樂籍。儀真過客如雲，無時不開宴，望頃刻之適不可得。今日太守私忌，郡官皆不會集，故相約絶江，此來殆天與其幸也。」葉慰謝，命之坐。同官謀取酒與飲，則又起言：「不度鄙賤，輒草具殽醞自隨，敢以一杯爲公壽，願得公妙語持歸，夸示淮人，爲無窮光榮，志願足矣。」顧從奴挈榼而上，饌品皆精潔。迭起歌舞。酒數行，其魁捧花牋以請。葉命筆立成，不加點竄，即今所傳《賀新郎》詞，卒章蓋紀實也。此詞膾炙人口，配坡公「乳燕華屋」之作。而葉公自以爲非其絶唱，人亦罕知其事云。葉晦叔説。

《行都紀事》：楊誠齋名萬里，字廷秀，爲監司時，循歷至一郡，郡守盛禮以宴之，而適初夏。有官妓歌葉少蘊《賀新郎》以送酒，其中有「萬里雲帆何時到」，誠齋遽云：「萬里昨日到。」太守大慚，即監繫官妓。

## 江衍

衍，建中靖國時士人。

## 錦纏絆

屈曲新堤，占斷滿村佳氣。畫簷兩行連雲際。亂山疊翠水回還，岸邊樓閣，金碧遥相倚。　柳陰低，艷映花光美好，昇平爲誰初起？　大都風物只由人，舊時荒壘，今日香煙地。

《異聞總録》卷之二：邵武惠應廟神初封祐民公，建中靖國元年，建陽江屯里亦立祠事之。士人江衍謁祠下，夜夢往溪南之神宇，聞歌聲，閽者止之，曰：「公與夫人方坐白雲障下，調按新詞，汝勿遽進。」少選，神命呼衍，問曰：「汝得此詞否？」衍恐懼，謝曰：「世間那復可聞。」神曰：「此黄鐘宫《錦纏絆》也。」乃誦其詞曰：詞如上略。衍驚覺，即録而傳之，然無有能歌者。

## 美奴

美奴，陸藻侍兒。藻字敦禮，侯官人。崇寧二年進士，大觀中，爲給事中。

### 卜算子

送我出東門，乍别長安道。兩岸垂楊鎖暮烟，正是秋光老。　一曲古《陽關》，莫惜金尊倒。君向瀟湘我向秦，魚雁何時到！

## 如夢令

日暮馬嘶人去。船逐清波東注。後夜最高樓，還肯思量人否？無緒。無緒。生怕黄昏疎雨。

《苕溪漁隱叢話》後集卷第四十：苕溪漁隱曰：「陸敦禮藻有侍兒，名美奴，善綴詞。出侑樽俎，每丐韻於坐客，頃刻成章。」

# 崔木

木字子高，兗州人。元符間，游太學。

## 最高樓

蹇驢緩跨，迢遞至京城。當此際，正芳春。芹泥融暖飛雛燕，柳條搖曳韻鸝庚。更那堪，遲日暖，曉風輕。　算費盡、主人歌與酒，更費盡、青樓簫與箏。多少事，絆牽情。愧我品題無雅句，喜君歌詠有新聲。願從今，魚比目，鳳和鳴。

## 虞美人

春來秋往何時了？心事知多少。深深庭院悄無人。獨自行來獨坐若爲情。雙旌聲勢雖云貴。終是誰存濟？今宵已幸得人言。擬待勞煩神女下巫山。

《醉翁談録》壬集卷二略云：王上舍勉仲，邀崔木游春出郊，特呼角妓張賽賽侑尊。王上舍並令賽賽請崔木賦詞，崔木即賦《最高樓》。詞畢，賽賽歌之，聲音嘹亮，腔調不失。王上舍大喜，賞賽賽甚厚。後賽賽薦崔木於黄太守女舜英，舜英要崔木作一詩或詞，崔木即以紅羅一幅，寫詞一首，以付賽賽。詞名《虞美人》。舜英即以黄絹和詞云：「一從骨肉相拋了，受了多多少！溪山風月屬何人？到此思量因甚不關情。而今雖道王孫貴，有事憑誰濟？自從今夜得媒言，相見佳期無謂隔關山。」崔木見詞，即令術者擇日，往黄舜英之家就親。

# 歐陽珣

珣字全美，廬陵人。崇寧五年進士。知鹽官縣。後使金，被焚死。

## 踏莎行

雁字成行，角聲悲送，無端又作長安夢。青衫小帽這回來，安仁兩鬢秋霜重。孤館燈殘，小樓鐘動，馬蹄踏破前村凍。平生牽繫爲浮名，名垂萬古知何用。

《獨醒雜志》卷八：歐陽全美名珣，廬陵人，登崇寧進士第。靖康初，全美調官京師。時金人欲求三鎮，全美行次關山，以樂府寄其内曰：詞如上略。全美至京，有詔許上封事，論禦戎之策。全美應詔陳利害。時有九人同召對，全美奏曰：「割地敵亦來，不割亦來，特遲速有間，今日之策，惟有戰耳。」時宰執有主棄地之議者，不悅，即除將作監丞，使金竟不復還。朝廷録其節而官其壻，乃從兄叔謙也。

## 劉一止

一止字行簡，湖州歸安人。宣和三年進士。紹興初，召試除秘書省校書郎，歷給事中，進敷文閣待制。

### 喜遷鶯

曉光催角。聽宿鳥未驚，鄰雞先覺。迤邐烟村，馬嘶人起，殘月尚穿林薄。淚痕帶霜微凝，酒力衝寒猶弱。歎倦客，悄不禁，重染風塵京洛。　追念人別後，心事萬重，難覓孤鴻託。翠幌嬌深，曲屏香暖，爭念歲寒飄泊？怨花恨月，須不是不曾經著。這情味，望一成消減，新來還惡。

《直齋書録解題》卷第二十一：劉行簡詞一卷，劉一止撰。嘗爲《曉行詞》，盛傳於京師，號劉曉行。

案：此首全詞見劉一止《苕溪樂章》。

## 汪藻

藻字彦章，德興人。崇寧五年進士。高宗朝，累官中書舍人，兼直學士院，出知徽州、宣州，奪職居永州卒。

### 醉落魄

小舟簾隙。佳人半露梅妝額。緑雲低映花如刻。恰似秋宵，一半銀蟾白。　結兒梢朵香紅扨。鈿蟬隱隱摇金碧。春山秋水渾無跡，不露牆頭，些子真消息。

《苕溪漁隱叢話》前集卷第五十九：苕溪漁隱曰：「汪彦章舟行汴中，見岸傍畫舫有映簾而觀者，止見其額，有詞云：詞如上略。寄《醉落魄》。」

## 點絳脣

永夜厭厭，畫簷低月山銜斗。起來搔首。梅影橫窗瘦。　好箇霜天，閒卻傳杯手。君知否？　曉鴉啼後。歸夢濃於酒。

《能改齋漫録》卷十六：汪彦章在翰苑，屢致言者。嘗作《點絳脣》。或問曰：「歸夢濃於酒，何以在曉鴉啼後？」公曰：「無奈這一隊畜生聒噪何！」

# 曹　組

組字元寵，潁昌人。宣和三年進士。官止閤門宣贊舍人，睿思殿應制。

## 脱銀袍

濟楚風光，昇平時世。端門支散，碗遂逐旋温來，喫得過、那堪更使金器？　分明是。與窮漢、消災滅罪。　又没支分，猶然遞滯，打篤磨槎來根底。換頭巾，便上弄交番廝替。告官裏。　駞逗高陽餓鬼。

《宣和遺事》亨集：那看燈的百姓，休問貴富貧賤，老少尊卑，盡到端門下賜御酒一盃。有教坊大使曹元寵口號一詞，喚做《脱銀袍》。

## 點絳脣

風勁秋高，頓知斗力生弓面。弛分筠簳。月到天心滿。　白羽流星，飛上黄金椀。胡沙雁。雲邊驚散。壓盡天山箭。

《苕溪漁隱叢話》前集卷第五十四引《桐江詩話》云：「潁昌曹緯彦文，弟組彦章，俱有俊才。彦文釋褐即物故，彦章多依棲中貴人門下。一日，徽廟苑中射弓，左右薦至，對御作射弓詞《點絳脣》一闋。今人但知彦章善謔，不知其才，良可惜也。彦章後字元寵，兄弟幼孤，母王氏教養成就。王氏亦能詩，嘗有《雪中觀妓》詩云：『梁王宴罷下瑶臺。窄窄紅靴步雪來。恰似陽春三月暮，楊花飛處牡丹開。』」

# 万俟詠

詠字雅言，號詞隱。崇寧中，充大晟府製撰。

## 安平樂慢

瑞日初遲，緒風乍暖，千花百草爭香。瑶池路穩，閬苑春深，雲樹水殿相望。柳曲沙平，看塵隨青蓋，絮惹紅粧。賣酒緑陰傍，無人不醉春光。　有十里笙歌，萬家羅綺，身世疑在仙鄉。行樂知無禁，王侯半隱少年場。舞妙歌妍，空妒得鶯嬌燕忙。念芳菲，都來幾日，不堪風雨疎狂。

《堯山堂外紀》卷五十五：崇寧中，万俟雅言充大晟府製撰，依月用律製詞，嘗侍宴都門池苑應制，賦《安平樂慢》。

## 雪明鴾鵲夜慢

望五雲多處春深，開閬苑、別就蓬島。正梅雪韻清，桂月光皎。鳳帳龍簾縈嫩風，御座深翠金間繞。半天中、香泛千花，燈掛百寶。　聖時觀風重臘，有簫鼓沸空，錦繡匝道。競呼盧，氣貫調歡笑。暗裏金錢擲下，來侍燕、歌太平睿藻。願年年此際，迎春不老。

《歲時廣記》卷十一引《復雅歌詞》：景龍樓先賞，自十二月十五日便放燈，直至上元，謂之預賞。万俟雅言作《雪明鴾鵲夜慢》云：詞如上略。

## 鳳凰枝令

人間天上。端樓龍鳳燈先賞。傾城粉黛月明中，春思蕩。醉金甌仙釀。　一從鸞輅北向。舊時寶座應蛛網。游人此際客江鄉，空悵望。夢連昌清唱。

《歲時廣記》卷十一引《復雅歌詞》：万俟雅言作《鳳凰枝令》，憶景龍先賞，序曰：「景龍門，古酸棗門也。自左掖門之東爲夾城南北道，北抵景龍門。自臘月十五日放燈，縱都人夜游。婦人游者，珠簾下邀住，飲以金甌酒。有婦人飲酒畢，輒懷金甌，左右呼之，婦人曰：『妾之夫性嚴，今帶酒容，何以自明，懷此金甌爲證耳。』隔簾聞笑聲曰：『與之。』」

## 徐　伸

伸字幹臣，三衢人。政和初，以知音律爲太常典樂，出知常州。

### 二郎神

悶來彈鵲，又攪碎一簾花影。漫試著春衫，還思纖手，薰徹金猊燼冷。動是愁端如何向，但怪得、新來多病。嗟舊日沈腰，而今潘鬢，怎堪臨鏡？　重省。別時淚漬，羅襟猶凝。料爲我厭厭，日高慵起，長託春酲未醒。鴈足不來，馬蹄難駐，門掩一庭芳景。空竚立，盡日闌干倚遍，晝長人靜。

《揮麈餘話》卷之二：徐幹臣伸，三衢人。政和初，以知音律爲太常典樂，出知常州。嘗自製轉調《二郎神》之詞。既成，會開封尹李孝壽來牧吴門。李以嚴治京兆，號李閻羅。道出郡下，幹臣大合樂燕勞之，喻群娼令謳此詞，必待其問乃止。娼如戒，歌至三四，李果詢之。幹臣蹙額云：「某頃有一侍婢，色藝冠絶，前歲以亡室不容逐去，今聞在蘇州一兵官處，屢遣信欲復來，而今之主公靳之，感慨賦此。詞中所叙，多其書中語。今焉適有天幸，公擁麾於彼，不審能爲我之地否？」李云：「此甚不難，可無慮也。」既次無錫，賓贊者請受謁次第，李云：「郡官當至楓橋。」橋距城十里而遠。翌日，艤舟其所，官吏上下，望風股栗。李一閲刺字，忽大怒云：「都監在法不許出城，迺亦至此。使郡中萬一有火盜之虞，豈不殆哉！」斥都監下堦，荷校送獄。又數日，取其供牘，判奏字。其家震懼求援，宛轉哀鳴致懇。李笑云：「且還徐典樂之妾了來理會。」兵官者解其指，即日承命，然後舍之。

## 江漢

漢字朝宗，衢縣人。政和初，以獻蔡京詞爲大晟府製撰。

### 喜遷鶯

昇平無際。慶八載相業，君臣魚水。鎮撫風稜，調燮精神，合是聖朝房魏。鳳山政好，還被畫轂朱輪催起。按錦轡。映玉帶金魚，都人爭指。　丹陛。常注意。追念裕陵，元佐今無幾。繡袞香濃，鼎槐風細。榮耀滿門朱紫。四方具瞻師表，盡道一夔足矣。運化筆，又管領年年，烘春桃李。

《鐵圍山叢談》卷第二：政和初，有江漢朝宗者，亦有聲。獻魯公詞曰：詞如上略。時兩學盛謳，播諸海内。魯公喜，爲將上進呈，命之以官，爲大晟府製撰，使遇祥瑞，時時作爲歌曲焉。

## 慕容嵓卿妻

嵓卿，姑蘇士人。

### 浣溪沙

滿目江山憶舊游。汀洲花草弄春柔。長亭艤住木蘭舟。　好夢易隨流水去，芳心猶逐曉雲愁。行人莫上望京樓。

《竹坡詩話》卷三：馮均州爲余言，頃年平江府雍熙寺，每深夜月明，有婦人歌小詞於廊廡間者，就之不見。客有聞而録之者，姑蘇士子慕容嵓卿見而驚曰：「君何從得此詞？」客語之故。嵓卿悲哭久之，曰：「此余亡妻之詞，無人知之者。」明日視之，乃其妻旅櫬所在。

案：《夷堅丙志》卷第十亦載此事。

## 朱敦復

敦復字無悔，洛陽人。希真弟。

### 雙鴈兒

尚志服事跛神仙。辛勤了，萬千般。一朝身死入黄泉。至誠地，哭皇天。　旁人共苦叩玄言。不免得告諸賢。禁法蝎兒不曾傳。喫畜生，四十年。

《過庭録》：洛陽朱敦復，字無悔，並弟希真，以才豪稱。有學老子者曰劉跛子，頗有異行，時至洛看花。一日告人曰：「吾某日當死。」至期果然。與之善者，遂葬於故長壽宫南，託無悔銘其墓。跛子劉姓，河東鄉人，山老其名，野夫字，豐髯大腹，右扶拐，不知年壽及生平。王侯士庶有敬問，怒駡掣走或僵死。洛陽十年爲花，至政和辛卯以酒終南宫。道旁冢三尺，無孔鐵鎚，今已矣。劉公有一僕曰尚志，隨劉四十年，劉常以「畜生」呼之。及劉死，人恐其有所得，士夫競叩之。尚志告曰：「何所得，但喫畜生四十年矣。」無悔因作一詞。詞如上略。

## 趙佶

佶即徽宗，神宗第十一子。在位二十五年，内禪皇太子。靖康二年，北狩，紹興五年，卒於五國城。

### 臨江仙

過水穿山前去也，吟詩約句千餘。淮波寒重雨疎疎。煙籠灘上鷺，人買就船魚。古寺幽房權且住。夜深宿在僧居。夢魂驚起轉嗟吁。愁牽心上慮，和淚寫回書。

《能改齋漫録》卷十六：宣和乙巳冬，幸亳州途次，御製《臨江仙》云：詞如上略。

### 醉落魄

無言哽噎。看燈記得年時節。行行指月行行説。願月常圓，休要暫時缺。今年華市燈羅列。好燈爭奈人心別。人前不敢分明説。不忍擡頭，羞見舊時月。

《可書》：徽宗預賞景龍門，追悼明節詞曰：詞如上略。暨北狩，人謂末句有讖。

## 滿庭芳

寰海清夷，元宵游豫，爲開臨御端門。暖風搖曳，香氣藹輕氛。十萬鈎陳燦錦，鈞臺外、羅綺繽紛。歡聲裏，燭龍銜耀，黼藻太平春。　靈鼇，擎綵岫，冰輪遠駕，初上祥雲。照萬宇嬉游，一視同仁。更喜維垣大第，通宵燕、調燮良臣。從兹慶，都俞賡載，千歲樂昌辰。

《歲時廣記》卷十引《歲時雜記》：「御製同韻賜范左丞，序云：『上元賜公師宰執觀燈御筵，遵故事也。卿初獲御坐，以《滿庭芳》詞來上，因俯同其韻以賜。』」

## 燕山亭

裁翦冰綃，輕疊數重，冷淡胭脂凝注。新樣靚妝，豔浥香融，羞殺蕊珠宮女。易得凋零，更多少無情風雨！　愁苦。問院落淒涼，幾番春暮？　憑寄離恨重重，這雙燕，何曾會人言語！天遥地遠，萬水千山，知他故宮何處？怎不思量，除夢裏有時曾去。無據。和夢也、有時不做。

《朝野遺記》：徽廟在韓州，會虜傳書至。一小使始至，見上登屋，自正芨舍，急下顧笑曰：

「堯舜茅茨不翦。」方取械眎。又有感懷小詞，末云：「天遥地遠，萬水千山，知他故宫何處？怎不思量，除夢裏有時曾去。無據，和夢也有時不做。」真似後主「別時容易見時難」聲調也。後顯仁歸鑾云：「此爲絶筆。」

案：《詞品》謂此詞乃宋徽宗北隨金虜後見杏花作。

## 勝勝慢

宫梅粉淡，岸柳金匀，皇都乍慶春回。鳳闕端門，端門，宣德門也。鼇山綵結蓬萊。沈沈洞天向晚，寶輿還，花滿鈞臺。輕煙裏，算誰將金蓮，陸地匀開？　是處簫鼓聲沸，彫鞍趁金輪，隱隱輕雷。萬家羅幕，千步錦繡相挨。蟾光夜色如晝，共成懽，爭忍歸來。疎鐘斷，聽行歌，猶在禁街。

《歲時廣記》卷十引《東京夢華録》：正月十五日，駕詣上清宫，至晚還内，御製《勝勝慢》詞。

## 月上海棠

孟婆，孟婆，且與我做些方便。吹箇船兒倒轉。

《雲麓漫鈔》卷第四：徽廟既内禪，尋幸淮浙，嘗作小詞，名《月上海棠》，末句云：「孟婆且與我做些方便。吹箇船兒倒轉。」而隆祐保祐之功，蓋讖於此。諺語謂風爲孟婆，非也。

案：《説郛》卷五十七引《雪舟脞語》：「徽宗亦工長短句。方北狩在房中，猶作小詞云：『孟婆，孟婆，你做些方便。吹箇船兒倒轉。』與此意亦略同。」

## 侯彭老

彭老，字思孺，衡山人。登大觀進士，紹興三年，知藤州。

### 踏莎行

十二封章，三千里路。當年走徧東西府。時人莫訝出都忙，官家送我歸鄉去。三詔出山，一言悟主。古人料得非虛語。太平朝野總多懽，江湖幸有寬閒處。

《清波雜志》卷第十二：政和三年，温陵吕榮義著《兩學雜記》，凡七十二條，所書皆太學辟雍事也。内一條：侯彭老，長沙人，建中靖國以太學生上書得罪，詔歸本貫，綴小詞別同舍。詞如上略。雖曰小挫，而意氣安閒如此。煇頃得於故老：此詞既傳，各齋俱厚贐其行。亦傳入禁中，即降旨令改正屬，同獲譴者不一乃格。後繇鄉貢竟登甲科。

## 胡舜陟

舜陟字汝明，績溪人。大觀三年進士，歷官監察御史。高宗初，除集英殿修撰，累官廣西經略。紹興十三年，繫獄死。

### 感皇恩

乞得夢中身，歸棲雲水。始覺精神自家底。峭帆輕棹，時與白鷗游戲。畏途都不管，風波起。　光景如梭，人生浮脆，百歲何妨盡沉醉。臥龍多事，漫説三分奇計。算來爭似我，長昏睡。

### 漁家傲

幾日北風江海立。千軍萬馬濤聲急。短棹峭寒欺酒力。飛雨息。瓊花細細穿窗隙。我本緑簑青箬笠。浮家泛宅煙波逸。渚鷺沙鷗多舊識。行未得。高歌與爾相尋覓。

《苕溪漁隱叢話》後集卷第三十九：苕溪漁隱曰：「先君頃嘗丐祠，居射村，作《感皇恩》一詞。又嘗江行阻風，作《漁家傲》一詞。」

## 李清照

清照號易安居士，濟南人。格非之女，趙明誠妻。

### 醉花陰　九日

薄霧濃雲愁永晝。瑞腦銷金獸。佳節又重陽，玉枕紗廚，半夜涼初透。　東籬把酒黃昏後。有暗香盈袖。莫道不銷魂，簾卷西風，人似黃花瘦。

《瑯嬛記》卷中：易安以重陽《醉花陰》詞函明誠，明誠嘆賞，自愧弗逮，務欲勝之。一切謝客，忘食忘寢者三日夜，得五十闋，雜易安作，以示友人陸德夫。德夫玩之再三曰：「只三句極佳。」明誠詰之，答曰：「莫道不銷魂，簾捲西風，人似黃花瘦。」政易安作也。

### 一剪梅

紅藕香殘玉簟秋。輕解羅裳，獨上蘭舟。雲中誰寄錦書來？雁字回時，月滿西樓。　花自飄零水自流。一種相思，兩處閑愁。此情無計可消除，纔下眉頭，卻上心頭。

《瑯嬛記》卷中：趙明誠幼時，其父將爲擇婦。明誠晝寢，夢誦一書，覺來唯憶三句云：「言與司合，安上已脱，芝芙草拔。」以告其父。其父爲解曰：「汝殆得能文詞婦也。言與司合是詞字，安上已脱是女字，芝芙草拔是之夫二字，非謂汝爲詞女之夫乎？」後李翁以女女之，即易安也，果有文章。易安結褵未久，明誠即負笈遠游，易安殊不忍别，覓錦帕書《一剪梅》詞以送之。

## 李邴

邴字漢老，濟州任城人。崇寧五年進士，累官翰林學士。紹興初，拜參知政事、資政殿學士，寓泉州卒。

### 玉蝴蝶

壯歲分符方面，蕙風香偃，禾稼春融。報政朝天，歸去穩步鼇宫。望堯蓂，九重絳闕，頒漢詔，五色芝封。湛恩濃。錦衣槐里，重繼三公。　雍容。臨歧祖帳，綺羅環列，冠蓋雲叢。滿城桃李，盡將芳意謝東風。柳煙輕，萬條離恨，花露重，千點啼紅。莫匆匆。且陪珠履，同醉金鍾。

《能改齋漫録》卷十七：寶文閣直學士連南夫鵬舉，罷守泉南，李右丞邴漢老送之以詞，寄

《玉蝴蝶》。

## 向子諲

子諲字伯恭，臨江人。元符初，以恩補官。高宗朝，歷徽猷閣直學士，知平江府，尋致仕。號所居曰薌林。

### 滿庭芳

月窟蟠根，靈巖分種，絶知不是塵凡。瑠璃剪葉，金粟綴花繁。黄菊周旋避舍，友蘭蕙、羞殺山樊。清香遠，秋風十里，鼻觀已先參。　酒闌。聽我語，平生半是，江北江南。經行處，無窮緑水青山。常被此花相惱，思共老、結屋中間。不因著，薌林底事，游戲到人寰。

《碧雞漫志》卷二：向伯恭用《滿庭芳》曲賦木犀，約陳去非、朱希真、蘇養直同賦，「月窟蟠根，雲巖分種」者是也。然三人皆用《清平樂》和之。去非云：「黄衫相依，翠葆層層底。八月江南風日美，弄影山腰水尾。楚人未識孤妍，離騷遺恨千年。無住菴中新事，一枝喚起幽禪。」希真云：「人間花少，菊小芙蓉老。冷淡仙人偏得道，買定西風一笑。前身元是江梅，黄姑點破冰肌。只有暗香猶在，飽參清似南枝。」養直云：「斷崖流水，香度青林底。元配騷人蘭與芷，不數春風桃李。淮南叢桂小山，詩翁合得躋攀。身到十洲三島，心游萬壑千巖。」後伯恭再賦木犀，亦寄《清平樂》，贈韓璜叔夏云：「吴頭楚尾，踏破芒鞋底。萬壑千巖秋色裏，不奈惱人風味。如今老我鄉林，世間百不關心。獨喜愛香韓壽，能來同醉花陰。」韓和云：「秋光如水，釀作鵝黄蟻。散入千巖佳樹裏，惟許脩門人醉。輕鈿重上風鬟，不禁月冷霜寒。步障深沈歸去，依然愁滿江山。」初，劉原父亦以《清平樂》賦木犀云：「小山叢桂，最有留人意。拂葉攀花無限思，溼濃香滿袂。别來過了秋光，翠簾昨夜新霜。多少月宫閒地，姮娥借與微芳。」同一花一曲，賦者六人，必有第其高下者。

案：此首全詞見《酒邊詞》。又《清平樂》六詞，亦見《夷堅三志》壬卷第七。

## 顔博文

博文字持約，德州人。政和五年進士。靖康初，官著作佐郎、中書舍人。

### 品　令

夜蕭索。側耳聽，清海樓頭吹角。停歸棹，不覺重門閉，恨只恨，暮潮落。　偷想紅啼緑怨，道我真箇情薄。紗窗外，厭厭新月上，應也則，睡不著。

《能改齋漫録》卷十七：顔持約流落嶺外，舟次五羊，作《品令》云：詞如上略。朱希真，洛陽人，亦流落嶺外。九日作《沙塞子》云：「萬里飄零南越，山引淚，酒添愁。不見鳳樓龍闕，又驚秋。九日江亭閒望，蠻樹繞，瘴雲浮。腸斷紅蕉花晚，水東流。」不減唐人語。

## 胡松年

松年字茂老，海州懷仁人。政和中，上書釋褐，補濰州教授。建炎間，以給事中試工部尚書。使金還，拜吏部尚書。以疾提舉洞霄宮卒。

### 石州慢

月上疎簾，風射小窗，孤館岑寂。一杯強洗愁懷，萬里堪嗟行客。亂山無數，晚秋雲物蒼然，何如輕抹淮山碧。喜氣拂征衣，作眉間黃色。　役役。馬頭塵暗，斜陽隴首，路回飛翼。夢裏姑蘇城外，錢塘江北。故人應念我，負吹帽佳時，同把金英摘。歸路且加鞭，趁梅花消息。

又

歌闋《陽關》，腸斷短亭，惟有離別。畫船送我薰風，瘦馬迎人飛雪。平生幽夢，豈知塞北江南，而今真歎河山闊。屈指數分攜，蚤許多時節。　愁絶。雁行點點，雲垂木葉，霏霏霜滑。正是荒城落日，空山殘月。一尊誰念我，苦憔悴天涯，陡覺生華髮。賴有紫樞人，共揚鞭丹闕。

《雲麓漫鈔》卷第十四：樞密胡公松年，紹興間使虜，彼盛稱甲兵之富。既歸，作《石州詞》二首。

## 李持正

持正字季秉。政和五年進士。歷知德慶、南劍、潮陽三郡，終朝請大夫。

### 明月逐人來

星河明淡，春來深淺。紅蓮正、滿城開遍。禁街行樂，暗塵香拂面。皓月隨人近遠。　天半鼇山，光動鳳樓兩觀。東風靜、珠簾不捲。玉輦將歸，雲外聞絃管。認得宮花影轉。

## 人月圓

小桃枝上春風早，初試薄羅衣。年年樂事，華燈競處，人月圓時。　禁街簫鼓，寒輕夜永，纖手重攜。更闌人散，千門笑語，聲在簾幃。

《能改齋漫録》卷十六：樂府有《明月逐人來》詞，李太師撰譜，李持正製詞云：詞如上略。東坡曰：「好箇『皓月隨人近遠！』」持正又作《人月圓令》，尤膾炙人口。近時以爲小王都尉作，非也。

# 幼卿

幼卿，宣和時人。

## 浪淘沙

目送楚雲空。前事無蹤。漫留遺恨鎖眉峰。自是荷花開較晚，孤負東風。　客館歎飄蓬。聚散匆匆。揚鞭那忍驟花驄。望斷斜陽人不見，滿袖啼紅。

《能改齋漫録》卷十六：宣和間，有題於陝府驛壁者云：幼卿少與表兄同硯席，雅有文字之好。未笄，兄欲締姻，父母以兄未禄，難其請，遂適武弁公。明年，兄登甲科，職教洮房，而良人統兵陝右，相與邂逅於此。兄鞭馬，略不相顧，豈前憾未平耶？因作《浪淘沙》以寄情云。詞如上略。

## 鄭意娘

意娘，楊思厚妻。

### 好事近

往事與誰論？無語暗彈清血。何處最堪腸斷？是黃昏時節。　倚樓凝望又徘徊，誰解此情切？何計可同歸雁？趁江南春色。

《詞統》卷五：意娘，宣政間，撒八太尉自盱眙掠得之，不辱而死。魂常出游，思厚奉使燕山，訪其瘞處，與之相見，有《好事近》詞云。詞如上略。

案：此詞原見《楊思温燕山逢故人》小説。

## 竊杯女子

### 鷓鴣天

月滿蓬壺燦爛燈。與郎攜手至端門。貪觀鶴降笙簫舉，不覺鴛鴦失卻群。　天漸曉，感皇恩。傳宣賜酒臉生春。歸家切恐公婆責，乞賜金盃作照憑。

《宣和遺事》亨集：「臣妾有一詞上奏天顏，這詞名《鷓鴣天》。」徽宗覽畢，就賜金盃與之。

案：《歲時廣記》卷十亦載此事。

## 念奴嬌

桂魄澄輝，禁城内、萬盞華燈羅列。無限佳人穿繡徑，幾多妖艷奇絶。鳳燭交光，銀燈相射，奏簫韶初歇。鳴梢響處，萬民瞻仰宫闕。　妾自閨門給假，與夫攜手，共賞元宵，誤到玉皇金殿砌，賜酒金盃滿設。量窄從來，紅凝粉面，尊見無憑説。假王金盞，免公婆責罰臣妾。

《宣和遺事》亨集：帝准奏，再令婦人做一詞。婦人請命題。准聖旨，令將金盞爲題，《念奴嬌》爲調。女子領了聖旨，口占一詞道：詞如上略。徽宗見了此詞，大悦，不許後人攀例，賜盞與之。

## 江致和

致和，政和、崇寧間太學生。

## 五福降中天

喜元宵三五，縱馬御柳溝東。斜日映朱簾，瞥見芳容。秋水嬌橫俊眼，膩雪輕鋪素胸。愛把菱花，笑匀粉面露春葱。　徘徊步嬾，奈一點靈犀未通。悵望七香車去，慢輾春風。雲情雨態，願暫入陽臺夢中。路隔煙霞甚時遇，許到蓬宮？

《歲時廣記》十二引《古今詞話》：「崇寧間，上元極盛。太學生江致和在宣德門觀燈，會車輿上遇一婦人，姿質極美，恍然似有所失，歸運毫楮，遂得小詞一首。明日妄意復游故地，至晚車又來，致和以詞投之。自後屢有所遇，其婦笑謂致和曰：『今日喜得到蓬宮矣。』詞名《五福降中天》。」

案：《綠窗新話》上引《古今詞話》，亦有此文。

# 宋齊愈

齊愈字文淵，一云字退翁。靖康初，官諫議大夫。建炎初，以推舉僞楚論死。

## 眼兒媚

霏霏疎影轉征鴻。人語暗香中。小橋斜渡，曲屏深院，水月濛濛。　人間不是藏春處，玉笛曉霜空。江南處處，黄垂密雨，緑漲薰風。

《唐宋諸賢絶妙詞選》卷八：宣和間，齊愈爲太學官，固陵召對曰：「卿文章新奇，可作梅詞進呈，須是不經人道語。」齊愈立進《眼兒媚》詞，天語稱善。次日，諭近臣曰：「宋齊愈梅詞，非惟不經人道，又且自開花説至結子黄熟，并天色言之，可謂盡之矣。」

## 袁綯

綯，政和中，爲教坊判官。

### 撒金錢

頻瞻禮。喜昇平，又逢元宵佳致。鼇山高聳翠。對端門、珠璣交製。似嫦娥降仙宫，乍臨凡世。　恩露匀施，憑御闌，聖顔垂視。撒金錢，亂拋墜。萬姓推搶没理會。告官裏，這失儀，且與免罪。

《宣和遺事》亨集：楊戩、王仁、何霍、六黄大尉，這四箇得了聖旨，交撒下金錢銀錢，與萬姓搶金錢。那教坊大使袁綯曾作一調，名做《撒金錢》。是夜撒金錢後，萬姓各各徧游市井。

## 傳言玉女

淺淡梳妝，愛學女真梳掠。艷容可畫，那精神怎貌？鮫綃映玉，鈿帶雙穿纓絡。歌音清麗，舞腰柔弱。　宴罷瑶池，御風跨皓鶴。鳳凰臺上，有蕭郎共約。一面笑開，向月斜褰朱箔。東園無限，好花羞落。

《續骫骳説》：政和中，袁綯爲教坊判官，製撰文字。一日，爲蔡京撰《傳言玉女》詞，有「淺淡梳妝，愛學女真梳掠」之語。上見之，索筆改「女真」二字爲「漢宫」，而人莫解。蓋當時已與女真盟於海上矣，而中外未知，帝思其語，故竄易之也。

# 連仲宣

仲宣，貴溪人。

## 念奴嬌

暗黄著柳，漸寒威收斂，日和風細。□□端門初錫宴，鬱鬱葱葱佳氣。太一行春，青藜照夜，夜色明如水。鼇山綵結，恍然移在平地。　曲蓋初展湘羅，玉皇香案，近雕欄十二。夾道紅簾齊卷上，兩行絶新珠翠。清蹕聲乾，傳柑宴罷，閃閃星毬墜。下樓歸去，觚稜月銜龍尾。

《歲時廣記》卷十一引《本事詞》：連仲宣者，信之貴溪人也，少不事科舉，留意觴詠。宣和間，客京師，適遇元宵，徽宗御宣德樓，錫宴近臣，與民同樂，仲宣進《念奴嬌》詞，稱旨，特免文解。

## 賈奕

奕官右廂都巡官，帶武功郎。

### 南鄉子

閒步小樓前。見箇佳人貌類仙。暗想聖情渾似夢，追歡。執手蘭房恣意憐。一夜説盟言，滿掬沈檀噴瑞煙。報道早朝歸去晚，回鑾。留下鮫綃當宿錢。

《宣和遺事》亨集：那賈奕那裏喫，待喫下，又長嘘氣。見筆硯在側，用手拈起筆來，拂開花箋，便寫作小詞一章，詞寄《南鄉子》。師師見了大驚，順手將這曲兒收放妝盒内。

## 蔣興祖女

興祖，靖康間，陽武令。

### 減字木蘭花

朝雲横度。轆轆車聲如水去。白草黄沙。月照孤村三兩家。　天天去也，萬結愁腸無晝夜。漸近燕山。回首鄉關歸路難。

《梅磵詩話》卷下：靖康間，金人犯闕，陽武蔣令興祖死之，其女爲賊虜去，題字於雄州驛中，叙其本末，仍作《減字木蘭花》詞。蔣令浙西人，其女方笄，美顔色，能詩詞，鄉人皆能道之。此湯巖起詩，《滄海遺珠》所載。

## 邢俊臣

俊臣，汴京戚里子。

### 臨江仙

巍峨萬丈與天高。物輕人意重，千里送鵝毛。

《寓簡》卷第十：汴京時，有戚里子邢俊臣者，性滑稽，喜嘲詠，嘗出入禁中，善作《臨江仙》詞，末章必用唐律兩句爲謔，以調時人之一笑。徽皇朝，置花石綱，取江淮奇卉石竹，雖遠必致。石之大者曰神運石，大舟排聯數十尾，僅能勝載。既至，上皇大喜，置之艮嶽萬歲山下，命俊臣爲《臨江仙》詞，以「高」字爲韻。再拜詞已成，末句云：詞如上略。又令賦陳朝檜，以「陳」字爲韻。檜亦高五六丈，圍九尺餘，枝柯覆地幾百步。詞末云：「遠來猶自憶梁陳。江南無好物，聊贈一枝春。」其規諷似可喜，上皇容之不怒也。內侍梁師成，位兩府，甚尊顯用事，以文學自命，尤自矜爲詩。因進詩，上皇稱善，顧謂俊臣曰：「汝可爲好詞以詠師成詩句之美。」且命押「詩」字韻。俊臣口占，末云：「用心勤苦是新詩。吟安一箇字，撚斷數莖髭」。上皇大笑，師成愠見，譖俊臣漏泄禁中語，責爲越州鈐轄。太守王嶷聞其名，置酒待之。醉歸，燈火蕭疎。明日，攜詞見帥，叙其寥落之狀，末云：「捫窗摸户入房來。笙歌歸院落，燈火下樓臺。」席間有妓秀美，而肌白如玉雪，頗有腋氣難近。豐甫令乞詞，末云：「酥胸露出白皚皚。遥知不是雪，爲有暗香來。」又有善歌舞而體肥者，詞云：「只愁歌舞罷，化作彩雲飛。」俊臣亦頗有才者，惜其用工止如此耳。

## 洪皓

皓字光弼，鄱陽人。政和五年進士。建炎三年，假禮部尚書，使金不屈，被留十五年始還。除徽猷閣直學士，尋謫英州，徙袁州，卒。

## 江梅引

天涯除館憶江梅。幾枝開？使南來。還帶餘杭、春信到燕臺。准擬寒英聊慰遠，隔山水，應銷落，赴愬誰？　空恁遐想笑摘蕊。斷回腸，思故里。漫彈緑綺。引《三弄》，不覺魂飛。更聽胡笳、哀怨淚沾衣。亂插繁華須異日，待孤諷，怕東風，一夜吹。

### 其　二

春還消息訪寒梅。賞初開。夢吟來。映雪銜霜、清絶繞風臺。可怕長洲桃李妬，度香遠，驚愁眼，欲媚誰？　曾動詩興笑冷蕊。效少陵，慙《下里》。萬枝連綺。歎金谷、人墜鶯飛。引領羅浮、翠羽幻青衣。月下花神言極麗，且同醉，休先愁，玉笛吹。

### 其　三

重閨佳麗最憐梅。牖春開。學妝來。爭粉翻光、何遽落梳臺。笑坐雕鞍歌古曲，催玉柱，金巵滿，勸阿誰？　貪爲結子藏暗蕊。領蛾眉，隔千里。舊時羅綺。已零散，沈謝雙飛。不見嬌姿、真悔著單衣。若作和羹休訝晚，墮煙雨，任春風，片片吹。

《容齋五筆》卷第三：「先忠宣公好讀書，北困松漠十五年，南謫嶺表九年，重之以風淫末疾，而翻閱書策，早暮不置，尤熟於杜詩。初歸國到闕，命邁作謝賜物一劄子，竄定兩句云：『已爲死別，偶遂生還。』謂邁曰：『此雖不必泥出處，然有所本更佳。東坡海外表云：子孫慟哭於江邊，已爲死別。杜老《羌村》詩云：世亂遭飄蕩，生還偶然遂。正用其語。』在鄉邦日，招兩使者會集，出所將宣和殿書畫舊物示之。提刑洪慶善作詩曰：『願公十襲勿浪出，六丁取將飛辟歷。』辟歷二字如古文，不從雨。公和之曰：『萬里懷歸爲公出，往事宣和空歷歷！』邁請其意，曰：『亦出杜詩歷歷開元事，分明在目前也。』紹興丁巳，所在始歌《江梅引》詞，不知爲誰人所作，己未、庚申年，北庭亦傳之。至於壬戌，公在燕，赴張總侍御家宴，侍妾歌之，感其『念此情、家萬里』之句，愴然曰：『此歌殆爲我作！』既歸不寐，遂用韻賦四闋。時在囚拘中，無書可檢，但有《初學記》，韓、杜、蘇、白樂天集，所引用句語，一一有來處。北方不識梅花，士人罕有知梅事者，故皆注所出。其一，《憶江梅》云：詞如上略。元注引杜公：『忽憶兩京梅發時。』『胡笳在樓上，哀怨不堪聽。』『安得健步移遠梅，亂插繁華向晴昊。』樂天《憶杭州梅花》：『三年閑悶在餘杭，曾爲梅花醉幾場。』車駕時在臨安。柳子厚：『欲爲萬里贈，杳杳山水隔。寒英坐銷落，何用慰遠客？』江總：『桃李佳人欲相照，摘蕊牽花來並笑。』高適：『遥憐故人思故鄉，梅花滿枝空斷腸！』盧仝：『含愁更奏綠綺琴，相思一夜梅花發。』劉方平：『晚歲芳梅樹，繁華四面同。東風吹漸落，一夜幾枝空。』東坡：『忽見早梅花，不飲但孤諷。』『一夜東風吹石裂，半隨飛雪度關山。』其二，《訪寒梅》云：詞如上略。注引李太白：『聞道春還未相識，走傍寒梅訪消息。』『緑珠樓下梅花滿，今日曾無一枝在。』江總：『金谷萬株連綺甍，梅花隱處藏嬌鶯。』何遜：『銜霜當路發，映雪擬寒開。枝横卻月觀，花繞凌風臺。』杜公：『東閣官梅動詩興，還如何遜在揚州。』『未將梅蕊驚愁眼，要取椒花媚遠天。』『巡簷索共梅花笑，冷蕊疎枝半不禁。』樂天：『賞自初開直至落。』『莫怕長洲桃李妒，明年好爲使君開。』王昌齡夢中作梅花詩。梁簡文賦『香隨風而遠度』，及趙師雄《羅浮見美人在梅花下有翠羽啾嘈相顧》詩云：『學妝欲待問花神。』崔櫓：『初開已入雕梁畫，未落先愁玉笛吹。』其三，《憐落梅》注引梁簡文賦：『重閨佳麗，貌婉心嫻。憐早花之驚節，訝春光之遣寒。』『顧影丹墀，弄此嬌姿。洞開春牖，四卷羅帷。春風吹梅畏落盡，賤妾爲此斂蛾眉。』又：『爭樓上之落粉，奪機中之織素。』梁王詩：『翻光同雪舞。』鮑泉：『縈窗落梳臺。』江總：『滿酌金巵催玉柱，落梅樹下宜歌舞。』太白：『千金駿馬邀少妾，笑坐雕鞍歌落梅。』古曲有《落梅花》。又：『片片吹落春風香。』謝莊賦：『隔千里兮共明月。』庾信：『早知覓不見，真悔著衣單。』東坡：『抱叢暗蕊初含子，玉妃謫墮煙雨村。』王建：『自是桃花貪結子。』第四篇失其稿。每首有一笑字，北人謂之四笑《江梅引》。爭傳寫焉。」

《陽春白雪》卷七載洪皓《江梅引》一首云：「去年湖上雪欺梅。月飛來，片雲開。雪月光中，無處認樓臺。今歲梅開依舊雪，人如月，對花笑，還有誰？　一枝兩枝三四蕊。想西湖，今帝里。彩牋爛綺。孤山外，目斷雲飛。坐久花寒，香露溼人衣。誰作叫雲橫短玉，《三弄》徹，對東風，和淚吹。」

案：此首正《江梅引》第四篇，足補《容齋隨筆》之所失。

## 何　㮚

㮚字文縝，仙井監人。政和五年進士。歷官中書舍人、尚書右僕射，兼中書侍郎。死靖康之難。

### 虞美人

分香帕子揉藍膩。欲去殷勤惠。重來直待牡丹時。只恐花枝知後故開遲。　別來看盡閑桃李。日日闌干倚。催花無計問東風。夢作一雙蝴蝶遶芳叢。

《碧鷄漫志》卷二：何文縝在館閣時，飲一貴人家。侍兒惠柔者，解帕子爲贈，約牡丹開再集。何甚屬意，歸作《虞美人》曲，曲中隱其名。何書此曲與趙詠道，自言其張本云。

案：此事又見《夷堅三志》壬卷第七。

## 韓世忠

世忠字良臣，延安人。南渡歷太保，封英國公，兼河北諸路招討使。秦檜收三大將權，拜樞密使，連疏乞罷。

### 臨江仙

冬看山林蕭疎淨，春來地潤花濃。少年衰老與山同。世間爭名利，富貴與貧窮。榮貴非干長生藥，清閑不是死門風。勸君識取主人公。單方只一味，盡在不言中。

### 南鄉子

人有幾何般。富貴榮華總是閑。自古英雄都如夢，爲官。寶玉妻男宿業纏。年邁已衰殘。鬢髮蒼浪骨髓乾。不道山林有好處，貪歡。只恐癡迷誤了賢。

《梁谿漫志》卷八：紹興間，韓蘄王自樞密使就第，放浪湖山，匹馬數童，飄然意行。一日，至湖上，遥望蘇仲虎尚書宴客，蘄王徑造其席，喜甚，醉歸。翌日折簡謝，餉以羊羔，且作二詞，手書以贈，蘇公緘藏之，親題其上云：「二闋三紙勿亂動。」淳熙丁未，蘇公之子壽父山丞太府，攜以示蘄王長子莊敏公，莊敏以示予，字畫殊傾欹，然其詞乃林下道人語。莊敏云：「先人生長兵間，不解書，晚年乃稍稍能之耳。」其一詞《臨江仙》云：詞如上略。其一《南鄉子》云：詞如上略。

## 邵緝

緝字公序。

### 滿庭芳

落日旌旗，清霜劍戟，塞角聲喚嚴更。論兵慷慨，齒頰帶風生。坐擁貔貅十萬，銜枚勇，雲槊交橫。笑談頃，匈奴授首，千里靜欃槍。　荆襄人按堵，提壺勸酒，布穀催耕，芝夫蕘子，歌舞威名。好是輕裘緩帶，驅營陣，絶漠橫行。功誰紀？風神宛轉，麟閣畫丹青。

《金陀續編》卷二十八：岳王在鄂州爲宣撫使，紀律嚴明，路不拾遺，秋毫無犯，軍民皆樂，雖古名將無以加。邵緝公序因作《滿庭芳》贈之。

案：此詞文字從《渚山堂詞話》卷一。

# 紫姑

## 瑞鶴仙

覩嬌紅細捻。是西子當日，留心千葉。西都競栽接。賞園林臺榭，何坊日涉。輕羅慢褶。費多少，陽和調燮！向曉來，露浥芳苞，一點醉紅潮頰。　雙靨。姚黃國豔，魏紫天香，倚風羞怯。雲鬟淺插，便引動狂蜂蝶。況東君開宴，賞心樂事，莫惜獻酬頻疊。看相將，紅葉翻階，尚餘侍妾。

《夷堅支景》卷第六：吴興周權選伯，乾道五年知衢州西安縣，招郡士沈延年爲館生，邀致紫姑神，每談未來事，未嘗不驗。尤善屬文，清新敏捷，出人意表。周每餘暇，必過而觀之。嘗聞窗外鵲噪甚急，周試扣曰：「鵲聲頗喜，未審報何事？」即書一絶句，末聯云：「窗前接接緣何事，萬里看君上豹關。」周笑曰：「權乃區區邑長，大仙一何相奉過情耶？」是日，周與一小史執箕，箕忽躍而起，奮筆塗小史之頰，大書云：「不潔。」周表姪胡朝舉在旁，因代其事。俄又昂首舉筆，向周移時，若凝視狀，諸人皆悚然。徐就案書數十字，大略云：「平時見令尹，神氣未清，面多滯色，今日一覘犀顫，日月角明，天庭瑩徹，三七日内，必有召命之喜，當切記之，毋謂謔語。」時十月下旬也。

至十一月十三日，大程官自臨安來報召命。越二日，省帖下，以周捕獲僞造楮券，遷一官，仍越都堂審察，距前所説十有八日云。後三年，周從監左藏西庫擢守婺，沈生偕往，周欲延鄉僧智勇住持小院白山，曰：「此僧絶可人，工琴善弈，仙能爲作請疏否？」援筆立書，其警句云：「指下七弦，彈徹古來之曲。局中一著，深明向上之機。」詞既藻麗，且深測禪理。通判方案宴客，就郡借妓，周適邀仙，從容因求賦一詞往侑席。仙乞題，指瓶内一捻紅牡丹，令詠之。又乞詞名及韻，令作《瑞鶴仙》用捻字爲韻，意欲以險韻困之，亦不思而就。其語云：詞如上略。既成，略不加點，其他詩文非一，皆可諷玩。周以紹熙甲寅爲福建安撫參議官，大兒仵貳福州，其説如此。

## 白苧

繡簾垂，畫堂悄，寒風淅瀝。遥天萬里，黯淡同雲羃羃。漸紛紛，六花零亂散空碧。姑射。宴瑶池，把碎玉零珠拋擲。林巒望中，高下瓊瑶一色。嚴子陵，釣臺歸路迷蹤跡。追昔。燕然畫角，寶鑰珊瑚，是時丞相，虚作銀城換得。當此際、偏宜訪袁安宅。醺醺醉了，任他金釵舞困，玉壺頻側。又恐東君，暗遣花神，先報南國。昨夜江梅，漏泄春消息。

《碧鷄漫志》卷二：正宫《白苧》曲賦雪者，世傳紫姑神作，寫至「追昔。燕然畫角，寶鑰珊瑚，是時丞相，虛作銀城換得」，或問其出處，答云：「天上文字，汝那得知？」末後句「又恐東君，暗遣花神，先到南國。昨夜江梅，漏泄春消息」，殊可喜也。

案：此事又見《夷堅三志》壬卷第七。

## 陳襲善

襲善，河朔掾。

### 漁家傲　游鷲嶺作

鷲嶺峰前欄獨倚。愁眉蹙損愁腸碎。紅粉佳人傷別袂。情何已？登山臨水年年是。　長記同來今獨至。孤舟晚漾湖光裏。衰草斜陽無限意。誰與寄？西湖水是相思淚。

《西湖游覽志餘》第十六卷：宋有陳襲善者，游錢唐，與營妓周子文甚狎，挾之遍歷湖山。後襲善去爲河朔掾，宿奉高驛，夢子文搴幃嚬蹙，挽之不可，冉冉悲啼而没。久之，得故人書，云子文死矣，按其月日，則宿奉高驛時也。既歸，游鷲嶺，作《漁家傲》以寄情焉。

## 采桑子

尊前眼底。南國風光都在此。移過江來。從此江南不復開。

《苕溪漁隱叢話》後集卷第三十七引《復齋漫録》云：「元豐末，張銑樞言龍圖之守杭也，一日，宴客湖上，劉涇巨濟、僧仲殊在焉。樞言命即席賦詩曲，巨濟先唱云：『憑誰妙筆，横掃素縑三百尺。天下應無，此是錢塘湖上圖。』仲殊遽云：『一般奇絶，雲淡天高秋夜月。費盡丹青，只這些兒畫不成。』樞言又出梅花，邀二人同賦。仲殊即作前章云：『江南二月，猶有枝頭千點雪。邀上芳尊，卻占東君一半春。』巨濟不復繼也。後陳襲善云：『我爲續之。』」

# 曾乾曜

## 醜奴兒

驀地廝看時。赤帕那、迪功郎兒。氣岸昂昂因權縣，廳子叫道，宣教請後，有無限威儀。　先自不相知。取奉著、剗地胡揮。甚時得歸京裏去，兩省八座，横行正任，卻會嫌卑。

《雞肋編》卷上：周曼，衢州開化縣孔家步人。紹興二年，以特奏名補右迪功郎，授潭州善化縣尉，待闕。有人以柬與之，往尋周官人家。曼怒曰：「我是宣教，甚喚作官人！看汝主人面，不欲送汝縣中喫棒。」又嘗夜至邑中靈山寺，以知事不出參，呼而捶之曰：「我是國家命官，怎敢恁地無法！」就欲作狀解官，群僧禱之，且令其僕取賂而已。曾乾曜有《醜奴兒》詞十三首，皆詠外州風物。其一云：詞如上略。今觀周所爲，則曾詞摹寫已大耐富貴矣。

案：此詞與黄山谷《醜奴兒》調同，黄詞前後闋末均四字句三句，此詞前闋末句多一字。

## 李　生

### 漁家傲

庭院黄昏人悄悄。兩情暗約誰知道？咫尺蓬山難一到。明月照。潛身只得聽言笑。　特地嗟吁傳密耗，芳衷要使郎心表。此際歸來愁不少。縈懷抱。卿卿消得人煩惱。

《雲齋廣録》卷六載《雙桃記》略云：李生與王蕭娘有私情，曾作《漁家傲》一闋以寄之。蕭覽之，涕淚交頤，幾至暈絶。後蕭父許蕭劉氏子，方親迎日，蕭已自縊於室中矣。

## 柳富

富字潤卿，東都人。

### 醉高樓

人間最苦，最苦是分離。伊愛我，我憐伊。青草岸頭人獨立，畫船東去櫓聲遲。楚天低，回望處，兩依依。　後會也知俱有願，未知何日是佳期。心下事，亂如絲。好天良夜還虛過，辜負我，兩心知。願伊家，衷腸在，一雙飛。

《青瑣高議》前集卷之十《王幼玉記》略云：王生名真姬，字仙才，小字幼玉，本京師人，隨父流落湖外，家於衡州。女弟兄三人，皆爲名娼，與東都人柳富善，每風前月下，執手戀戀不相捨。既久，其妹知之，欲訟富於官府。富自是與幼玉訣，作《醉高樓》。玉唱之，悲惋不能終曲。

## 譚意哥

意哥小字英奴，隨親生於英州。喪親，流落長沙爲妓，後適張正字。

## 極相思令

湘東最是得春先。和氣煖如綿。清明過了，殘花巷陌，猶見鞦韆。　對景感時情緒亂，這密意，翠羽空傳。風前月下，花時永晝，灑淚何言！

## 長相思令

舊燕初歸，梨花滿院，迤邐天氣融和。新晴巷陌，是處輕車駿馬，禊飲笙歌。舊賞人非，對佳時，一向樂少愁多。遠意沈沈，幽閨獨自顰蛾。　正消黯、無言自感，凭高遠意，空寄烟波。從來美事，因甚天教，兩處多磨？開懷強笑，向新來、寬卻衣羅。似恁他人怪憔悴，甘心總爲伊呵！

《青瑣高議》別集卷之二略云：譚意哥，小字英奴，隨親生於英州。喪親，流落長沙，墜入娼家。後遇汝州張正字，嘗作《極相思令》《長相思令》，以寄幽思。

# 李氏

李氏西洛人，適張浩。

### 極相思

日紅疎翠密晴暄。初夏困人天。風流滋味，傷懷盡在，花下風前。　後約已知君定，這心緒、盡日懸懸。鴛鴦兩處，清宵最苦，月甚先圓？

《青瑣高議》別集卷之四略云：張浩字巨源，西洛人，與東鄰女李氏善。女有詞贈之，名《極相思》。後府尹作伐，卒娶李氏。

## 劉濬

濬，潞州人。

### 期夜月

金鈎花綬繫雙月。腰肢輭低折。揎皓腕，縈繡結。輕盈宛轉，妙若鳳鸞飛越。無別。香檀急叩轉清切。翻纖手飄瞥。催畫鼓，追脆管，鏘洋雅奏，尚與衆音爲節。　當時妙選舞袖，慧性雅資，名爲殊絶。滿座傾心注目，不甚窺回雪。纖怯。逡巡一曲《霓裳》徹。汗透鮫綃肌潤，教人傅香粉，媚容秀發。宛降蕊珠宮闕。

《綠窗新話》卷下引《古今詞話》：「劉濬，潞州人，最有才名。樂部中，惟杖鼓鮮有能工之者。京師官妓楊素娥最工，濬酷愛之。其狀妍態作《期夜月》詞。素娥以此詞名振京師。」

## 施酒監

### 卜算子

相逢情便深，恨不相逢早。識盡千千萬萬人，終不似、伊家好。　別你登長道，轉更添煩惱。柳外朱樓獨倚欄，滿目圍芳草。

《青泥蓮花記》卷十二引《古今詞話》：「施酒監贈杭妓樂婉《卜算子》詞，婉答施云：『相思似海深，舊事如天遠。淚滴千千萬萬行，更使人、愁腸斷。要見無因見，拚了終難拚。若是前生未有緣，待重結來生願。』」

## 虞　策

### 江神子

相逢只怕有分離。許多時。暗爲期。常是眉來眼去、惹猜疑。何似總休拈弄上，輕咳嗽，有人知。　終須買箇小船兒。任風吹。儘東西。假使天涯海角、也相隨。縱被江神收領了，離不得，我和伊。

《花草粹編》卷七引《古今詞話》：「虞尚書策帥蜀，其子弟惓尹生，常苦人知，終不快其情意，作《江神子》贈之。凡綴辭多借腔叙他事，此名《江神子》，卻舉江神，可謂詠景著題也。」

## 范仲胤妻

### 伊川令

西風昨夜穿簾幕。閨院添消索。最是梧桐零落。迤邐秋光過卻。　人情音信難託。魚雁成躭閣。此句《花草粹編》原無，據《詞譜》卷九補。教奴獨自守空房，淚珠與燈花共落。

《花草粹編》卷三：仲胤爲相州録事，久而不歸，其妻寄此詞。仲胤覽之，「伊」字作「尹」字，遂作《行香子》寄回云：「頓首起情人，即日恭維問好音。接得綵箋詞一首，堪驚。題起詞名恨轉生。展轉意多情。寄與音書不志誠。不寫伊川題尹字，無心。料想伊家不要人。」妻復答云：「奴啟情人勿見罪，閑將小書作尹字。情人不解其中意。共伊間別幾多時，身邊少箇人兒睡。」胤見之，大笑稱賞，時人咸榮之。

案：此事又見《彤管遺編》後集卷第十二。

## 楊師純

師純，廬陵人。

### 清平樂

羞蛾淺淺。秋水如刀剪。窗下無人自針綫。不覺郎來身畔。相將攜手鴛幃。忽忽不許多時。耳畔告郎低語：共郎莫使人知。

### 又

小庭春院。睡起花陰轉。往事舊歡離思遠。柳絮隨風難管。等閑屈指當時。闌干幾曲誰知？爲問春風桃李。而今子滿芳枝。

《緑窗新話》卷上引《古今詞話》：「廬陵楊師純登第年，泊舟江岸。鄰舟有一妹美而豔。與師純目色相投，未嘗有一語之接。一日，師純乘酒醉，跳至鄰舟，徑獲一歡，因作《清平樂》詞以遺。後師純之官，復經故地，問其人已生數子矣。師純感舊，再作《清平樂》以遺懷。

## 楊端臣

端臣，生平無考。

### 漁家傲

有個人人情不久。而今已落他人手。且説近來伊也瘦。好教受。看誰似我能攪就。　蓮臉能勻眉黛皺。相思淚滴殘妝透。總是自家爲事謬。從今後。這回斷了心先有。

### 又

樓鼓數聲人跡散。馬蹄不響街塵輭。門户深深扃小院。簾不捲。背燈盡燭紅條短。　歸路恍如春夢斷。千愁萬恨知何限。昨夜月華明似練。花影畔。算來惟有嫦娥見。

## 阮郎歸

□□今日那人家。瑣窗紅影斜。髻雲散亂不勝花。偷匀殘臉霞。　梁燕老，石榴花。佳期今已差。凭欄思想入天涯。暮雲重疊遮。

《緑窗新話》卷上引《古今詞話》：「楊端臣嘗買一妓，契約三年。及反，而比鄰富者賂其父母，奪而有之。端臣追恨，作《漁家傲》。嗣逢妓者，復有密會，再作《漁家傲》。其後主人稍知之，防閑甚嚴，絶無消息，遂作《阮郎歸》。」

# 聶勝瓊

勝瓊，都下妓。

## 鷓鴣天　寄李之問

玉慘花愁出鳳城。蓮花樓下柳青青。尊前一唱《陽關》曲，別箇人人第五程。　尋好夢，夢難成。況誰知我此時情？枕前淚共階前雨，隔箇窗兒滴到明。

《緑窗新話》卷下引《古今詞話》：「李公之問儀曹解長安幕，詣京師改秩。都下聶勝瓊，名娼也，質性慧黠，公見而喜之。李將行，勝瓊送之別，飲於蓮花樓，唱一詞，末句曰：『無計留君住，奈奈何無計隨君去。』李復留經月，爲細君督歸甚切，遂別。不旬日，聶作一詞以寄之，名《鷓鴣天》。李在中路得之，藏於篋間。抵家爲其妻所得，因問之，具以實告。妻喜其語句清健，遂出妝奩資募。後往京師取歸。瓊至，即棄冠櫛，捐其妝飾，奉承李公之室以主母禮，大和悅焉。

## 趙才卿

才卿，成都妓。

### 燕歸梁

細柳營中有亞夫。華宴簇名姝。雅歌長許佐投壺。無一日、不歡娛。　漢皇拓境思名將，捧飛詔、欲登途。從前密約盡成虛。空贏得、淚流珠。

《緑窗新話》卷下引《古今詞話》：「成都官妓趙才卿，性黠慧，有詞速敏。帥府作會以送都鈐，帥命才卿作詞，應命立就《燕歸梁》。都鈐覽之，大賞其才，以飲器數百厚遺。帥府亦賞歎焉。

## 都下妓

### 朝中措　改歐陽公詞

屏山欄檻倚晴空。山色有無中。手種庭前桃李，別來幾度春風。　文章宰相，揮毫萬字，一飲千鍾。行樂不須年少，目前看取仙翁。

《緑窗新話》卷下引《古今詞話》：「有時相本寒士，及登臺位，嘗以措大自負。生日，都下有一妓易《朝中措》數字爲壽。時相憐其善改易，又愛《朝中措》之名，厚賞之。

## 胡　仔

仔字仲任，舜陟子。仕爲晉陵令，卜居吴興，號苕溪漁隱。

### 滿江紅

泛宅浮家，何處好，苕溪清境。占雲山萬疊，煙波千頃。茶竈筆牀渾不用，雪蓑月笛偏相稱。爭不教、二紀賦《歸來》，甘幽屏！　紅塵事，誰能省？青霞志，方高引。任家風舴艋，生涯笭箵。三尺鱸魚真好膾，一瓢春酒宜閒飲。問此時，懷抱向誰論？惟箕潁！

《苕溪漁隱叢話》前集卷第五十五：苕溪漁隱曰：「余卜居苕溪，日以漁釣自適，因自稱苕溪漁隱。臨流有屋數椽，亦以此命名。僧了宗善墨戲，落筆瀟灑，爲余作《苕溪漁隱圖》，覽景攄懷，時有鄙句，皆題之左方，既久益多，不能盡録，聊舉其一二云：『溪邊短短長長柳，波上來來去去船。鷗鳥近人渾不畏，一雙飛下鏡中天。』『秋雲漠漠煙蒼蒼，蘆花初白蓮葉黄。釣船盡日來往處，南村北村秔稻香。』『卷起綸竿撇櫂歸，短篷斜掩宿漁磯。日高春睡無人喚，撩亂楊花繞夢飛。』又《滿江紅》一闋云：詞如上略。」

## 杜大中妾

### 臨江仙

彩鳳隨鴉。

《苕溪漁隱叢話》前集卷第六十引《今是堂手録》：「杜大中自行伍爲將，與物無情，西人呼爲杜大蟲。雖妻有過，亦公杖杖之。有愛妾才色俱美，大中牋表皆此妾所爲。一日，大中方寢，妾至，見几間有紙筆頗佳，因書一闋寄《臨江仙》，有『彩鳳隨鴉』之語。大中覺而視之云：『鴉且打鳳。』於是掌其面，至項折而斃。」

## 劉彤

彤字文美，江寧章文虎妻。

### 臨江仙

千里長安名利客，輕離輕散尋常。難禁三月好風光。滿階芳草緑，一片杏花香。記得年時臨上馬，看人眼淚汪汪。如今不忍更思量。恨無千日酒，空斷九迴腸。

《苕溪漁隱叢話》後集卷第四十：江寧章文虎，其妻劉氏，名彤，文美其字也。工詩詞。嘗有詞寄文虎云：詞如上略。又云：「向日寄去詩曲，非敢爲工，蓋欲道衷腸萬一耳。何不掩惡、輒示他人，適足取笑文虎也。本不復作，然意有所感，不能自已，小草二章，章四句，奉寄。」其一云：「碧紗窗外一聲蟬，牽斷愁腸懶晝眠。千里才郎歸未得，無言空撥玉爐烟。」其二云：「晝扇停揮白日長，清風細細襲羅裳。女童來報新篘熟，安得良人共一觴？」

## 僧兒

僧兒，廣漢營妓。

### 滿庭芳

團菊苞金，叢蘭減翠，畫成秋暮風煙。使君歸去，千里倍潸然。兩度朱幡雁水，全勝得，陶侃當年。如何見，一時盛事，都在送行篇。　愁煩。梳洗懶，尋思陪宴，把月湖邊。有多少，風流往事縈牽。聞道霓旌羽駕，看看是玉局神仙。應相許，衝雲破霧，一到洞中天。

《苕溪漁隱叢話》後集卷第四十：廣漢營妓，小名僧兒，秀外慧中，善填詞。有姓戴者，忘其名，兩作漢守，寵之。既而得請玉局之祠以歸，僧兒作《滿庭芳》見意云：詞如上略。

## 王昂

昂字叔興，江都人。重和元年狀元。高宗時，除起居舍人。

## 好事近

喜氣擁門闌，光動綺羅香陌。行到紫薇花下，悟身非凡客。　不須朱粉污天真，嫌怕太紅白。留取黛眉淺處，畫章臺春色。

《陶朱新録》：嘉王榜王昂作狀元，始婚禮夕，婦家立索催妝詞，昂走筆賦《好事近》：詞如上略。

# 張元幹

元幹字仲宗，長樂人，向子諲之甥。紹興中，坐送胡邦衡詞，得罪除名。

## 賀新郎

夢遶神州路。悵秋風、連營畫角，故宮離黍。底事崑崙傾砥柱。九地黄流亂注？聚萬落、千村狐兔。天意從來高難問，況人情、易老悲難訴！更南浦，送君去。　涼生岸柳銷殘暑。耿斜河、疎星淡月，斷雲微度。萬里江山知何處？回首對牀夜語。雁不到、書成誰與？目斷青天懷今古，肯兒曹、恩怨相爾汝？舉大白，唱《金縷》。

《揮麈後録》卷十：紹興戊午，秦檜之再入相，遣王正道爲計議使，以修和盟。十一月，樞密院編修官胡銓邦衡上書曰：書意請斬秦檜、王倫、孫近三人。疏入，責爲昭州監倉，而改送吏部。與合入差遣注福州簽判，蓋上初無深怒之意也。至壬戌歲，慈寧歸養，秦諷臺臣論其前言弗效，詔除名，勒停送新州編管。張仲宗元幹，寓居三山，以長短句送其行云：詞如上略。

## 張　生

張生，饒州舉子，元符中，游太學。

### 雨中花

事往人離，還似暮峽歸雲，隴上流泉。強分鸞鏡，枉斷哀絃。曾記酒闌歌罷，難忘月底花前。舊攜手處，層樓朱户，觸目依然。　從來慣向，繡幃羅帳，鎮傚比翼紋鴛。誰念我、而今清夜，常是孤眠。入户不是飛絮，傍懷爭及爐煙。這回休也，一生心事，爲爾縈牽。

《玉照新志》卷第一：元符中，饒州舉子張生游太學，與東曲妓楊六者好甚密。會張生南宮不利，歸，妓欲與之俱，而張不可，約半歲必再至，若渝盟一日，則任其從人。張偶以親之命，後約數月，始至京師，首訪舊游。其鄰僦舍者迎謂曰：「君非饒州張君乎？六娘每恨君失約，日託我訪來期於學舍，其母痛折之，而念益切。前三日，母以歸洛陽富人張氏，遂偕去矣。臨發涕泣，多與我金錢，令候君來引觀故居畢，乃僦後人。」生入觀，則小樓奧室，歡館宛然，几榻猶設不動，知其初去如所言也。生大感愴，不能自持，跡其所向，百計不能知矣。作《雨中花》詞，盛傳於都下云。詞如上略。

案：《緑窗新話》卷下引《古今詞話》，此首作任昉詞。

## 董德元

德元字體仁，永豐人。紹興十八年進士，曾官參政。

### 柳梢青

滿腹文章，滿頭霜雪，滿面埃塵。直至如今，別無收拾，只有清貧。　功名已是因循。最懊恨張巡李巡。幾箇明年，幾番好運，只是瞞人。

《夷堅三志》己卷第七：董參政舉場不利，作《柳梢青》云：詞如上略。

## 朱　翌

翌字新仲，舒州人。政和間進士。南渡後，寓家桐廬，爲中書待制忤秦檜，謫曲江。晚召還，卜居鄞，自號省事老人。

## 點絳脣

流水泠泠。斷橋斜路橫枝亞。雪花飛下。全勝江南畫。　白璧青錢，欲買應無價。歸來也。風吹平野。一點香隨馬。

《耆舊續聞》卷第一：待制公十八歲時，嘗作樂府云：詞如上略。朱希真訪司農公不值，於几案間見此詞，驚賞不已，遂書於扇而去，初不知何人作也。一日，洪覺範見之，叩其所從得，朱具以告。二人因同往謁司農公，問之。公亦愕然。客退，從容詢及待制公。公始不敢對，既而以實告。司農公責之曰：「兒曹讀書，正當留意經史間，何用作此等語邪？」然其心實喜之，以爲此兒他日必以文名於世。今諸家詞集及《漁隱叢話》皆以爲孫和仲或朱希真所作，非也。

# 張表臣

表臣字正民，單父人。紹興中，爲司農丞。

## 菩薩蠻

垂虹亭下扁舟住。松江煙雨長橋暮。白紵聽吴歌。佳人淚臉波。　勸傾金鑿落。莫作思家惡。緑鴨與鱸魚。如何可寄書？

《珊瑚鉤詩話》卷二：予挈家過吴江，有詞云：詞如上略。有士人覽之曰：「不聞鴨解附書，云何言鴨？」予不答。信乎柳子厚云「作之難，知之又難」，雌霓之賞爲少也。

## 鷲山溪

樓横北固，盡日厭厭雨。欸乃數聲歌，但渺漠、江山煙樹。寂寥風物，三五過元宵，尋柳眼，覓花鬚，春色知何處？　《落梅》嗚咽，吹徹江城暮。脈脈數飛鴻，杳歸期、東風凝佇。長安不見，烽起夕陽間，魂欲斷，酒初醒，獨下危梯去。

《珊瑚鉤詩話》卷二：李衛公鎮南徐，甘露寺僧有戒行，公贈以方竹杖，出大宛國，蓋公之所寶也。及公再來，問杖無恙否，僧欣然曰：「已規圓而漆之矣。」公嗟惋彌日。予近在鎮江攝帥幕，暇日與同僚游甘露寺，偶題近作小詞於壁間云：詞如上略。其僧頑俗且聵，愀然謂同官曰：「方泥得一堵好壁，可惜寫了。」予知之，戲曰：「近日和尚耳明否？」曰：「背聽如舊。」予曰：「恐賢眼日亦自來不認得物事。壁間之題，漫圬墁之，便是甘露寺祖風也。」聞者大笑。

## 趙桓

桓即欽宗，徽宗長子。大觀五年，立爲皇太子，宣和七年，詔嗣位。在位二年，金人脅上皇及帝北行。紹興三十一年卒。

### 眼兒媚

宸傳四百舊京華。仁孝自名家。一旦奸邪，傾天坼地，忍聽搊琶。　如今塞外多離索，迤邐遠胡沙。家邦萬里，伶仃父子，向曉霜花。

《宣和遺事》利集：是夕宿一林下，時月微明，有番首吹笛，其聲嗚咽特甚。太上口占一詞曰：「玉京曾憶舊繁華，萬里帝王家。瓊林玉殿，朝喧絃管，暮列笙琶。花城人去今蕭索，春夢遶胡沙。家山何處？忍聽羌笛，吹徹《梅花》。」太上謂帝曰：「汝能賡乎？」帝乃繼韻曰：詞如上略。

### 西江月

歷代恢文偃武，四方晏粲無虞。姦臣招致北匈奴。邊境年年侵侮。一旦金湯失守，萬邦不救鑾輿。我今父子在穹廬。壯士忠臣何處？

又

塞鴈嗈嗈南去。高飛難寄音書。祇應宗社已丘墟。願有真人爲主。　嶺外雲藏曉日，眼前路憶平蕪。寒沙風緊淚盈裾。難望燕山歸路。

《可書》：淵聖皇帝幸沙漠，作《西江月》之曲，書賜一衛士。

## 何大圭

大圭字晉之，廣德人。政和八年進士，仕爲祕書省著作郎。

### 水調歌頭

今夕出佳月，銀漢瀉高寒。風纏雲捲，轉覺天陛玉樓寬。疑是金華仙子，又喜經年藥就，傾出玉團團。收拾江河影，都向鏡中蟠。　横霜笛，吹明影，到中天。要令四海瞻望，千古此輪安。何歲何年無月，唯有謫仙著語，高絶不能攀。我欲喚空起，雲海路漫漫。

《歲時廣記》卷三十一引《本事詞》：「李丞相伯紀退居三山，寓居東報國寺，門下多文士從游。

中秋夜讌，座上命何大圭賦《水調歌頭》云：「詞如上略。」

## 陸凝之

凝之字永仲，號石室，餘杭布衣。

### 酹江月

遠山一帶，遡晴空，極目天涯浮白。楓落鴉翻，談笑處、不覺雲濤橫席。酒病方蘇，睡魔猶殢，一掃無留跡。吴帆越棹，恍然飛上空碧。　長記草賦梁園，淩雲筆勢，倒三江秋色。對此驚心空悵望，老作紅塵閒客。別浦煙平，小樓人散，回首千波寂。西風歸路，爲君重噴霜笛。

《洞霄圖志》卷五：陸維之字永仲，一名凝之，字子才，餘杭人。少以計偕入汴，道遇異人謂曰：「秀才難望科第，不如還山。」贈以丹一粒，且戒俟緩急用之。及下第歸，舟循汴河，風激浪怒，且將覆，追憶前語，以丹投之，風浪始息。河上有呼其姓名者，則所遇異人也。自是有超世之志，隱於大滌山之石室，人因以石室稱之。消摇林谷，詩酒自娱。嘗觀潮錢塘，有《酹江月》詞云：詞如上略。高宗嘉賞，欲召見，辭疾不赴。及上退處北宫，嘗幸大滌，憲聖亦偕行。上問山中詩客，或以維之對，進其行卷，上讀數首，太息曰：「布衣入翰林可也。」欲歸與孝宗言之，憲聖曰：「山林隱士，必不求名，強之出山，乃大勞苦。」遂止。未幾以疾卒。太博關注子東贈先生詞，序云：「吾鄉陸永仲博學高才，自其少時有聲場屋，今棲白鹿洞下，絶葷酒，屏世事，自放塵埃之外，行將六十，而有嬰兒之色，非得道者能如是乎？」乃作《水調歌頭》一闋。詞云：「鳳舞龍蟠處，玉室與金堂。平生想望真境，依約在何方？誰信許君丹竈，便與吴君遺劍，只在洞天傍。若要安心地，須是遠名場。幾年來，開林麓，建山房。安眠飽飯清坐，無事可思量。洗盡人間憂患，看盡仙家風月，和氣滿清揚。一笑塵埃外，雲水遠相忘。」先生嘗進百論，有《石室小隱集》三卷。臨終了然，書一詩云：「岳南之館白雲端，鳳笛龍簫徹廣寒。一鶴曉飛沖碧落，群仙笑倚玉闌干。」

## 胡　銓

銓字邦衡，廬陵人。建炎二年，進士甲科。紹興五年，以賢良方正薦，除樞密院編修官，抗疏詆和議，累謫吉陽軍。孝宗朝，歷權中書舍人，兼國子祭酒，權兵部侍郎，以資政殿學士致仕卒。

### 好事近

富貴本無心，何事故鄉輕別？空使猿驚鶴怨，誤薜蘿風月。　囊錐剛要出頭來，不道甚時節。欲駕巾車歸去，有豺狼當轍。

《揮麈後録》卷十：邦衡在新興，嘗賦詞云：詞如上略。郡守張棣繳上之，以謂譏訕。秦愈怒，移送吉陽軍編管。棣乃擇使臣之刻峭者名游崇管押，封小項筒過海。邦衡與其骨肉徒步以涉瘴癘，路人莫不憐之。至雷州，太守王彦恭趯雖不學而有識，適使臣者行囊中有私茶，彦恭遣人捕獲，送獄奏治。別差使臣護送，仍厚饟以濟其渡海之費，邦衡賴以少甦。彦恭繇此賢士大夫推重之。棣訐邦衡後，即就除湖北提舉常平，乘軺一日而殂。又數年，秦始聞仲宗之詞，仲宗掛冠已久，以它事追赴大理削籍焉。邦衡囚朱崖幾一紀方北歸，至端明殿學士、通奉大夫，八十餘而終，謚忠簡，此天力也。

《梅磵詩話》卷上：澹菴胡公以攻和議，謫新州，守臣張棣黨附秦檜，告公嘗賦詞云：「欲駕巾車歸去，有豺狼當轍。」語言不遜，再謫吉陽軍。余觀公集中，有次羅長卿韻懷親詩云：「天乎自是我非孝，世間豈有人無親？索居誰念卜子夏，不死日飲抛青春。少年忽作老翁老，故鄉何似新州新。安得君來同夜話，寒爐自撥紅麒麟？」味詩起句亦含諷意，不但賦詞也。

## 俞處俊

處俊字師郝，新淦人。登建炎龍飛乙科，不及禄而卒。

## 百字令

殘蟬斷鴈，正西風蕭索，夕陽流水。落木無邊幽眺處，雲擁登山屐齒。歲月如馳，古今同夢，惟有悲歡異。綠尊空對，故人相望千里。　追念淮海當年，五雲行殿，咫尺天顏喜。清曉臚傳仙仗裏，衣染玉龍香細。今日天涯，黃花零亂，滿眼重陽淚。艱難多病，侵陵無奈秋思。

《獨醒雜志》卷六：俞師郝嘗因重九日賦長短句云：詞如上略。詞既出，邑人爭歌之。或曰：「詞固佳，然其言太酸辛，何故？」師郝明年竟卒，其登科時在維揚，以重九日唱名，故詞中及之。

# 趙　構

構即高宗，徽宗第九子。宣和三年，封康王，靖康元年，使金見留得還。勤王兵奉帝至應天府即位。紹興元年，移蹕臨安府，是爲行都。三十二年，内禪皇太子，尊爲太上皇帝。淳熙十四年卒。

## 漁　父

一湖春水夜來生。幾疊春山遠更横。煙艇小，釣絲輕。贏得閒中萬古名。

其二

薄晚煙林澹翠微。江邊秋月已明輝。縱遠柂，適天機。水底閒雲片段飛。

其三

雲洒清江江上船。一錢何得買江天。催短棹，泛長川。魚蟹來傾酒舍煙。

其四

青草開時已過船。錦鱗躍處浪痕圓。竹葉酒，柳花氈。有意沙鷗伴我眠。

其五

扁舟小纜荻花風。四合青山暝靄中。明細火，倚孤松。但願尊中酒不空。

其六

儂家活計豈能明。萬頃波心月影清。傾綠酒，糝蓴羹。保任衣中一物靈。

其七

駭浪吞舟脫巨鱗。結繩爲網也難任。綸乍放，餌初沈。淺釣纖鱗味更深。

其八

魚信還催花信開。光風得得爲誰來？舒柳眼，落梅腮。浪煖桃花夜轉雷。

其九

暮暮朝朝冬復春。高車肆馬趁朝身。金拄屋，粟盈囷。那知江漢獨醒人。

其十

遠水無涯山有鄰。相看歲晚更情親。笛裏月，酒中身。舉頭無我一般人。

其十一

誰云漁父是愚翁？一葉浮家萬慮空。輕破浪，細迎風。睡起篷窗日正中。

其十二

水涵微雨湛虛明。小笠青蓑未要晴。明鑑裏，縠紋生。白鷺飛來空外聲。

其十三

無數菰蒲間藕花。棹歌輕舉酌流霞。隨處好，轉山斜。也有孤村三兩家。

其十四

春入渭陽花氣多。春歸時節自清和。衝曉霧，弄滄波。載與俱歸又若何？

其十五

清灣幽島任盤紆。一舸橫斜得自如。惟有此，更無居。從教紅袖泣前魚。

寶慶《會稽續志》卷八：紹興元年七月十日，余至會稽，因覽黃庭堅所書張志和《漁父詞》十五首，戲同其韻，賜辛永宗。

## 望江南

江南柳，嫩緑未成陰。攀枝尚憐枝葉嫩，黄鸝飛上力難禁，留取待春深。

《詞苑萃編》卷四引《輦下紀事》：德壽宫劉妃，臨安人，入宫爲紅霞帔，後拜貴妃。又有小劉妃者，以紫霞帔轉宜春郡夫人，進婕妤，復封婉儀。皆有寵。宫中號妃爲大劉孃子，婉儀爲小劉孃子。婉儀入宫時年尚幼，德壽賜以詞云：詞如上略。

案：此歐詞，見《錢氏私誌》。

# 關注

注字子東，錢塘人。紹興五年進士，官湖州教授。

## 桂華明

縹緲神清開洞府。遇廣寒宫女。問我雙鬟梁溪舞，還記得，當時否？　碧玉詞章教仙女。爲按歌宫羽。皓月滿窗人何處？　聲永斷，瑶臺路。

《墨莊漫録》卷四：宣和二年，睦寇方臘起幫源，浙西震恐，士大夫相與犇竄。關注子東在錢塘，避地攜家於無錫之梁溪。明年，臘就擒，離散之家，悉還桑梓。子東以貧甚，未能歸，乃僑寓於毗陵郡崇安寺古柏院中。一日，忽夢臨水有軒，主人延客，可年五十，儀觀甚偉，玄衣而美鬚髯。揖坐，使兩女子以銅盃酌酒，謂子東曰：「自來歌曲新聲，先奏天曹，然後散落人間，他日東南休兵，有樂府曰《太平樂》，汝先聽其聲。」遂使兩女子舞，主人抵掌而爲之節。已而恍然而覺，猶能記其五拍。子東因詩記云：「玄衣仙子從雙鬟，緩節長歌一解顏。滿引銅盃效鯨吸，低回紅袖作弓彎。舞留月殿春風冷，樂奏鈞天曉夢還。行聽新聲《太平樂》，先傳五拍到人間。」後四年，子東始歸杭州，而先廬已焚于兵火，因寄家菩提寺。復夢前美髯者，腰一長笛，手披書册，舉以示子東。紙白如玉，小朱闌界，間行似譜，有其聲而無其詞，笑謂子東曰：「將有待也。往時在梁溪，曾按《太平樂》，尚能記其聲否乎？」子東因爲之歌。美髯者援腰間笛，復作一弄，亦能記其聲，蓋是重頭小令。已而遂覺。其後又夢至一處，榜曰「廣寒宮」，宮門夾兩池，水瑩淨無波，地無纖草，仰視嵬峩，若洞府然，門鑰不啟。或有告之者曰：「但曳鈴索，呼月姊，則門開矣。」子東從其言，試曳鈴索，果有應者。乃引入至堂宇，見二仙子，皆眉目疎秀，端莊靚麗，冠青瑤冠，衣彩霞衣，似錦非錦，似繡非繡。因問引者曰：「此謂誰？」曰：「月姊也。」乃引子東升堂，皆再拜。月姊因問：「往時梁溪，曾令雙鬟歌舞，傳《太平樂》，尚能記否？又遣紫髯翁傳吹新聲，亦能記否？」子東曰：「悉記之。」因爲歌之。月姊喜見顏面，復出一紙，書以示子東曰：「亦新詞也。」姊歌之，其聲宛轉似樂府《昆明池》。子東因欲強記之，姊有難色。顧視手下紙，化爲碧，字皆滅跡矣。因揖而退，乃覺，時已夜闌矣。獨記其一句云「深誠杳隔無疑」，亦不知爲何等語也。前後三夢，後多忘其聲，惟紫髯翁笛聲尚在，乃倚其聲而爲之詞，名曰《桂華明》。子東嘗自爲予言之。

## 康與之

與之字伯可，號順庵，滑州人。渡江初，以詞受知高宗。

### 舞楊花

牡丹半坼初經雨，雕檻翠幕朝陽。嬌困倚東風，羞謝了群芳。洗烟凝露向清曉，步瑤臺、月底霓裳。輕笑淡拂宮黃。淺擬飛燕新妝。　楊柳啼鴉晝永，正鞦韆庭館，風絮池塘。三十六宮，簪豔粉濃香。慈寧玉殿慶清賞，占東君誰比花王？良夜萬燭熒煌，影裏留住年光。

《貴耳集》卷下：慈寧殿賞牡丹，時椒房受册，三殿極歡。上洞達音律，自製曲，賜名《舞楊花》。停觴命小臣賦詞，俾貴人歌以侑玉巵爲壽，左右皆呼萬歲。詞云：詞如上略。此詞載康與之樂府，或與之應制擬作也。

## 喜遷鶯

臘殘春早。正簾幕護寒，樓臺清曉。寶運當千，佳辰餘五，嵩嶽誕生元老。帝遣阜安宗社，人仰雍容廊廟。盡總道，是文章孔孟，勳庸周召。　師表。方眷遇，魚水君臣，須信從來少。玉帶金魚，朱顏綠鬢，占斷世間榮耀。篆刻鼎彝將遍，整頓乾坤都了。願歲見，柳梢青淺，梅英紅小。

《堯山堂外紀》卷八十五：建炎中，駕駐維揚，康伯可上《中興十策》，名振一時。後秦檜當國，伯可乃附會求進，擢爲臺郎。檜生日，伯可壽以《喜遷鶯》詞云：詞如上略。

## 采桑子

馮夷剪破澄溪練，飛下同雲。著地無痕。柳絮梅花處處春。　山陰此夜明如晝，月滿前村。莫掩溪門。恐有扁舟乘興人。

《堯山堂外紀》卷八十五：康伯可與蘇養直有溪堂之約，雪夜作《采桑子》詞促之。

## 瑞鶴仙　上元應制

瑞煙浮禁苑。正絳闕春回，新正方半。氷輪桂華滿。溢花衢歌市，芙蓉開遍。龍樓兩觀，見銀燭、星毬有爛。捲珠簾、盡日笙歌，盛集寶釵金釧。　堪羨綺羅叢裏，蘭麝香中，正宜游玩。風柔夜暖。花影亂，笑聲喧。鬧蛾兒滿路，成團打塊，簇着冠兒鬬轉。喜皇都、舊日風光，太平再見。

《中興以來絶妙詞選》卷一：按此詞進入，太上皇帝極稱賞「風柔夜暖」以下，至於末章，賜金甚厚。

## 望江南

重陽日，四望雨垂垂。戲馬臺前泥拍肚，龍山會上水平臍。直浸到東籬。　茱萸伴，黄菊溼滋滋。落帽孟嘉尋箬笠，休官陶令覓蓑衣。兩箇一身肥。

《歲時廣記》卷三十五引《荆楚歲時記》：「康伯可在翰苑日，常重九遇雨，奉詔撰詞，伯可口占《望江南》一闋進，上爲之啟齒。」

## 朱耆壽

耆壽，字國箕，閩人。

### 瑞鶴仙

櫻桃抄乳酪。正雨厭肥梅，風忺吹籜。咸瞻格天閣。見十眉環侍，爭鳴絃索。茶甌試瀹，更良夜、沈沈細酌。問閒生此日爲誰，曾向玉皇、案前持槖？　龜鶴。從他祝壽，未比當年，陰功堪託。天應不錯。教公議、細評泊。自和戎以來，謀國多少，蕭曹衛霍。奈胡兒自若。唯守紹興舊約。

《清波雜志》卷第十一：詞如上略。閩士朱耆壽，字國箕，爲秦伯和侍郎壽。朱久游上庠，博洽能文，一時諸公皆知之。以累舉得官，監臨安赤山酒。年八十餘而終。

## 張　掄

掄字才甫，開封人。南渡故老。

## 鵲橋仙

遠公蓮社，流傳圖畫，千古聲名猶在。後人多少繼遺蹤，到我便、失驚打怪。　西方未到，官方先到，冤我白衣喫菜。龍華三會願相逢，怎敢學、他家二會。

《夷堅三志》已卷第七：張才甫太尉居烏戍，效遠公蓮社，與僧俗爲念佛會。御史論其白衣喫菜，遂賦《鵲橋仙》詞云。

# 曾覿

覿字純甫，號海野，汴人。紹興中，以寄班祗候與龍大淵同爲建王内知客。孝宗受禪，以潛邸舊人除權知閤門事。淳熙中，除開府儀同三司，加少保、醴泉觀使。

## 壺中天慢

素飆颺碧。看天衢穩送、一輪明月。翠水瀛壺人不到，比似世間秋別。玉手瑤笙，一時同色，小按《霓裳》疊。天津橋上，有人偷記新闋。　當日誰幻銀橋，阿瞞兒戲，一笑成癡絶。肯信群仙高宴處，移下水晶宮闕。雲海塵清，山河影滿，桂冷吹香雪。何勞玉斧，金甌千古無缺。

《武林舊事》卷第七：淳熙九年八月十五日，駕過德壽宮起居，太上留坐至樂堂，進早膳畢，命小内侍進綵竿垂釣。上皇曰：「今日中秋，天氣甚清，夜間必有好月色，可少留看月了去。」上恭領聖旨，索車兒同過射廳射弓，觀御馬院使臣打毬，進市食，看水傀儡。晚宴香遠堂，堂東有萬歲橋，長六丈餘，竝用吴璘進到玉石甃成，四畔雕鏤闌檻，瑩徹可愛。橋中心作四面亭，用新羅白羅木蓋造，極爲雅潔。大池十餘畝，皆是千葉白蓮。凡御榻、御屏、酒器、香奩、器用，竝用水晶。南岸立女童五十人，奏清樂。北岸芙蓉岡一帶，竝是教坊工，近二百人。待月初上，簫韶齊舉，縹緲相應，如在霄漢。既入座，樂少止。太上召小劉貴妃獨吹白玉笙《霓裳中序》，上自起，執玉杯，奉兩殿酒，并以壘金嵌寶注椀、杯盤等賜貴妃。侍宴官開府曾覿，恭上《壺中天慢》一首。上皇曰：「從來月詞不曾用金甌事，可謂新奇。」賜金束帶、紫番羅、水晶注椀一副。上亦賜寶盞古香。至一更五點還内。是夜隔江西興，亦聞天樂之聲。

## 阮郎歸

柳陰庭院占風光。呢喃春晝長。碧波新漲小池塘。雙雙蹴水忙。　萍散漫，絮飛揚。輕盈體態狂。爲憐流水落花香。銜將歸晝梁。

## 柳梢青

桃靨紅匀。梨腮粉薄，鴛徑無塵。鳳閣淩虛，龍池澄碧，芳意鱗鱗。　清時酒聖花神。看内苑、風光又新。一部仙韶，九重鸞仗，天上長春。

《武林舊事》卷第七：乾道三年三月初十日，南内遣閤長至德壽宫奏知，連日天氣甚好，欲一二日間，恭邀車駕，幸聚景園看花，取自聖意，選定一日。太上云：「傳話官家，備見聖孝，但頻頻出去，不惟費用，又且勞動多少人。本宫後園亦有幾株好花，不若來日請官家過來閒看。」遂遣提舉官同到南内，奏過遵依訖。次日，進早膳後，車駕與皇后太子過宫。起居二殿訖，先至燦錦亭進茶，宣召吴郡王曾兩府已下六員侍宴，同至後苑看花。兩廊竝是小内侍及幕士，效學西湖鋪，放珠翠、花朵、玩具、匹帛及花籃、鬧竿、市食等，許從内人關撲。次至毬場，看小内侍抛綵毬，蹴秋千。又至射廳看百戲，依例宣賜。回至清妍亭，看茶蘼，就登御舟，繞堤閒游。亦有小舟數十隻，供應雜藝嘌唱，鼓板蔬果，與湖中一般。太上倚闌閒看，適有雙燕掠水飛過，得旨，令曾覿賦之，遂進《阮郎歸》。既登舟，知閤張掄進《柳梢青》云：「柳色初濃，餘寒似水，纖雨如塵。一陣東風，縠紋微皺，碧沼鱗鱗。仙娥花月精神，奏鳳箜鸞弦鬬新。萬歲聲中，九霞杯内，長醉芳春。」曾覿和進云：詞如上略。各有宣賜。

## 趙彥端

彥端字德莊，魏王廷美七世孫。乾道、淳熙間，以直寶文閣知建寧府，終左司郎官。

### 謁金門

休相憶。明日遠如今日。樓外綠煙村羃羃。花飛如許急。　柳外晚來船集。波底夕陽紅溼。送盡去雲成獨立。酒醒愁又入。

《貴耳集》卷上：趙介庵名彥端，字德莊，宗室之秀。能作文，賦西湖《謁金門》詞云：「波底夕陽紅溼。」阜陵問誰詞，答云彥端所作。上曰：「我家裏人也會作此等語！」喜甚。

案：此首全詞見《介庵詞》。

## 洪邁

邁字景盧，鄱陽人，皓季子。紹興乙丑，中博學宏詞科。孝宗朝，累遷中書舍人，兼侍讀直學士院，拜翰林學士，進煥章閣學士，知紹興府。以端明殿學士致仕卒。

## 臨江仙

綺席留歡歡正洽，高樓佳氣重重。釵頭小篆燭花紅。直須將喜事，來報主人公。

桂月十分春正半，廣寒宮殿葱葱。姮娥相并曲欄東。雲梯知不遠，平步揖東風。

《夷堅支景》卷第八：紹興十五年三月十五日，予在臨安試詞科第三場畢，出院時尚早，同時試者何作善伯明、徐摶升甫相率游市。時族叔邦直應賢、鄉人許良佐舜舉省試罷，相與同行，因至抱劍街。伯明素與名娼孫小九來往，遂拉訪其家，置酒於小樓。夜月如晝，臨欄凡烱，兩燭結花燦然若連珠。孫娼固黠慧解事，乃白坐中曰：「今日桂魄皎潔，燭花呈祥，五君皆較藝蘭省，其爲登名高第可證不疑，願各賦一詞紀實，且爲他日一段佳話。」遂取吴箋五幅寘於桌。升甫、應賢、舜舉皆謝不能。伯明俊爽敏捷，即操筆作《浣溪沙》一闋曰：「草草杯盤訪玉人，燈花呈喜坐添春。邀郎覓句要奇新。黛淺波嬌情脈脈，雲輕柳弱意真真。從今風月屬閒人。」衆傳觀歎賞，獨恨其末句失意。予續成《臨江仙》。孫滿酌一觥相勸曰：「學士必高中，此瑞殆爲君設也。」已而予果奏名賜第，餘四人皆不偶。

## 六州歌頭

春秋不説楚冥靈。

《容齋五筆》卷五：光堯上仙，於梓宮發引前夕，合用警場導引鼓吹詞，邁在翰苑製撰，其《六州歌頭》内一句云：「春秋不説楚冥靈。」常時進入文字，立待報者，則貼黄批急速，未嘗停滯。是時，首尾越三日，又入奏，趣請付出太常。吏欲習熟歌唱，守院門伺候。適有表弟沈日新在軍將橋客邸，一士人乃上庠舊識，忽問楚冥靈出處，沈亦不能知，來扣予，因以《莊子》語告之，急走報，此士大喜。

## 巫山神女

### 惜奴嬌第一

瑶臺瓊宫，高枕巫山十二。覩瞿塘千載，灩灩雲濤沸。異景無窮好，閒吟滿酌金卮。憶前時。楚襄王，曾來夢中相會。吾正鬢亂釵横，斂霞衣雲縷。向前低揖。問我仙職。桃杏遍開，緑草萋萋鋪地。燕子來時，向巫山、朝朝行雨暮行雲，有閒時，只恁晝堂高枕。

## 瑶臺景第二

繞繞雲梯，上徹青霄霞外。與諸仙同飲，鎮長春醉。虎嘯猿吟，碧桃香異風飄細。希奇。想人間難識，這般滋味。姮娥奏樂簫韶，有仙音異品，自然清脆。遏住行雲不敢飛。空凝滯，好是波瀾澄湛，一溪香水。

## 蓬萊景第三

山染青螺，縹緲人間難陟。有珍珠光照，晝夜無休息。仙景無極。欲言時。汝等何知。且修心，要觀游，亦非。大段容易。下俯浮生，尚自爭名逐利。豈不省，來歲擾擾兵戈起。天慘雲愁，念時衰如何是。使我輩、終日蓬萊下淚。

## 勸人第四

再啟諸公，百歲還如電急。高名顯位瞬息爾。泛水輕漚，霎那間、難久立。晝燭當風裏。安能久之。速往茅峰，割愛休名避世。等功成，須有上真相引指。放死救生，施良藥，功無比。千萬記。此箇奇方第一。

## 王母宮食蟠桃第五

方結實纍纍，翠枝交映，蟠桃顆顆，仙味真香美。遂命雙成，持靈刀割來耳。服一粒，令我延年萬歲。堪笑東方，便起私心盜餌。使宮中仙伴，遞互相尤殢。無奈雙成，向王母高陳之。遂指方，偷了蟠桃是你。

## 玉清宮第六

紫雲絳靄，高擁瑶砌。曉光中、無限剖列。肅整天仙隊。又有殊音，欲舉聲還止。朝罷時，亦有清香飄世。玉駕纔興，高上真仙盡退。有瓊花如雪，散漫飛空裏。玉女金童，捧丹文，傳仙誨。撫諸仙，早起勞卿過耳。

## 扶蕊宮第七

光陰奇。扶蕊宮裏。日月常晝，風物鮮明，可愛無陰晦。大帝頻鑒於瑶池。朱闌外乘鳳飛。教主開顔命醉。寶樂齊吹。盡是瓊姿天妓。每三杯，須用聖母親來揖。異果名花幾千般，香盈袂。意欲歸。卻乘鸞車鳳翼。

## 太清宮第八

顯煥明霞，萬丈祥雲高布，望仙官衣帶，曳曳臨香砌。玉獸齊焚，滿高穹盤龍勢。大帝起。玉女金童遍侍。奉敕宣言，甚荷諸仙厚意。復回奏，感恩頓首皆躬袂。奏畢還宮，尚依然雲霞密，奇更異。非我君何聞耳。

## 歸第九

吾歸矣。仙宮久離，洞户無人管之，專俟吾歸。欲要開金燧，千萬頻修已。言訖無忘之。哩囉哩，此去無由再至。事宂難言，爾輩須能自會。汝之言，還便是如吾意。大抵方寸平平，無憂耳，雖改易之。愁何畏。

《夷堅乙志》卷第十三：紹興九年，張淵道侍郎家居無錫縣南禪寺，其女請大仙，忽書曰「九華天仙降」。問爲誰，曰「世人所謂巫山神女者是也」。賦《惜奴嬌》大曲一篇，凡九闋。詞成，文不加點。又大書曰「吾且歸」，遂去。明日，别有一人自稱歌曲仙，曰：「昨夕巫山神女見招，云在君家作詞，慮有不協律處，令吾潤色之。」及閱視，但改數字而已。其第三篇所云「來歲擾擾兵戈起」，時虜人方歸河南，人以此説爲不然。明年，淵道自祠官起提舉秦司茶馬，度淮而北，至鄭陽，虜兵大至，蒼黄奔歸，盡室幾不免，河南復陷。考詞中之句，神其知之矣。

## 趙縮手

### 浪淘沙

損屋一間兒。好與支持。休教風雨等閒欺。覓箇帶修安穩路，休遣人知。　須是著便宜。運轉臨時。衩知險裏卻防危。透得玄關歸去路，方步雲梯。

《夷堅丙志》卷第二：趙縮手者，不知其名，本普州士人也。少年時，父母與錢，令買書於成都，及半塗，有方外之遇，遂棄家出游。至紹興末，蓋百餘歲矣。喜來彭漢間，行則縮兩手於胸次，以是得名。人延之食，不以多寡輒盡。飲之酒，自一盃至百盃，皆不辭。或終日不飲食，亦怡然自樂。嘗於醉中放言文潞公入蜀事，歷歷有本末，他日復詢之，曰：「不知也。」黄仲秉鈞家寫其真事之。成都人房偉爲贊云：「養氣近術，談道近禪。被褐懷玉，其樂也天。欲去即去，欲住即住。縮手袖間，孰測其故。」趙見而笑曰：「養氣安得謂之術？禪與道一也，安有二？我縮手於胸，非袖間也。」取筆續曰：「似驢無觜，似牛無角。文殊、普賢，摸索不著。」又自贊曰：「紅塵中，白雲裏，好箇道人活計。無事東行西行，有時半醒半睡。相逢大笑高談，不是胡歌虜沸。除非同道方知，同道世間有幾？」綿竹人袁仲舉久病起，遇趙過門，邀入飲以酒，問曰：「吾疾狀如此，先生將奈何？」趙不答，但歌詞一闋曰：「我有屋三間，柱用八山，周回四壁海遮欄。萬象森羅爲斗栱，瓦蓋青天。無漏得多年，結就因緣。修成功行滿三千。降得火龍伏得虎，陸地通仙。」云：「此呂洞賓所作也。吾亦有一篇。」又歌曰：詞如上略。歌罷，滿飲數杯，無所言而去。仲秉正與偕行，徐問其故，曰：「觀吾詞意可見矣。」後旬日，袁果死。什邡縣風俗，每以正月作衛真人生日，道衆畢會，趙亦往，寓於居人謝氏，先一夕告之曰：「住君家不爲便，假我此榻，吾將有所之。」拂旦，徑趨對門小寺，得一室，據榻趺坐。傍人怪其不言，就視，已卒矣。會者數千人，爭先來觀，以香火致敬。越三日火化，其骨鈎聯如鎖子云。

## 張珍奴

### 失調名

逢師許多時，不説些兒箇。及至如今悶損我。

《夷堅丁志》卷第十八：張珍奴者，不知其所自來，或云吴興官妓而未審也。雖落風塵中，而性頗淡素，每夕盥濯更衣，燒香叩天，祈脫去甚切。某士人過其家，珍出迎，見其風神秀異，敬待之，置酒盡歡而去。明日又至，凡往來幾月，然終不及亂。珍訝而問曰：「荷君見顧，不爲不久，獨不肯少留一昔，以盡相□□歡，豈非以下妾猥陋，不足以娛侍君子耶？」士曰：「不然。人情相得不在是，所貴心相知爾。」他日酒半，客詢珍曰：「汝居常更何所爲？」對曰：「失身於此，又將何爲？但每夕告天，祈竟此債爾。」客曰：「然則何不學道？」曰：「迫於口體之奉，何暇爲此，且何從得師乎？」客曰：「吾爲汝師何如？」曰：「果爾，則幸也。」起更衣炷香，拜之爲師。既去，數日不至。珍方獨處，漫自書云：詞如上略。援毫之際，客忽來，見所書笑曰：「何爲者？」珍不答而匿之。客曰：「示我何害？」即續其後云：「別無巧妙，與你方兒一箇。子後午前定息坐，夾脊雙門崐崙過。恁時得氣力，思量我。」珍大喜，再三致謝。自是豁然若有悟，亦密有所傳授，第不以告人，然未知其爲何人也。累月告去，珍開宴餞之，臨歧出文字一封曰：「我去後開閱之。」及啟緘，乃小詞一首，皆言修煉之事，云：「坎離乾兑分子午，但認取自家祖宗。原注：此下失一句。煉甲庚更降龍虎，地雷震動山頭雨，要澆灌黃芽出土。有人若問是誰傳，但說道先生姓吕。」始悟其洞賓也。遂齋戒謝賓客，繪其象嚴奉事。修其説行之，踰年屍解而去。

# 張風子

## 滿庭芳

咄哉牛兒，心壯力壯，幾人能可牽繫。爲愛原上，嬌嫩草萋萋。只管侵青逐翠，奔走後，豈顧群迷。爭知道，山遥水遠，回首到家遲。　牧童能有智，長繩牢把，短梢高攜。任從它，入泥入水無爲。我自心調步穩，青松下，横笛長吹。當歸處，人中不見，正是月明時。

《夷堅丙志》卷第十八：張風子者，不知何許人，紹興中，來鄱陽，止於申氏客邸。每旦出賣相，晚輒醉歸。與人言，初若可曉，忽墮莽眇中，不可復問。養一鷄一畫眉，冬之夜，熾炭滿爐，自坐牀上，而置二蟲於兩旁。火將盡，必言曰：「向火已暖可睡矣。」最善呼鼠，申媼以爲請。張散飯於地，誦偈數句，少頃，衆鼠累累而至，或緣隙鑽穴，蓋以百數，聚於前，攫飯而食。食罷，張曰：「好去，勿得齧衣服，損器皿。」群鳴跳踉，在東歸東，在西歸西，「勿得亂行，苟犯令必殺汝。」鼠默默引去，不敢出聲。或請除之，則用誦咒而遣往官倉中，云法不許殺也。目光紺碧如鏡，旋溺時，直濺丈許乃墮。好歌《滿庭芳》詞，皆云其所作也。留歲餘乃去。

## 洪惠英

惠英，會稽歌宮調女子。

### 減字木蘭花

梅花似雪。剛被雪來相挫折。雪裏梅花。無限精神總屬他。　梅花無語。只有東君來作主。傳語東君，宜與梅花作主人。

《夷堅乙志》卷第六：江浙間路歧伶女，有慧黠，知文墨，能於席上指物題詠，應命輒成者，謂之合生。其滑稽含玩諷者，謂之喬合生。蓋京都遺風也。張安國守臨川，王宣子解廬陵郡印歸次撫，安國置酒郡齋，招郡士陳漢卿參會。適散樂一妓，言學作詩，漢卿語之曰：「太守呼爲五馬，今日兩州使君對席，遂成十馬，汝體此意，作八句。」妓凝立良久，即高吟曰：「同是天邊侍從臣，江頭相遇轉情親。瑩如臨汝無瑕玉，暖作廬陵有腳春。五馬今朝成十馬，兩人前日壓千人。便看飛詔催歸去，共坐中書秉化鈞。」安國爲之嗟賞竟日，賞以萬錢。予守會稽，有歌宮調女子洪惠英，正唱詞次，忽停鼓白曰：「惠英有述懷小曲，願容舉似。」乃歌曰：詞如上略。歌畢，再拜云：「梅者惠英自喻，非敢僭擬名花，姑以借意，雪者指無賴惡少也。」官奴因言，其人到府一月，而遭惡子困擾者至四五，故情見乎詞，在流輩中誠不易得。

## 劉之翰

之翰，荆南人。官峽州遠安主簿。

### 水調歌頭

涼露洗金井，一葉下梧桐。謫仙浪游何事，華髮作詩翁。烏帽蕭蕭一幅，坐對清泉白石，矯首撫長松。獨鶴歸來晚，聲在碧霄中。　神仙宅，留玉節，駐金狨。黔南一道，十萬貔虎控雕弓。笑折碧荷倒影，自唱《采蓮》新曲，詞句滿秋風。劍佩八千歲，長入大明宫。

《夷堅支景》卷第十：田世輔爲金州都統制，荆南人劉之翰者，待峽州遠安主簿闕，作《水調歌頭》獻之曰：詞如上略。田覽之大喜，致書約來金城，欲厚加資給，之翰遽亡。明年，田出閲武，見之翰立道左，泣曰：「人鬼殊途，公能恤我家，亦足表踐言之義。」忽不見。田大驚異，亟送千緡與其孤。

## 嬾堂女子

### 燭影摇紅

綠淨湖光，淺寒先到芙蓉島。謝池幽夢屬才郎，幾度生春草？　塵世多情易老，更那堪、秋風嫋嫋。曉來羞對，香芷汀洲，枯荷池沼。　恨鎖横波，遠山淺黛無心掃。湘江人去嘆無依，此意從誰表？喜趁良宵月皎。況難逢人間兩好。莫辭沈醉，醉入屏山，只愁天曉。

《夷堅志補》卷第二十二：舒信道中丞宅在明州，負城瀕湖，繞屋皆古木茂竹，蕭森如山麓間。其中便坐曰嬾室，背有大池，子弟群處講習，外客不得至。方盛秋佳月，一舒呼燈讀書，忽見女子揭簾入，素衣淡裝，舉動嫵媚而微有悲涕容，緩步而前曰：「竊慕君子少年高致，欲冥行相奔，願容駐片時，使奉款曲。」舒迷蒙恍忽，不疑爲異物，即與語。叩其姓氏所居，曰：「妾本丘氏，父作商賈，死於湖南，但與繼母居，茅茨小屋，相去只一二里。母殘忍猛暴，不能見存，又不使媒妁議婚姻，無故捶擊，以刀相嚇，急走逃命，勢難復歸，倘得留爲婢子，固所大願。」舒甚喜曰：「留汝固吾所樂，或事洩奈何？」女曰：「姑置此慮，續爲之圖。」俄一小青衣攜酒肴來，即促膝共飲。三行，女歛袂起致辭曰：「奴雖小家女，頗能綴詞。」輒作一闋，叙兹夕邂逅相遇之意。顧青衣舉手代拍而歌曰：詞如上略。蓋寓聲《燭影摇紅》也。舒愈愛惑，令青衣歸，遂留共寢，宛然處子爾。將曉别去。間一夕復來，珍果異饌，亦時時致前，及懷縑帛之屬，親爲舒造衣，工製敏妙。相從月餘日，守宿僮僕聞其與人言，謂必挾倡優淫昵，他時且累己，密以告老姨媼，展轉漏洩，家人悉知之。掩其不備，遣弟妹乘夜佯爲問訊，排户直前。女奔忙斜竄，投室傍空轎中。秉燭索之，轉入他轎，垂手於外，潔白如玉。度事急，穿竹躍赴池，沈然而没。舒悵然掩泣，謂無復有再會期。衆散門扃，女蓬首喘顫，舉體淋漓，足無履襪，奄至室中，言墮處得孤嶼，且水不甚深，踐濘而出，免葬魚腹，亦云天幸。舒憐而拊之，自爲燃湯洗濯，夜分始就枕。自是情好愈密，而意緒常恍忽如癡，或對食不舉箸，家人驗其妖怪，潛具狀請符於小溪朱彦誠法師，朱讀狀大駭曰：「是鱗介之精邪？毒入肝脾裏，病深矣，非符水可療，當躬往治之。」朱未及門，女慘戚嗟喟，爲惘惘可憐之色，舒問之不對，久乃云：「朱法師明日來，壞我好事矣。因緣竟止於是乎！」嗚咽告去，力挽不能留。旦而朱至，舒父母再拜炷香，祈救子命。朱曰：「請假僧寺一巨鑊，煎油二十斤，吾當施法攝其祟，令君闔族見之。」乃即池邊焚符數道，召將吏彈訣噀水叱曰：「速驅來！」俄傾，水面潰湧一物，露背突兀如蓑衣，浮游中央，闖首四顧，乃大白鼈也。若爲物所鉤致，跂曳至庭下，頓足呀口，猶若向人作乞命態。鑊油正沸，自匍匐投其中，糜潰而死。觀者駭懼流汗，舒子獨號呼追惜曰：「烹我麗人！」朱戒其家俟油冷以斧破鼈，剖骨並肉暴日中，須極乾，入人參、茯苓、龍骨末成丸，託爲補藥。命病者晨夕餌之，勿使知，知之將不肯服。如其言，丸盡病愈。後遇陰雨，於沮洳聞哭聲云：「殺了我大姐，苦事苦事！」蓋尚遺種類云。

## 葉祖義

### 如夢令

如夢。如夢。和尚出門相送。

《夷堅支景》卷第六：葉祖義字子由，婺州人。少游太學，負雋聲，天資滑稽不窮，多因口語謔浪，所至遭嫌忌。嘗曰：「世間有十分不曉事，吾以一聯詠之曰：『醉來黑漆屏風上，草寫盧仝月蝕詩。』」後登科，爲杭州教授，輕忽生徒及同僚，無不斂怨。一旦以事去官，無一人祖餞。獨與西湖僧兩三人差善，至是皆出城送之。葉與之酌酒叙別，盡醉酣歌曰：詞如上略。聞者絶倒。

# 太學生

## 南鄉子

洪邁被拘留。稽首垂哀告彼酋。一日忍飢猶不耐，堪羞！蘇武爭禁十九秋？厥父既無謀。厥子安能解國憂？萬里歸來誇舌辯，村牛！好擺頭時便擺頭。

《談藪》：紹興辛巳，金遣使來修好，洪景盧往報之。入境，與其伴約用敵國禮，伴許諾。洪故沿途表章皆用在京舊式。未幾，乃盡卻回，使依近例易之。景盧不可。於是扃驛門，絕供饋，使不得食者一日。又命館伴等來言，景盧懼留，不得已，易表章授之，供饋乃如禮。景盧素有風疾，頭常微掉，時人爲之語曰：「一日之飢禁不得，蘇武當時十九秋；傳語天朝供奉使，好掉頭時不掉頭。」太學生作《南鄉子》詞誚之曰：詞如上略。

# 陸淞

淞字子逸，號雲溪，山陰人。官辰州守。

## 瑞鶴仙

臉霞紅印枕。睡起來，冠兒還是不整。屏間麝煤冷。但眉山壓翠，淚珠彈粉。堂深晝永，燕交飛、風簾露井。悵無人，與説相思，近日帶圍寬盡。　重省。殘燈朱幌，淡月紗窗，那時風景。陽臺路遠，雲雨夢，便無準。待歸來、先指花梢教看，卻把心期細問。問因循、過了青春，怎生意穩。

《耆舊續聞》卷第十：南渡初，南班宗子寓居會稽，爲近屬士家最盛，園亭甲於浙東，一時座客皆騷人墨士，陸子逸嘗預焉。士有侍姬盼盼者，色藝殊絶，公每屬意焉。一日宴客，偶睡，不預捧觴之列。陸因問之，士即呼至，其枕痕猶在臉。公爲賦《瑞鶴仙》，有「臉霞紅印枕」之句，一時盛傳之，逮今爲雅唱。後盼盼亦歸陸氏。

## 鄭聞

聞字仲益，開封人。紹興二十二年進士。歷中書舍人，兼直學士院、刑部尚書。

## 瑞鶴仙

醉歸來，不悟人間天上，雲雨難尋舊跡。但餘香暗著羅衾，怎生忘得？

《甕牖閒評》卷五：程伊川一日見秦少游，問：「『天若有情，天也爲人煩惱。』是公之詞否？」少游意伊川稱賞之，拱手遜謝。伊川云：「上穹尊嚴，安得易而侮之！」少游慚而退。近日鄭聞眷一官妓周韻者，作《瑞鶴仙》遺之，其末句云：詞如上略。其詞固佳也，但天上豈是作懽處，其褻慢又甚於少游。

# 向滈

滈字豐之，從王盧溪游，惜早亡。

## 卜算子

休逞一靈心，爭甚閒言語。十一年間並枕時，没箇牽情處。　三歲學生兒，四歲嬌癡女。説著行人也自愁，你自思量取。

《湖海新聞夷堅續志》前集卷一：向豐之，宋后之裔也，才調絶高，貧窘則甚。有「人情甚似吴江冷，世路真如蜀道難」之句，誠齋楊少監奇之。一日，婦翁惡其窮，奪其妻以嫁別人，豐之聽其去，作一《卜算子》小詞在其篋中，後和云：「三歲學生兒，四歲嬌癡女。説著行人也自愁，你自思量取。」聞之令人鼻酸。後其妻見其詞，毅然而歸，與之偕老，亦可謂義婦歟！

## 甄龍友

龍友字雲卿，永嘉人。紹興二十四年進士，官國子監簿。

### 賀新郎

思遠樓前路。望平堤、十里湖光，畫船無數。綠蓋盈盈紅粉面，葉底荷花解語。鬬巧結、同心雙縷。尚有經年離別恨，一絲絲、總是相思處。相見也，又重午。　清江舊事傳荆楚。歎人情、千載如新，尚沈菰黍。且盡尊前今日醉，誰肯獨醒弔古？泛幾盞、菖蒲綠醑。兩兩龍舟爭競渡。奈珠簾、暮卷西山雨。看未足，怎歸去？

《齊東野語》卷十三：永嘉甄雲卿，字龍友，少有俊聲，詞華奇麗，而資性浮躁，於鄉人無不狎侮，木待問蘊之爲尤甚。木生朝，爲詞賀之，末云：「聞道海壇沙漲也，明年。」蓋諺云「海壇沙漲，温州出相」，明年者，俗言且待也。又嘗損益前人酒令曰：「金銀銅鐵鋪，絲綿紬絹綱，鬼魅魍魎魁。」蓋木以癸未魁天下也。甄辯給雄一時，謔笑皆有餘味。一日登對，上戲問云：「卿安得與龍爲友？」甄倉忙占奏，殊不能佳。及退殿陛，自恨失言曰：「何不云堯舜在上，臣安得不與夔龍爲友。」聞者惜之。競渡日，著綵衣立龍首，自歌所作「思遠樓前」之詞，旁若無人。然於性理解悟，凡禪衲機鋒，皆莫能答。將亡之日，命其子爓湯，且召蘊之，將囑以後事。甄居城外，昏暮門闔，不得入，其子白之。甄曰：「然則勿爓以待旦。」既旦，木聞之，亟來。甄喜曰：「吾將行，得君主吾喪，則濟矣。」木許諾。乃入浴更衣，與木訣，坐而逝。既復開目曰：「吾儒無此也。」復臥乃絶。

## 韋能謙

能謙，壽隆族子，曾監四安稅。

### 虞美人

風清日晚溪橋路。緑暗搖殘雨。閒亭小立望溪山。畫出明湖深秀水雲間。　漫郎疎懶非真吏。欲去無深計。功名英雋滿凌煙。省事應須速上五湖船。

《拙軒集》：韋壽隆有能詩聲，族子能謙調四安稅，因部使者市炭，不順其意，至索印紙，即書詞於印紙云：詞如上略。雖列薦於朝，僅分司數月耳。

## 陸游

游字務觀，越州山陰人，佃之孫，宰之子。以蔭補登仕郎。隆興初，賜進士出身。范成大帥蜀，爲參議官。累知嚴州。嘉泰初，詔同修國史，兼祕書監，陞寶章閣待制，致仕卒。

### 釵頭鳳

紅酥手。黃藤酒。滿城春色宮牆柳。東風惡。歡情薄。一懷愁緒，幾年離索。錯，錯，錯！　春如舊。人空瘦。淚痕紅裛鮫綃透。桃花落。閒池閣。山盟雖在，錦書難託。莫，莫，莫！

《耆舊續聞》卷第十：務觀一日至園中，去婦聞之，遣遺黃封酒果饌，通慇懃。公感其情，爲賦此詞。其婦見而和之，有「世情薄，人情惡」之句，惜不得其全闋。未幾，怏怏而卒，聞者爲之愴然。

《齊東野語》卷一：陸務觀初娶唐氏，閎之女也，於其母夫人爲姑姪。伉儷相得，而弗獲於其姑。既出，而未忍絶之，則爲別館，時時往焉。姑知而掩之，雖先知挈去，然事不得隱，竟絶之，亦人倫之變也。唐後改適同郡宗子士程，嘗以春日出游，相遇於禹跡寺南之沈氏園，唐以語趙，遣致酒餚。翁悵然久之，爲賦《釵頭鳳》一詞，題園壁間。實紹興乙亥歲也。

## 風入松

十年裘馬錦江濱。酒隱紅塵。黃金選勝鶯花海，倚疎狂、驅使青春。弄笛魚龍盡出，題詩風月俱新。　自憐華髮滿紗巾。猶是官身。鳳樓曾記當年語，問浮名、何似身親。欲寫吴牋説與，這回真箇閒人。

《齊東野語》卷十五：陸放翁在蜀日，有所盼，嘗賦詩云：「碧玉當年未破瓜，學成歌舞入侯家。如今顦顇蓬窗底，飛上青天妬落花。」出蜀後，每懷舊游，多見之賦詠，有云：「金鞭珠彈憶春游，萬里橋東罨畫樓。夢倩曉風吹不斷，書憑春雁寄無由。鏡中顔鬢今如此，席上賓朋好在否？篋有吴牋三百箇，擬將細字寫春愁。」又云：「裘馬清狂錦水濱，最繁華地作閒人。金壺投箭消長日，翠袖傳杯領好春。幽鳥語隨歌處拍，落花鋪作舞時茵。悠然自適君知否？身與浮名孰重輕。」又以此詩檃括作《風入松》云：詞如上略。前輩風流雅韻，猶可想見也。

## 長相思

橋如虹。水如空。一葉飄然煙雨中。天教稱放翁。　側船篷。使江風。蟹舍參差魚市東。到時聞暮鐘。

《鶴林玉露》卷十四：陸務觀，農師之孫，有詩名。壽皇嘗謂周益公曰：「今世詩人，亦有如李白者乎？」益公因薦務觀，由是擢用，賜出身南宮舍人。嘗從范石湖辟入蜀，故其詩號《劍南集》，多豪麗語，言征伐恢復事。其題《俠客圖》云：「趙魏胡塵十丈黃，遺民膏血飽豺狼。功名不遣斯人了，無奈和戎白面郎。」壽皇讀之，爲之太息。臺評劾其恃酒頹放，因自號放翁，作詞云：「橋如虹，水如空，一葉飄然煙雨中。天教稱放翁。」晚年爲韓平原作《南園記》，除從官，楊誠齋寄詩云：「君居東浙我江西，鏡裏新添幾縷絲。花落六回疎信息，月明千里兩相思。不應李杜翻鯨海，更羨夔龍集鳳池。道是樊川輕薄殺，猶將萬户比千詩。」蓋切磋之也。然《南園記》唯勉以忠獻之事業，無諛辭。晚年和平粹美，有中原承平時氣象，朱文公喜稱之。

## 陸游妾

### 卜算子

只知眉上愁，不識愁來路。窗外有芭蕉，陣陣黃昏雨。　曉起理殘妝，整頓教愁去。不合畫春山，依舊留愁住。

《隨隱漫録》卷五：陸放翁宿驛中，見題壁詩云：「玉階蟋蟀鬧清夜，金井梧桐辭故枝。一枕淒涼眠不得，挑燈起作感秋詩。」放翁詢之，驛卒女也，遂納爲妾。方半載餘，夫人逐之，妾賦《卜算子》云：詞如上略。

## 蜀　娼

### 鵲橋仙

說盟說誓。說情說意。動便春愁滿紙。多應念得脱空經，是那箇、先生教底？不茶不飯，不言不語，一味供他憔悴。相思已是不曾閒，又那得、工夫呪你。

《齊東野語》卷十一：蜀娼類能文，蓋薛濤之遺風也。放翁客自蜀挾一妓歸，蓄之别室，率數日一往。偶以病少疎，妓頗疑之，客作詞自解，妓即韻答之云：詞如上略。或謗翁嘗挾蜀尼以歸，即此妓也。

## 周必大

必大字子充，一字洪道，廬陵人。紹興二十一年進士，中宏詞科，權中書舍人。孝宗朝，歷左丞相。光宗立，拜少保，進益國公。寧宗朝，以少傅致仕卒。

點絳脣　賦梅

踏白江梅，大都玉輭酥凝就。雨肥霜逗。癡騃閨房秀。　莫待冬深，雪壓風欺後。君知否？卻嫌伊瘦。又怕伊僝僽。

又

秋夜乘槎，客星容到天孫渚。眼波微注。將謂牽牛渡。　見了還非，重理《霓裳》舞。雖無誤。幾年一遇。莫訝周郎顧。

《齊東野語》卷十五：周平園嘗出使，過池陽，太守趙富文彥博招飲。籍中有曹聘者，潔白純靜，或病其訥而不頎，公爲《賦梅》以見意。酒酣，又出家姬小瓊，舞以侑歡。公又賦一闋云：詞如上第二首，略。范石湖嘗云：「朝士中姝麗有三傑，謂韓无咎、晁伯如家姬及小瓊也。」禁中亦聞之。異時有以此事中傷公者，阜陵亦爲一笑。

## 游次公

次公字子明，號西池，建安人。范成大帥桂林日，參內幕。

## 賀新郎

暖靄烘晴籞。鎖垂楊、籠池罩閣，萬絲千縷。池上曉光分宿霧。日近群芳易吐。尋並蒂、闌邊凝竚。不信釵頭雙鳳去，奈寶刀、被妾先留住。天一笑，萬花妬。　阿嬌好在金屋貯。甚秋風、易得蕭疎，扇鸞塵汙。一自昭陽宮閉後，牆角土花無數。況多病、情傷幽素。百花臺上空雨露。望紅雲、杳杳知何處。天尺五，去無路。

《後村先生大全集》卷一百七十四：范石湖座上客有談劉婕妤者，公與客約賦詞，游次公先成，公不復作，衆亦斂手。游詞云：詞如上略。次公字子明，定夫諸孫，禮部侍郎操之子，詩詞皆工。

# 尤　袤

袤字延之，無錫人。紹興十八年進士，累遷太常少卿。紹熙三年，召除給事中，累官至正奉大夫、禮部尚書。

## 瑞鷓鴣

梁溪西畔小橋東。落葉紛紛水映空。五夜客愁花片裏，一年春事角聲中。　歌殘

《玉樹》人何在？舞破《山香》曲未終。卻憶孤山醉歸路，馬蹄香雪襯東風。

又

兩行芳蕊傍溪陰。一笑嫣然抵萬金。火齊照林光灼灼，彤霞射水影沈沈。　曉妝無力臙脂重，春醉方酣酒暈深。定自格高難著句，不應工部總無心。

《萬柳溪邊舊話》：文簡公致政歸，不居許舍山，專居束帶河大第，數步即出西關，渡梁溪，因造圃梁溪之上，後有高崗眺望。沿溪左種梅，右種海棠，各數百樹。公有《瑞鷓鴣》詞二首，一詠落梅，一詠海棠。

## 某教授

眼兒媚

鬢邊一點似飛鴉。莫把翠鈿遮。三年兩載，千擲百就，今日天涯。　楊花又逐東風去，隨分落誰家？若還忘得，除非睡起，不照菱花。

《貴耳集》卷下：楊誠齋帥某處，有教授狎一官妓，誠齋怒，黥妓之面，押往謝辭教授，是欲愧之。教授延人，酌酒爲別，賦《眼兒媚》。詞如上略。誠齋得詞，方知教授是文士，即舉妓送之。

## 嚴蕊

蕊字幼芳，天台營妓。

### 如夢令

道是梨花不是。道是杏花不是。白白與紅紅，別是東風情味。曾記。曾記。人在武陵微醉。

### 鵲橋仙

碧梧初出，桂花纔吐，池上水花微謝。穿針人在合歡樓，正月露、玉盤高瀉。　蛛忙鵲嬾，耕慵織倦，空做古今佳話。人間剛道隔年期，指天上、方纔隔夜。

### 卜算子

不是愛風塵，似被前緣誤。花落花開自有時，總賴東君主。　去也終須去。任也如何住？若得山花插滿頭，莫問奴歸處。

《齊東野語》卷二十：天台營妓嚴蕊，字幼芳，善琴弈歌舞，絲竹書畫，色藝冠一時。間作詩詞，有新語，頗通古今，善逢迎。四方聞其名，有不遠千里而登門者。唐與正守台日，酒邊嘗命賦紅白桃花，即成《如夢令》。與正賞之雙縑。又七夕，郡齋開宴，坐有謝元卿者，豪士也，夙聞其名，因命之賦詞，以己之姓爲韻。酒方行而已成《鵲橋仙》。元卿爲之心醉，留其家半載，盡客囊橐饋贈之而歸。其後朱晦庵以使節行部至台，欲摭與正之罪，遂指其嘗與蕊爲濫，繫獄月餘，蕊雖備受箠楚，而一語不及唐，然猶不免受杖，移籍紹興，且復就越置獄鞫之，久不得其情。獄吏因好言誘之曰：「汝何不早認，亦不過杖罪，況已經斷，罪不重科，何爲受此辛苦邪？」蕊答云：「身爲賤妓，縱是與太守有濫，科亦不至死罪，然是非真僞，豈可妄言以汙士大夫，雖死不可誣也。」其辭既堅，於是再痛杖之，仍繫於獄。兩月之間，一再受杖，委頓幾死，然聲價愈騰，至徹阜陵之聽。未幾，朱公改除，而岳霖商卿爲憲，因賀朔之際，憐其病瘁，命之作詞自陳。蕊略不構思，即口占《卜算子》云：詞如上略。即日判令從良。繼而宗室近屬納爲小婦，以終身焉。《夷堅志》亦嘗略載其事而不能詳，予蓋得之天台故家云。

## 張孝祥

孝祥字安國，烏江人。紹興二十四年，廷試第一。孝宗朝，累遷中書舍人，直學士院，領建康留守。尋以荆南湖北路安撫使請祠，進顯謨閣直學士，致仕卒。

## 六州歌頭

長淮望斷，關塞莽然平。征塵暗，霜風勁，悄邊聲。暗銷凝。追想當年事，殆天數，非人力，洙泗上，絃歌地，亦羶腥。隔水旃鄉，落日牛羊下，區脱縱横。看名王宵獵，騎火一川明。笳鼓悲鳴。遣人驚。　念腰間箭，匣中劍，空埃蠹，竟何成！時易失，心徒壯，歲將零。渺神京。干羽方懷遠，靜烽燧，且休兵。冠蓋使，紛馳騖，若爲情？聞道中原遺老，常南望、翠葆霓旌。使行人到此，忠憤氣填膺。有淚如傾。

《朝野遺記》：安國在建康留守席上，賦此歌闋，魏公爲罷席而入。

## 滿江紅　玩鞭亭

千古淒涼，興亡事、但悲陳跡。凝望眼、吴波不動，楚山叢碧。巴滇緑駿追風遠，武昌雲旆連天赤。笑老姦、遺臭到如今，留空壁。　邊書靜，烽煙息。通軺傳，銷鋒鏑。仰太平天子，聖明無敵。蹙踏揚州開帝里，渡江天馬龍爲匹。看東南、佳氣鬱葱葱，傳千億。

《吴禮部詩話》：于湖玩鞭亭，晋明帝覘王敦營壘處，自温庭筠賦詩後，張文潛又賦《于湖曲》，以正湖陰之誤，詞皆奇麗警拔，膾炙人口。徐寶之、韓南澗亦發新意。張安國賦《滿江紅》云：詞如上略。雖間采温、張語，而詞氣亦不在其下。嘗見安國大書此詞，後題云「乾道元年正月十日」，筆勢奇偉可愛。

## 念奴嬌　過洞庭

洞庭青草，近中秋，更無一點風色。玉界瓊田三萬頃，著我扁舟一葉。素月分輝，明河共影，表裏俱澄澈。悠然心會，妙處難與君説。　應念嶺表經年，孤光自照，肝膽皆冰雪。短鬢蕭疎襟袖冷，穩泛滄溟空闊。盡吸西江，細斟北斗，萬象爲賓客。叩舷獨嘯，不知今夕何夕。

《四朝聞見録》乙集：張于湖嘗舟過洞庭，月照龍堆，金沙盪射，公得意命酒，唱歌所自製詞，呼群吏而酌之曰：「亦人子也。」其坦率皆類此。

# 許左之

左之，紹興間天台人。

## 失調名

誰知花有主。誤入花深處。放直下、酒盃乾，便歸去。

《深雪偶談》：吾鄉許左之、右之二公兄弟，落筆皆不凡。左之公一夕寓飲妓坊，醉欲狎之，妓密有所懽在矣。公捷筆賦詞而起云：詞如上略。又代他妓小詞：「憶你當初，惜我不去。傷我如今，留你不住。」去客聽此戀戀，踰時妓迄後謝。如「月在柳梢頭，人約黃昏後」一詞，正歐陽居士所作。要之，前輩多一時弄翰，要不容以浮薄議左之公也。因思唐多才妓，有贈新第士人絶句「從此不知蘭麝貴，夜來新惹桂枝香」，殊有風味，使從假倩，當不傳載矣。二許公，紹興間同歲籍學。前二詞，蓋休澣日漫游酒邊作也。

# 閻蒼舒

蒼舒字惠夫，蜀人。紹興二十七年進士，官侍郎，累遷中書舍人，出知晉州。

## 水龍吟

少年聞説京華，上元景色烘晴晝。朱輪畫轂，雕鞍玉勒，九衢爭驟。春滿鰲山，夜沈陸海，一天星斗。正紅球過了，鳴鞘聲斷，迴鸞馭，鈞天奏。　誰料此生親到，十五年、都城如舊。而今但有，傷心煙霧，縈愁楊柳。寶籙宮前，絳霄樓下，不堪回首。願皇圖早復，端門燈火，照人還又。

《蘆浦筆記》卷十：蜀人閻侍郎蒼舒使北，過汴京，賦《水龍吟》云：詞如上略。

## 林外

外字豈塵，晉江人。紹興三十年進士，官興化令。

### 洞仙歌

飛梁壓水，虹影澄清曉。橘里漁村半煙草。歎今來古往，物是人非，天地裏，惟有江山不老。　雨巾風帽。四海誰知我，一劍橫空幾番過。按玉龍、嘶未斷，月冷波寒，歸去也、林屋洞天無鎖。認雲屏煙障是吾廬，任滿地蒼苔，年年不掃。

《四朝聞見録》丙集：紹興間，有題《洞仙歌》於垂虹者，不系其姓名，龍蛇飛動，真若不煙火食者。時皆喧傳以爲洞賓所爲書，浸達於高宗，天顏矍然而笑曰：「是福州秀才云爾。」左右請聖諭所以然，上曰：「以其用韻蓋閩音云。」久而知爲閩士林外所爲，聖見異矣。蓋林以巨舟仰而書於橋梁，水天渺然，旁無來跡，故世人益神之。

《燼餘録》：吴雲公雅善詩詞，居城東之臨頓里，著有《香天雪海集》，傳誦一時。靖康國難後，披髮佯狂，更號中興野人。厭棄城市，時往來於吴江李山民家。李即忠愍公諱若水之姪，避寇來吴，就館吴江，與雲公爲僚婿，且同爲歲寒社詩友也。山民嘗題《洞仙歌》於吴江橋亭。

## 傅大詢

大詢字公謀，宜春人。

### 水調歌頭

草草三間屋，愛竹旋添栽。碧紗牕户，眼前都是翠雲堆。一月山翁高臥，踏雪水村清冷，木落遠山開。惟有平安竹，留得伴寒梅。　喚家僮，開門看，有誰來。客來一笑清話，煑茗更傳杯。有酒只愁無客，有客又愁無酒，酒熟且徘徊。明日人間事，天自有安排。

《鶴林玉露》卷十七：宜春傅公謀詞云：詞如上略。此詞清甚，末句尤達，可歌也。許及之爲分宜宰，公謀作《賀雨》詩云：「獅子關前半篆煙，二龍飛下卓筒泉。銀河掣電連宵雨，緑野翻雲四月天。便覺春生花一縣，會看秋熟米三錢。何時卓魯登黄閣，都與寰區作有年。」及之擊節。公謀尤工作酸文，嘗作無遮榜語云：「紅旗渡口，淒涼芳草夕陽天。白紙山頭，慘淡落花寒食節。」甚工。

## 辛棄疾

棄疾字幼安，號稼軒，濟南歷城縣人。耿京聚兵山東，節制忠義軍馬，留掌書記。紹興三十二年，令奉表南歸，高宗召見，授承務郎。寧宗朝，累官浙東安撫使，加龍圖閣待制，進樞密都承旨卒。

### 摸魚兒

更能消、幾番風雨。匆匆春又歸去！惜花長恨花開早，何況亂紅無數。春且住！見說道、天涯芳草無歸路。怨春不語。算只有殷勤，畫簷蛛網，盡日惹飛絮。　長門事，准擬佳期又誤。蛾眉曾有人妬。千金縱買相如賦。脈脈此情誰訴？君莫舞。君不見、玉環飛燕皆塵土？閒愁最苦。休去倚危闌，斜陽正在，煙柳斷腸處。

《鶴林玉露》卷一：辛幼安《晚春》詞云：詞如上略。詞意殊怨，斜陽煙柳之句，其與「未須愁日暮，天際乍輕陰」者異矣。使在漢、唐時，寧不賈種豆種桃之禍哉？愚聞壽皇見此詞頗不悅，然終不加罪，可謂盛德也已。

## 永遇樂

千古江山，英雄無覓，孫仲謀處，舞榭歌臺，風流總被，雨打風吹去。斜陽草樹，尋常巷陌，人道寄奴曾住。想當年，金戈鐵馬，氣吞萬里如虎。　元嘉草草，封狼居胥，贏得倉皇北顧。四十三年，望中猶記，烽火揚州路。可堪回首，佛狸祠下，一片神鴉社鼓。憑誰問：廉頗老矣，尚能飯否？

《桯史》卷三《稼軒論詞》：辛稼軒守南徐，已多病謝客。予來筮仕委吏，實隸總所，例於州家殊參辰，旦望贄謁刺而已。余時以乙丑南宮試，歲前涖事僅兩旬，即謁告去。稼軒偶讀余通名啟而喜，又頗階父兄舊，特與其潔。余試既不利，歸官下，時一招去。稼軒以詞名，每燕必命侍妓歌其所作，特好歌《賀新郎》一詞，自誦其警句曰：「我見青山多嫵媚，料青山見我應如是。」又曰：「不恨古人吾不見，恨古人不見吾狂耳。」每至此，輒拊髀自笑，顧問坐客何如，皆歎譽如出一口。既而又作一《永遇樂》，序北府事。首章曰：「千古江山，英雄無覓孫仲謀處。」又曰：「尋常巷陌，人道寄奴曾住。」其寓感慨者則曰：「不堪回首，佛狸祠下，一片神鴉社鼓。憑誰問：廉頗老矣，尚能飯否？」特置酒召數客，使妓迭歌，益自擊節。遍問客，必使摘其疵，遜謝不可。客或措一二辭，不契其意，又弗答，然揮羽四視不止。余時年少，勇於言，偶坐於席側，稼軒因誦啟語，顧問再四。余率然對曰：「待制詞句，脱去今古軫轍，每見集中，有『解道此句，真宰上訴，天應嗔耳』之序，嘗以爲其言不誣。童子何知，而敢有議，然必欲如范文正以千金求《嚴陵祠記》一字之易，則晚進尚竊有疑也。」稼軒喜，促膝亟使畢其説。余曰：「前篇豪視一世，獨首尾二腔警語差相似，新作微覺用事多耳。」於是大喜，酌酒而謂坐中曰：「夫君實中予痼。」乃詠改其語，日數十易，累月猶未竟，其刻意如此。余既以一語之合，益加厚，頗取視其骫骳，欲以家世薦之朝，會其去未果。

## 祝英臺近

寶釵分，桃葉渡。煙柳暗南浦。怕上層樓，十日九風雨。斷腸點點飛紅，都無人管，更誰喚，流鶯聲住？　鬢邊覷。試把花卜歸期，纔簪又重數。羅帳燈昏，哽咽夢中語：是他春帶愁來，春歸何處。卻不解帶將愁去。

《貴耳集》卷下：吕婆，即吕正己之妻，淳熙間，姓名亦達天聽。蘇養直家孫女曰蘇婆，其嚴毅不可當。三五十年朝報奏疏，琅琅口誦，不脱一字。舊京畿有二漕，一吕搢，一吕正己。搢家諸姬甚盛，必約正己通宵飲。吕婆一日大怒，踰牆相詈，搢之子一彈碎其冠。事徹孝皇，兩漕即日罷。今止除一漕，自此始。吕婆有女事辛幼安，因以微事觸其怒，竟逐之。今稼軒《桃葉渡》詞，因此而作。

## 滿江紅

笳鼓歸來，舉鞭問，何如諸葛？人道是、悤悤五月，渡瀘深入。白羽生風貔虎譟，青溪路斷鼪鼯泣。早紅塵、一騎落平岡，捷書急。　三萬卷，龍頭客。渾未得，文章力。把詩書馬上，笑驅鋒鏑。金印明年如斗大，貂蟬元自兜鍪出。待刻公、勳業到雲霄，浯溪石。

《齊東野語》卷七：王佐宣子帥長沙日，茶賊陳豐嘯聚數千人，出没旁郡，朝廷命宣子討之。時馮太尉湛謫居在焉，宣子乃權宜用之。諜知賊巢所在，乘日晡放飯少休時，遣亡命卒三十人，持短兵以前，湛自率百人繼其後，徑入山寨。豐方抱孫獨坐，其徒皆無在者，卒睹官軍，錯愕不知所爲，亟鳴金嘯集，已無及矣。於是成擒，餘黨亦多就捕。宣子乃以湛功聞於朝，於是湛以勞復元官，宣子增秩。辛幼安以詞賀之，有云：「三萬卷，龍頭客，渾未得，文章力。把詩書馬上，笑驅鋒鏑。金印明年如斗大，貂蟬元自兜鍪出。」宣子得之，疑爲諷己，意頗銜之。殊不知陳後山亦嘗用此語送蘇尚書知定州云：「枉讀平生三萬卷，貂蟬當復作兜鍪。」幼安正用此。然宣子尹京之時，嘗有書與執政云：「佐本書生，歷官處自有本末，未嘗得罪於清議，今乃蒙置諸士大夫所不可爲之地，而與數君子接踵而進，除目一傳，天下士人視佐爲何等類，終身之累，孰大於此。」是亦宣子之本心耳。

## 好事近

醫者索酬勞，那得許多錢物？只有一個整整，也盒盤盛得。　下官歌舞轉悽惶，賸得幾枝笛？覷着這般火色，告媽媽將息。

《清波别志》卷下：稼軒樂府，辛幼安酒邊游戲之作也，詞與音叶，好事者爭傳之。在上饒，屬其室病，呼醫對脈，吹笛婢名整整者侍側。乃指以謂醫曰：「老妻病安，以此人爲贈。」不數日，果勿藥，乃踐前約。整整既去，因口占《好事近》云：詞如上略。一時戲謔，風調不群，稼軒所編遺此。

# 徐似道

似道字淵子，號竹隱，黄巖人。乾道二年進士，八年爲吴縣尉。開禧元年，歷官禮部員外郎、祕書少監。

## 一剪梅

道學從來不則聲。行也《東銘》。坐也《西銘》。爺娘死後更伶仃。也不看經。也不齋僧。　卻言淵子太狂生。行也輕輕。坐也輕輕。他年青史總無名。你也能亨。我也能亨。

《癸辛雜識》續集下：徐淵子初官户曹，其長方以道學自高，每以輕鋭抑之。適其長以母死去官，淵子賦《一剪梅》詞云：詞如上略。

### 阮郎歸

茶寮山上一頭陀。新來學者麽？蝤蛑螃蟹與烏螺。知他放幾多？　有一物，是蜂窩。姓牙名老婆。雖然無奈得他何。如何放得他？

《談藪》：徐淵子好以詩文諧謔，丁少詹與妻有違言，乃棄家居茶寮山，茹素誦經，日買海物放生，久而不歸。妻患之，祈徐譬解，徐許諾，出門見賣老婆牙者，買一巨籃餉丁，併遺以《阮郎歸》詞。丁見詞，大笑而歸。

## 李　泳

泳字子永，號蘭澤，廬陵人。淳熙中，嘗爲溧水令。

## 水調歌頭　題甘將軍廟卷雪樓

危樓雲雨上，其下水扶天。群山四合，飛動寒翠落檐前。盡是秋清闌檻，一笑波翻濤怒，雪陣卷蒼煙。炎暑去無跡，清駛久翩翩。　夜將闌，人欲靜，月初圓。素娥弄影，光射空際渺嬋娟。不用濯纓垂釣，喚取龍公仙駕，耕此萬瓊田。横笛望中起，吾意已超然。

《夷堅三志》己卷第八：大江富池口，隸興國軍，有甘寧將軍廟，殿宇雄偉，行舟過之者，必具牲醴祇謁。李子永嘗自西下，舟次散花洲，有神鴉飛立檣竿，久之東去，即遇便風。晡時抵岸，有青蛇激箭而來，至舟尾不見。是夕艤泊。明日賽神。其前大樓七間尤偉壯，郡守周少隱采東坡詞語，扁爲「卷雪」。每潮漲時，石柱半插入水。方三伏中，登望江面萬頃，群山環合，清風不斷。子永作詩曰：「卷雪樓前萬里江，亂峰卓立森旗槍。上有甘公古祠宇，節制洪流掌風雨。甘公一去踰千年，至今忠義猶凛然。我來再拜攬塵跡，斜陽白鳥横蒼煙。」初題梁間時，本云「英威凛然」，如有人掣其肘者，乃改爲「忠義」。又賦望月《水調歌頭》云：詞如上略。及旦移舟，神鴉、青蛇俱送至長沙，風乃止。

# 朱景文

景文字元成，清江人。乾道五年進士，嘗攝新建尉。

## 玉樓春

玉階瓊室冰壺帳。窣地水晶簾不上。兒家住處隔紅塵，雲氣悠揚風淡蕩。　有時閒把蘭舟放。霧鬢煙鬟乘翠浪。夜深滿載月明歸，畫破琉璃千萬丈。

《異聞總録》卷之四：乾道六年，吴明可芾守豫章，其子登科，同年生清江朱景文因緣來見，得攝新建尉。適府中葺吴城龍王廟，命之董役，頗極嚴緻。及更塑偶像，朱指壁間所繪神女容相謂工曰：「必肖此乃佳。」凡三四易，然后明麗艷冶如之。朱甚喜，忽憶荆州詞，以謂語意憤抑悽惋，殆非龍宫嫻雅出塵態度，爲賦《玉樓春》一闋書於壁。既而夜夢旌幢羽葆，儀衛甚盛，擁一輜軿，有美女子居其中，傳言龍女來謁。下車相見，宴飲寢昵如經一日夜，言談瀟洒，風儀穆然。將行，謂朱曰：「君當不記疇昔事矣。君前身本南海廣利王幼子，因行游江湖，爲我家壻，妾實得奉箕帚。今君雖以宿緣來生朱氏，然吴城之念，正爾不忘，故得禄多在豫章之分。須君官南海，陽禄且盡，此時當復諧佳偶。知君所作《玉樓春》詞，破前人之誤，甚以爲感，非君憶舊游，亦無因知我家如此其熟也。」言畢愴別而去。既覺，乃亟作文紀其事，特未悟南海之説，但云豈非他日或以言事貶竄至彼邪？爾後每夕外入，常聞室内笑語聲，久而病瘠，家人疑其有祟，挽使罷歸。明年又以事來，吴公已去，後帥龔實之留攝酒官。俄以家難去，服闋，調袁州分宜主簿。頃次家居，縣之士子昔從爲學，聞其歸鄉，相率來謁，因話邑中風土，偶及主簿廨廳前有南海王廟，朱□然自失，明日抱疾，遂不起。元未嘗得至官，凡兩攝職於豫章，所謂多得禄者如是而已。蓋初治像及撰詞時，方寸墜妄境，故自絶其命，神女之夢契，殆必黠鬼託以爲姦者歟！樂平人楊振者，爲臨江司户，説其事甚詳。

## 連久道

久道字可久，爲道士。

### 清平樂　漁父

陣鴻驚處。一網沈江渚。落葉亂風和細雨。撥棹不如歸去。　蘆花輕汎微瀾。篷窗獨自清閒。一覺游仙好夢，任它竹冷松寒。

《中興以來絶妙詞選》卷十：連可久名久道，江湖得道之士也，十二歲已能作詩，其父攜見熊曲肱，適有漁父過前，令賦《漁父詞》。曲肱贈以詩，且謂此子富貴中留不住，後果爲羽衣，多往來西山。

## 王　楙

楙字勉夫，家本福清，其先徙平江，遂爲長洲人。隱居不仕。

### 江南好

三傑後，福壽兩無涯。食乳相君功未既，嫵眉京兆眷方滋。富貴莫推辭。　門兩戟，卻棹一綸絲。蓴菜秋風鱸鱠美，桃花春水鰥魚肥。笑傲雪溪湄。

《野客叢書》卷第二十九：張子野晚年多愛姬，東坡有詩曰：「詩人老去鶯鶯在，公子歸來燕燕忙。」正均用當家故事也。案唐有張君瑞，遇崔氏女於蒲，崔小名鶯鶯，元稹與李紳語其事，作《鶯鶯歌》。漢童謠曰：「燕燕尾涎涎，張公子，時相見。」又曰：張祜妾名燕燕，其事蹟與夫對偶，精切如此。鶯鶯對燕燕，已見於杜牧之詩，曰：「緑樹鶯鶯語，平沙燕燕飛。」前輩用者，皆有所祖。魯直作《蘇翰林出游》詩曰：「人間化鶴三千歲，海上看羊十九年。」皆用本家故事，而不失之偏枯，可以爲法也。僕嘗有一詞爲張儀真壽曰：詞如上略。

## 劉過

過字改之，號龍洲道人，吉州太和人。嘗伏闕上書，請光宗過宮。復以書抵時宰，陳恢復方略，不報。放浪湖海間。

### 長相思

雲一窩。玉一梭。淡淡衫兒薄薄羅。輕顰雙黛蛾。　風聲多。雨相和。簾外芭蕉三兩窠。夜長人奈何！

《浩然齋雅談》卷下：劉過改之嘗游富沙，與友人吴仲平飲於吴所歡吴盼兒家。嘗賦詞贈之，所謂「雲一窩。玉一梭。淡淡衫兒薄薄羅。輕顰雙黛蛾。」盼遂屬意改之，吴憤甚，挾刃刺之，誤傷其妓，遂悉繫有司。時吴居父爲帥，改之以啟上之云：「韓擒虎在門，顧麗華而難戀。陶朱公有意，與西子以偕來。」居父遂釋之。然自是不復合矣。改之有「春風重到憑闌處，腸斷妝樓不忍登」，蓋爲此耳。

## 念奴嬌

知音者少，算乾坤許大，著身何處？直待功成方肯退，何日可尋歸路？多景樓前，垂虹亭下，一枕眠秋雨。虛名相誤，十年枉費辛苦。　不是奏賦明光，上書北闕，無驚人之語。我自忽忙天不肯，贏得衣裾塵土。白璧堆前，黃金買笑，付與君爲主。尊鱸江上，浩然明日歸去。

《詞苑叢談》卷七引《江湖紀聞》：「劉過字改之，吉州太和人也。性疎豪好施，辛稼軒客之。稼軒帥淮時，改之以母病告歸，囊橐蕭然。是夕稼軒與改之微服縱登倡樓，適一都吏命樂飲酒，不知爲稼軒也，命左右逐之，二公大笑而歸。即以爲有機密文書，喚某都吏，其夜不至。稼軒欲籍其産而流之，言者數十，皆不能解。遂以五千緡爲改之母壽，請言與稼軒。稼軒曰：『未也。』令倍之，都吏如數增作萬緡。稼軒爲買舟於岸，舉萬緡於舟中，戒曰：『可即行，無如常日輕用也。』改之作《念奴嬌》爲別稼軒。改之又號龍洲，太和邑稱也。」

## 沁園春

斗酒彘肩，醉渡浙江，豈不快哉！被香山居士，約林和靖，與蘇公等，駕勒吾回。坡謂西湖，正如西子，濃抹淡妝臨照臺。諸人者，都掉頭不顧，只管傳杯。　白云天竺去來。圖畫裏，崢嶸樓觀開。看縱橫一澗，東西水遶，兩山南北，高下雲堆。逋曰不然，暗香疎影，只可孤山先探梅。蓬萊閣，訪稼軒未晚，且此徘徊。

《桯史》卷二《劉改之詩詞》：嘉泰癸亥歲，改之在中都時，辛稼軒棄疾帥越，聞其名，遣介招之，適以事不及行，書歸輅者，因倣辛體作《沁園春》一詞併緘往，下筆便逼真。辛得之大喜，致餽數百千，竟邀之去。館燕彌月，酬唱亹亹，皆似之，逾喜。垂別賙之千緡，曰：「以是爲求田資。」改之歸，竟蕩於酒，不問也。詞語峻拔，如尾腔對偶錯綜，蓋出唐王勃體，而又變之。余時與之飲西園，改之中席自言，掀髯有得色。余率然應之曰：「詞句固佳，然恨無刀圭藥，療君白日見鬼症耳。」坐中哄堂一笑。

又

按轡徐驅，兒童聚觀，神仙畫圖。正芹塘雨過，泥香路輭，金蓮自拆，小小籃輿。傍柳題詩，穿花覓句，嗅蕊攀條得自如。經行處，有蒼松夾道，不用傳呼。　清泉怪石盤紆。信風景、江淮各異殊。想東坡賦就，紗籠素壁，西山句好，簾卷晴珠。白玉堂深，黃金印大，無此文君載後車。揮毫處，看淋漓醉墨，真草行書。

《游宦紀聞》卷一：黄尚書由帥蜀，中閤乃胡給事晉臣之女，過雪堂，行書《赤壁賦》於壁間。改之從後題一闋。其詞云：詞如上略。後黄知爲劉所作，厚有饋貺。

## 又

玉帶猩袍，遥望翠華，馬去如龍。擁千官鱗集，貂蟬爭出，貔貅不斷，萬騎雲從。細柳營開，團花袍窄，人指汾陽郭令公。山西將，算韜鈐有種，五世元戎。　旌旗蔽滿寒空。魚陣整，從容虎帳中。想刀明似雪，縱横脱稍，箭飛如雨，霹靂鳴弓。威撼邊城，氣吞強敵，慘澹塵沙吹北風。中興事，看君王神武，駕馭英雄。

《游宦紀聞》卷一：壽皇鋭意親征，大閱禁旅，軍容肅甚。郭杲爲殿巖，從駕還内，都人昉見一時之盛。改之以詞與郭云：詞如上略。郭餽劉亦踰數十萬錢。

## 天仙子

宿酒醺醺猶自醉。回顧頭來三十里。馬兒只管去如飛，騎一會。行一會。斷送殺人山共水。　是則青衫深可喜。不道恩情拚得未？雪迷前路小橋横，住底是。去底是。思量我了思量你。

《夷堅支丁》卷第六：劉過字改之，襄陽人。雖爲書生，而貲産贍足，得一妾愛之甚。淳熙甲午，預秋薦，將赴省試，臨歧，眷戀不忍行，在道賦《天仙子》一詞，每夜飲旅舍，輒使隨直小僕歌之。其詞鄙淺不工，姑以寫意而已。到建昌，游麻姑山，薄暮獨酌，屢歌此詞，思想之極，至於墮淚。二更後，一美人忽來前，執拍板曰：「願唱一曲勸酒。」即歌曰：「別酒未斟心先醉，忍聽《陽關》辭故里。揚鞭勒馬到皇都，三題盡，當際會，穩跳龍門三級水。天意令吾先送喜，不審君侯知得未？蔡邕博識爨桐聲，君背負，只此是，酒滿金杯來勸你。」蓋賡和元韻。劉以龍門之句喜甚，即令再誦，書之於紙，與之歡接。但不曉蔡邕背負之意，因留伴寢，始問爲何人，曰：「我本麻姑上仙之妹，緣度王方平、蔡經不切，謫居此山，久不得回玉京。恰聞君新製雅麗，勉趁韻自媒，從此願陪後乘。」劉猶以辭卻之，然深於情，長塗而遠客不能自制，遂與之偕東，而令乘小轎相望於百步間。迨入都城，僦委巷密室同處，果擢第。調荆門教授以歸，過臨江，因游闔車山，道士熊若水修謁謂之曰：「欲有所言，得乎？」劉曰：「何不可者。」熊曰：「吾善符籙，竊疑隨車娘子，恐非人也，不審於何地得之？」劉具以告，曰：「是矣，是矣。候兹夕與共枕時，吾於門外作法行持呼，教授緊抱同衾人，切勿令竄佚。」劉如所戒，喚僕秉燭排闥入，正擁一琴，頓悟昔日蔡邕之語，堅縛寘於傍。及行，親自挈持，眠食不捨。及經麻姑，訪諸道流，乃云：「頃有趙知軍攜古琴過此，寶惜甚至，因摶附之際，誤觸墮砌下石上，損破不可治，乃埋之官廳西偏，斯其物也。」遽發瘞視之，匣空矣。劉舉琴置匣，命道衆焚香誦經咒，泣而焚之，且作小詩述懷。

## 姜夔

夔字堯章，鄱陽人。蕭德藻識之於年少客游，妻以兄子。因寓居吴興之武康，與白石洞天爲鄰，自號白石道人。慶元中，曾上書乞正太常雅樂，得免解，訖不第。

### 眉嫵　戲張仲遠

看垂楊連苑，杜若侵沙，愁損未歸眼。信馬青樓去，重簾下，娉婷人妙飛燕。翠尊共款。聽艷歌、郎意先感。便攜手、月地雲階裏，愛良夜微暖。　無限。風流疎散，有暗藏弓履，偷寄香翰。明日聞津鼓，湘江上、催人還解春纜。亂紅萬點，悵斷魂、煙水遥遠。又爭似相攜，乘一舸，鎮長見。

《耆舊續聞》：堯章嘗寓吴興張仲遠家，屢外出，其室人知書，賓客通問，必先窺來札，性頗妒。堯章戲作《百宜嬌》詞以遺之，竟爲所見。仲遠歸，莫能辨，則受其指爪損面，至不能出外云。

## 滿江紅

仙姥來時，正一望、千頃翠瀾。旌旗與、亂雲俱下，依約前山。命駕群龍金作軏，相從諸娣玉爲冠。廟中列坐如夫人者十五人。向夜深、風定悄無人，聞佩環。　神奇處，君試看。奠淮右，阻江南。遣六丁雷電，別守東關。應笑英雄無好手，一篙春水走曹瞞。又爭知、人在小紅樓，簾影間？

《後村先生大全集》卷一百七十七：姜堯章有平聲《滿江紅》自叙云：「舊詞用仄韻多不叶律，如末句『無心撲』，歌者將心字融入去聲，方諧音律。余欲以平韻爲之，久不能成。因泛巢湖，祝曰：『得一席風，當以平韻《滿江紅》爲神姥壽。』言訖，風與帆俱駛，頃刻而成。末句云『聞珮環』，則叶律矣。」其詞云：詞如上略。此闋佳甚，惜無能歌之者。

## 暗香

舊時月色。算幾番照我，梅邊吹笛。喚起玉人，不管清寒與攀摘。何遜而今漸老，都忘卻、春風詞筆。但怪得、竹外疎花，香冷入瑤席。　江國。正寂寂。歎寄與路遥，夜雪初積。翠尊易泣。紅萼無言耿相憶。長記曾攜手處，千樹壓、西湖寒碧。又片片、吹盡也，幾時見得？

## 疎　影

苔枝綴玉。有翠禽小小，枝上同宿。客裏相逢，籬角黄昏，無言自倚修竹。昭君不慣胡沙遠，但暗憶、江南江北。想珮環、月夜歸來，化作此花幽獨。　猶記深宫舊事，那人正睡裏，飛近蛾緑。莫似春風，不管盈盈，蚤與安排金屋。還教一片隨波去，又卻怨、玉龍哀曲。等恁時、重覓幽香，已入小窗横幅。

《硯北雜志》卷下：小紅，順陽公青衣也，有色藝。順陽公之請老，姜堯章詣之。一日，授簡徵新聲，堯章製《暗香》、《疎影》兩曲，公使二妓肄習之，音節清婉。堯章歸吴興，公尋以小紅贈之。其夕大雪，過垂虹，賦詩曰：「自琢新詞韻最嬌，小紅低唱我吹簫。曲終過盡松陵路，回首煙波十四橋。」

# 梅　嬌

梅嬌，吴七郡王愛姬。

## 滿庭芳

一種陽和，玉英初綻，雪天分外精神。冰肌玉骨，別是一家春。樓上笛聲《三弄》，百花都未知音。明窗畔，臨風對月，曾結歲寒盟。　笑杏花何太晚，遲疑不發，等待春深。只宜遠望，舉目似燒林。麗質芳姿雖好，一時取媚東君。爭如我，青青結子，金鼎內調羹。

《彤管遺編》後集卷十二：梅嬌、杏倩者，宋吳七郡王之二愛姬也。梅、杏丰姿俊雅，善音律詩詞。王盛暑臥涼亭，吟曰：「涼亭九曲闌干遶，四面柳荷香來好。身眠八尺白魚鬚，頭枕一枚紅瑪瑙。毒龍畏熱不敢行，海水剪碎蓬萊島。」後二句命杏、梅續之。梅云：「公子猶嫌扇力微。」杏云：「游人尚在紅塵道。」續已，二人矜競所長，各作詞一闋以戲。王笑作《杏梅詞》以和解之。

案：原載梅嬌嘲杏倩《滿庭芳》詞如上。又載杏倩嘲梅嬌《滿庭芳》詞云：「景傍清明，日和風暖，數枝濃淡胭脂。春來早起，惟我獨芳菲。門外幾番雨過，似佳人細膩香肌。堪賞處，玉樓人醉，斜插滿頭歸。　梅花何太早，消疏骨肉，葉密花稀。不逢媚景，開後甚孤栖。恐怕百花笑你，甘心受雪壓霜欺。爭如我，年年得意，占斷踏青時。」

# 吳琚

琚字居父，號雲壑，汴人。宋高宗吳皇后之姪。慶元二年，以鎮安節度使留守建康，遷少保卒。

## 水龍吟　喜雪應制

紫皇高宴蕭臺，雙成戲擊瓊包碎。何人爲把，銀河水翦，甲兵都洗。玉樣乾坤，八荒同色，了無塵翳。喜冰消太液，暖融鵁鶄，端門曉、班初退。　聖主憂民深意。轉鴻鈞、滿天和氣。太平有象，三宮二聖，萬年千歲。雙玉盃深，五雲樓迥，不妨頻醉。細看來、不是飛花，片片是、豐年瑞。

《武林舊事》卷第七：淳熙八年正月初二日，進早膳訖，遣皇太子到宮，恭請兩殿，竝只用轎兒禁衛簇擁入内。官家親至殿門恭迎，親扶太上降輦，至損齋進茶。次至清燕殿，閒看書畫玩器。約午時初，後苑進酥酒十色熬煮。午正二刻，就凌虛排當，三盞，至萼緑華堂看梅。上進銀三萬兩，會子十萬貫。太上云：「宮中無用錢處，不須得。」上再三奏請，止受三分之一。未初雪大下，正是臘前，太上甚喜。官家云：「今年正欠些雪，可謂及時。」太上云：「雪卻甚好，但恐長安有貧者。」上奏曰：「已令有司比去年倍數支散矣。」太上亦命提舉官，於本宮支撥官會，照朝庭數目，發下臨安府，支散貧民一次。又移至明遠樓，張燈進酒，節使吴琚進喜雪《水龍吟》詞。上大喜，賜鍍金酒器二百兩，細色緞匹，復古殿香羔兒酒等。太后命本宮歌板色，歌此曲進酒，太上盡醉。至更後，宣轎兒入便門，上親扶太上上輦還宮。

## 酹江月　觀潮應制

玉虹遥挂，望青山隱隱，一眉如抹。忽覺天風吹海立，好似春霆初發。白馬淩空，瓊鰲駕水，日夜朝天闕。飛龍舞鳳，鬱葱環拱吴越。　此景天下應無，東南形勝，偉觀真奇絶。好似吴兒飛綵幟，蹴起一江秋雪。黄屋天臨，水犀雲擁，看擊中流楫。晚來波靜，海門飛上明月。

《武林舊事》卷第七：淳熙十年八月十八日，上詣德壽宫，恭請兩殿往浙江亭觀潮。進早膳訖，御輦檐兒及内人車馬，竝出候潮門。先命修内司於浙江亭兩旁抓縛席屋五十間，至是竝用綵纈幕簾。得旨，從駕百官，各賜酒食，竝免侍班，從便觀看。先是澉浦、金山都統司水軍五千人抵江下，至是又命殿司新刺防江水軍、臨安府水軍竝行閲試。軍船擺布西興龍山兩岸，近千隻。管軍官於江面分布五陣，乘騎弄旗，標槍舞刀，如履平地。點放五色煙礮滿江，及煙礮息，則諸船盡藏，不見一隻。奉聖旨，自管軍已下，竝行支犒一次。自龍山已下，貴邸豪民綵幕，凡二十餘里。車馬駢闐，幾無行路。西興一帶，亦皆抓縛幕次，綵繡照江，有如鋪錦。市井弄水人，有如僧兒、留住等，凡百餘人，皆手持十幅綵旗，踏浪爭雄，直至海門迎潮。又有踏混木、水傀儡、水百戲、撮弄等，各呈技藝，竝有支賜。太上喜見顔色。曰：「錢塘形勝，東南所無。」上起奏曰：「錢塘江潮，亦天下所無有也。」太上宣諭侍宴官，令各賦《酹江月》一曲。至晚進呈，太上以吴琚爲第一。兩宫竝有宣賜，至月上還内。

## 趙昂

昂，臨安府諸生。

### 婆羅門引

暮霞照水，水邊無數木芙蓉。曉來露溼輕紅。十里錦緣步障，日轉影重重。向楚天空迥，人立西風。　夕陽道中。歎秋色，與愁濃。寂寞三千粉黛，臨鑑妝慵。施朱太赤，空惆悵，教妾若爲容。花易老，煙水無窮。

《藏一話腴》内編卷下：趙昂總管始肄業臨安府學，困躓無聊，遂脱儒冠。從宴席間，高廟問今應制之臣，張掄之後爲誰可，阜陵以昂對。時高廟俯伏久之，知其嘗爲諸生，命賦拒霜詞。昂奏所用腔，令綴《婆羅門引》。又奏所用意，詔自述其梗概。即進呈云：詞如上略。時高廟喜之，錫銀絲加等，仍俾阜陵與之轉官，竝謂：「我如此使知感於汝也。」

## 徐珌

珌字公飾。

### 謁金門

秋欲暮。路入亂山深處。撲面西風吹霧雨。驛亭欣暫駐。可惜國香風度。空谷寂寥誰顧？已作《竹枝》傳楚女。客愁推不去。

### 又

春欲半。重到寂寥山館。修竹連山青不斷。誰家門可款？紅暈花梢未半。綠蘸柳芽猶短。金縷香消春不管。素蟾光又滿。

《雲谷雜記》卷三：沅州道間有古驛曰幽蘭鋪，有徐珌者，凡兩經過，書二詞於其壁。詞如上略。乾道中，先君曾寓是館，愛其語意悽惋，每舉示於人。珌字公飾，不知何許人也。

## 謝直

直元名希孟，避寧宗諱，改名直，字古民。台州黄巖人。從陸九淵游。淳熙十一年進士，歷太社令，嘉興府通判。

### 卜算子

雙槳浪花平，夾岸青山鎖。你自歸家我自歸，説着如何過？　我斷不思量，你莫思量我。將你從前與我心，付與他人可。

《談藪》：謝希孟在臨安狎娼，陸象山責之曰：「士君子乃朝夕與賤娼女尼，獨不愧於名教乎？」希孟敬謝，謂後不敢。他日復爲娼造鴛鴦樓，象山聞之，又以爲言。謝曰：「非特建樓，且有記。」象山喜其文，不覺曰：「樓記云何？」即口占首句云：「自遜、抗、機、雲之死，天地英靈之氣，不鍾於男子，而鍾於婦人。」象山默然。知其侮己也。一日，在娼所，忽起歸興，遂不告而行。娼追送江滸，泣涕戀戀，希孟毅然取領巾書一詞與之云：詞如上略。

## 易祓妻

祓字彦祥，一字彦章，潭州人。淳熙十一年，上舍釋褐。慶元六年，除著作郎。

### 一剪梅

染淚修書寄彦章。貪作前廊。忘卻回廊。功名成遂不還鄉。石作心腸。鉄作心腸。　紅日三竿懶畫妝。虚度韶光。瘦損容光。相思何日得成雙。羞對鴛鴦。懶對鴛鴦。

《古杭雜記》：易祓字彦章，潭州人。以優校爲前廊，久不歸，其妻作《一剪梅》詞寄云：詞如上略。

## 俞國寶

國寶，臨川人，淳熙太學生。

### 風入松　題酒肆

一春長費買花錢。日日醉湖邊。玉驄慣識湖邊路，驕嘶過、沽酒樓前。紅杏香中歌舞，綠楊影裏秋千。　暖風十里麗人天。花壓鬢雲偏。畫船載取春歸去，餘情在、湖水湖煙。明日再攜殘酒，來尋陌上花鈿。

《武林舊事》卷第三：一日，御舟經斷橋，橋旁有小酒肆，頗雅潔，中飾素屏，書《風入松》一詞於上。光堯駐目，稱賞久之，宣問何人所作，乃太學生俞國寶醉筆也。上笑曰：「此詞甚好，但末句未免儒酸。」因爲改定云「明日重扶殘醉」，則迥不同矣。即日命解褐云。

## 胡與可

與可，號惠齋，平江人，胡晉臣女，尚書黃由室。由，淳熙八年進士第一。

### 百字令

小齋幽僻。久無人到此，滿地狼籍。几案塵生多少憾，把玉指、親傳蹤跡。畫出南枝，正開側面，花蕊俱端的。可憐風韻，故人難寄消息。　非共雪月交光，這般造化，豈費東君力。只欠清香來撲鼻，亦有天然標格。不上寒窗，不隨流水，應不鈿宮額。不愁《三弄》，只愁羅袖輕拂。

《皇宋書録》外篇：夫人號惠齋，有文章，兼通書畫，給事公女也。吴人多相傳其嘗因几上凝塵，戲畫梅一枝，仍題《百字令》其上云：詞如上略。

## 戴復古妻

戴復古妻，武寧人。

### 憐薄命

惜多才，憐薄命，無計可留汝。揉碎花箋，忍寫斷腸句。道傍楊柳依依，千絲萬縷。抵不住、一分愁緒。　捉月盟言，不是夢中語。後回君若重來，不相忘處。把杯酒、澆奴墳土。

《南村輟耕録》卷四：戴石屏先生復古未遇時，流寓江右武寧，有富家翁愛其才，以女妻之。居二三年，忽欲作歸計。妻問其故，告以曾娶。妻白之父，父怒。妻宛曲解釋，盡以匳具贈夫，仍餞以詞云：詞如上略。夫既别，遂赴水死，可謂賢烈也矣。

## 曹豳

豳字西士，號東畝，瑞安人。嘉泰二年進士，官左司諫，遷吏部侍郎，知福州，後以寶章閣待制致仕。

紅窗迥

春闈期近也，望帝京迢迢，猶在天際。懊恨這一雙腳底，一日廝趕上五六十里。爭氣。扶持我去，轉得官歸，恁時賞你。穿對朝靴，安排你在轎兒裏。更選箇、宮樣鞋，夜間伴你。

《庶齋老學叢談》卷中之下：曹東畝赴省，陸行良苦，以詞自慰其足云：詞如上略。

## 衛元卿

謁金門

花過雨。又是一番紅素。燕子歸來愁不語。故巢無覓處。　誰在玉樓歌舞？誰在玉關辛苦？若使胡塵吹得去。東風侯萬户。

《貴耳集》卷上：衛元卿，洋州人。曾領薦，不得志，游山谷間，作《謁金門》詞曰：詞如上略。

## 孫惟信

惟信字季蕃，號花翁，開封人，居婺州。

### 失調名

壽花戴了。山童問、華庚多少？待瞞來、又怕旁人笑。況戒臘、淳熙可考，大衍之用恰恰好。學易後，尚一年小。謝屐唐衣眉山帽。薰風送下蓬島。　生巧。呂翁昨夜鍾離蚤。也曾參、兩箇先生道。又也曾偷桃啖棗。百屋堆錢都不要。更不要、袞衣茸纛，但要酒星花星照。鶴笑到老。

《後村先生大全集》卷一百七十六：孫季蕃歲爲一詞自壽，其四十九歲詞云：詞如上略。

## 蘇　泂

泂字召叟，山陰人。蘇頌四世孫。

## 摸魚兒

望關河、試窮遥眼，新愁似絲千縷。劉郎豪氣今何在？應是九疑三楚。堪恨處。便拚得、一生寂寞長羈旅。無人寄語。但吊麥傷桃，邊松倚竹，空憶舊詩句。　文章事，到底將身自誤。功名難料遲暮。鶉衣簞食年年瘦，受侮世間兒女。君信否？盡縣簿高門，歲晚誰青顧？何如引去。任槎上張騫，山中李廣，商略儘風度。

## 雨中花

十載尊前，放歌起舞，人間酒户詩流。盡期君凌厲，羽翮高秋。世事幾如人意？儒冠還負身謀。歎天生李廣，才氣無雙，不得封侯。　榆關萬里，一去飄然，片雲甚處神州？應悵望、家人父子，重見無由。隴水寂寥傳恨，淮山宛轉供愁。這回休也，燕鴻南北，長隔英游。

《游宦紀聞》卷八：予於菊磵高九萬處，見蘇召叟手書憶劉改之《摸魚兒》一闋，又賦《雨中花》一闋云：「予往時憶劉改之作《摸魚兒》，頗爲朋友間所喜，然改之尚未之見也。數日前，忽聞改之去，□□□□□□，悵惘殆不勝言。因憶改之每聚首，愛歌《雨中花》，悲壯激烈，令人鼓舞。

輒倚此聲，以寓予思。凡未忘我改之者，幸爲我和之。」召叟有《泠然詩集》十卷行於世。

## 王邁

邁字實之，仙游人。嘉定十年進士，官教授，爲鄭清之所知。

### 沁園春

三數年來，臺省好官，都作一回。雖有向前，未作底官職，不妨猛省，直恁歸來。甲第新成，名姬初買，脆管繁絃十二釵。細看來，這狂生無用，削盡官階。　狂生真箇狂哉！潑生氣，元來猶未灰。有龍鱗鳳翼，不能攀附；半簑漁具，早已安排。爛煮園蔬，熟煨山芋，白髮蒼顏窮秀才。更有麽，狂生無著處，押去瓊崖。

《古杭雜記詩集》卷一：理宗端平，興化王邁以召試館職，除祕省正字。後因投憲府副篇，遭論褫職，理宗亦以狂生稱之。後叙官復職，謝宰執啟有曰：「設有建明，又必以狂生斥，無補成敗，徒重爲諂子嗤。」其與仁宗之言柳三變，令其且去填詞，三變遂自名云「奉聖旨填詞柳三變」，無以異也。邁常賦《沁園春》，上方大琮壽，末因以自喻。

## 趙　葵

葵字南仲，號信庵，衡山人。官至右丞相，兼樞密使。

### 南鄉子

束髮領西藩。百萬雄兵掌握間。召到廟堂無一事，遭彈。昨日公卿今日閑。　拂曉出長安。莫待西風割面寒。羞見錢塘江上柳，何顏。瘦僕牽驢過遠山。

《錢塘遺事》卷三：信庵趙葵南仲，忠肅公幼子。意氣豪邁。爲參預時，有奏對日記，穆陵與之密議儲事，公再三參決，且云「如陛下即位，便不是好樣子」，尤人所難言也。除拜右相，葵屢上辭免，而朝旨促赴闕益急。後葵到京時，以宰相須用讀書人劾之，葵已知之矣，乃逕出國門，疾馳而歸，題《南鄉子》壁間云：詞如上略。後有表奏曰：「霍光不學無術，每思張詠之語以懷慚。后稷所讀何書，敢以趙抃之言而自解。」是雖有激而云，然亦見幾而作矣。

## 劉克莊

克莊字潛夫，號後村，莆田人。淳祐六年，賜同進士出身，官龍圖閣直學士。

## 清平樂

宮腰束素。只怕能輕舉。好築避風臺護取。莫遣驚鴻飛去。　一團香玉温柔，笑顰俱有風流。貪與蕭郎眉語，不知舞錯《伊州》。

《中興以來絶妙詞選》卷七：頃在維揚陳師文參議家，見舞姬絶妙，賦此。

# 玉　真

玉真，宋宮人。

## 楊柳枝

已謝芳華更不留。幾經秋。故宮臺榭只荒丘。忍回頭。　塞外風霜家萬里，望中愁。楚魂湘血恨悠悠。此生休。

《夷堅續志》後集：大定中，廣寧士人李惟清元直者，與鬼婦故宋宮人玉真遇，玉真有《楊柳枝》詞云：詞如上略。

## 周文謨

### 念奴嬌

綦聲特地，把十年心事，恍然驚覺。楊柳樓頭歌舞地，長記一枝纖弱。破鏡重圓，玉環猶在，鸚鵡言如昨。秦箏別後，知他幾換弦索？　誰念顧曲周郎，尊前重見，千種愁難著？猶勝玄都人去後，空怨殘紅零落。綠葉成陰，桃花結子，枉恨東風惡。盈盈淚眼，見人欲下還閣。

《珊瑚網·法書題跋》卷十引郭天錫手録《詩文雜記》：「宋周文謨太守，有愛姬善綦而絶色，史衛王以計取去，十年不見。一日，周謁衛王，忽見姬與衛王對局，四目相顧，驚喜不已，遂賦《念奴嬌》詞。」

## 尹　煥

煥字惟曉，山陰人。嘉定十年進士，自畿漕除右司郎官。

## 唐多令

蘋末轉清商。溪聲供夕涼。緩傳杯、催喚紅妝。斜綰烏雲新浴罷，裙拂地，水沉香。　歌短舊情長。重來驚鬢霜。悵綠陰、青子成雙。說著前歡佯不保，颺蓮子，打鴛鴦。

《齊東野語》卷十：梅津尹煥惟曉未第時，嘗薄游苕溪籍中，適有所盼。後十年，自吳來霅，艤舟碧瀾，問訊舊游，則久爲一宗子所據，已育子，而猶掛名籍中。於是假之郡將，久而始來，顏色瘁赧，不足膏沐，相對若不勝情。梅津爲賦《唐多令》。數百載而下，真可與杜牧之尋芳較晚爲偶也。

# 淮上女

## 減字木蘭花

淮山隱隱。千里雲峰千里恨。淮水悠悠。萬頃煙波萬頃愁。　山長水遠。遮斷行人東望眼。恨舊愁新。有淚無言對晚春。

《續夷堅志》卷四《泗州題壁》詞：興定末，四都尉南征，軍士掠淮上良家女北歸。有題《木蘭花》詞逆旅間云：詞如上略。

## 平江妓

妓，嘉定間人。

### 賀新郎

春色元無主，荷東君、著意看承，等閒分付。多少無情風與浪，又那更、蝶欺蜂妬。算燕雀、眼前無數。縱使簾櫳能愛護，到如今、已是成遲暮。芳草碧，遮歸路。　看看做到難言處。怕宣郎、輕轉旌旗，易歌襦袴。月滿西樓絃索靜，雲蔽崑城閬府。便恁地、一帆輕舉。獨倚闌干愁拍碎，慘玉容、淚眼如紅雨。去與住，兩難訴。

《豹隱紀談》：嘉定間，平江妓送太守詞曰：詞如上略。

## 劉震孫

震孫字長卿，號朔齋，蜀人。

摸魚兒

怕綠野堂邊，劉郎去後，誰伴老裴度？餘闕。

《齊東野語》卷二十：劉震孫長卿，號朔齋。知宛陵日，吴毅夫潛丞相方閒居，劉日陪午橋之游，奉之亦甚至。常攜具開宴，自撰樂語，一聯云：「入則孔明，出則元亮，副平生自許之心。兄爲東坡，弟爲欒城，無晚歲相違之恨。」毅夫大爲擊節。劉後以召還，吴餞之郊外。劉賦《摸魚兒》一詞爲别，末云：詞句如上略。毅夫爲之揮淚。繼遣一价追和此詞，併以小匳侑之，送數十里外。啟之，精金百星也。前輩憐才賞音如此，近世所無。

## 馬光祖

光祖字華父，號裕齋，金華人。寶慶二年進士，仕至寶章閣直學士、沿江制置使、江東安撫使，知建康府。

減字木蘭花

多情多愛。還了平生花柳債。好箇檀郎。室女爲妻也不妨。　傑才高作。聊贈青蚨三百索。燭影搖紅。記取媒人是馬公。

《三朝野史》：有士人踰牆，偷人室女，事覺到官，勒令當廳面試。光祖出「踰牆摟處子」詩，士人秉筆云：「花柳平生債，風流一段愁。踰牆乘興下，處子有心摟。謝砌應潛越，韓香許暗偷。有情還愛欲，無語強嬌羞。不負秦樓約，安知漢獄囚？玉顏麗如此，何用讀書求。」光祖大賞，判一詞於牒云：詞如上略。犯姦之士，既幸免決罪，反因此以得佳偶，此光祖以禮待士也。

## 李南金

南金字晉卿，自號三谿冰雪翁，樂平人。寶慶二年進士。

### 賀新郎

流落今如許。我亦三生杜牧，爲秋娘著句。先自多愁多感慨，更值江南春暮。君看取、落花飛絮。也有吹來穿繡幌，有因風、飄墮隨塵土。人世事，總無據。　佳人命薄君休訴。若説與、英雄心事，一生更苦。且盡尊前今日意，休記緑窗眉嫵。但春到、兒家庭户。幽恨一簾煙月曉，恐明年、鴈亦無尋處。渾欲倩，鶯留住。

《鶴林玉露》卷一：有良家女流落可嘆者，余同年李南金贈以詞曰：詞如上略。此詞淒婉頓挫，不減古作者。《南史》齊范縝謂竟陵王子良曰：「人生如樹花同發，隨風而散，或拂簾幌，墜茵席之上；或關籬牆，落糞溷之中。墜茵席者，殿下是也；落糞溷者，下官是也。」此詞前闋蓋祖此說。

## 薛　泳

泳字沂叔，天台人。

### 失調名

一盤消夜江南果。喫果看書只清坐。罪過梅花料理我。一年心事，半生牢落，盡向今宵過。　此身本是山中箇。纔出山來便帶錯。手種青松應是大。縛茅深處，抱琴歸去，又是明年那。

《深雪偶談》：此薛泳沂叔客中守歲詞也。沂叔久客江湖，瀕老懷歸，遂賦此詞。晚於溪上小築，扁水竹居，迄就窆焉。其所爲詩，如《新堤小泛》「柳斷橋方出，煙深寺欲浮」，《早秋歸興》「歸心如病葉，一片落江城」，《鎮江逢尹惟曉》「欲說事都忘，相看心自知」，皆去唐人思致不遠。

## 國學生

### 沁園春

三學上書，寃乎天哉，哲人已萎。自綱常一疏，爲時太息；典型諸老，盡力扶持。方哭南牀，繼傷右揆，死到先生事可哀。傷心處，笑寒梅冷落，血淚淋漓。　人心公論難欺。願君父、明明悟此機。昔九齡疏諫，禄山必叛；更生累奏，王氏爲危。變起范陽，禍成新室，説著當年人噬臍。君知否？但皇天祚宋，此事無之。

《湖海新聞夷堅續志》後集卷二：徐梅埜元傑官至侍從，安享富貴。一日爲疾者所藥，七竅流血，腹裂而萎。國學諸生作《沁園春》而哭之，以此見爵高而身危，可不慎哉！

## 吴文英

文英字君特，號夢窗，四明人。從吴潛等游。

## 玉樓春　京市舞女

茸茸貍帽遮梅額。金蟬羅翦胡衫窄。乘肩爭看小腰身，倦態強隨閒鼓笛。　問稱家住城東陌，欲買千金應不惜。歸來困頓殢春眠，猶夢婆娑斜趁拍。

《武林舊事》卷第二：都城自舊歲冬孟駕回，則已有乘肩小女，鼓吹舞綰者數十隊，以供貴邸豪家幕次之翫。而天街茶肆，漸已羅列燈毬等求售，謂之燈市。自此以後，每夕皆然。三橋等處，客邸最盛，舞者往來最多。每夕樓燈初上，則簫鼓已紛然自獻於下。酒邊一笑，所費殊不多，往往至四鼓乃還。自此日盛一日。姜白石有詩云：「燈已闌珊月色寒，舞兒往往夜深還。只應不盡婆娑意，更向街心弄影看。」又云：「南陌東城盡舞兒，畫金刺繡滿羅衣。也知愛惜春游夜，舞落銀蟾不肯歸。」吳夢窗《玉樓春》云：詞如上略。深得其意態也。

# 翁孟寅

孟寅字賓暘，號五峰，錢塘人。

## 摸魚兒

捲西風，方肥塞草，帶鉤何事東去？月明萬里關河夢，吴楚幾番風雨。江上路。二十載、頭顱凋落今如許。涼生弄塵。歎江左夷吾，隆中諸葛，談笑已塵土。　寒汀外，還見來時鷗鷺。重來應是春暮。輕裘峴首陪登眺，馬上落花飛絮。拚醉舞。誰解道、斷腸賀老江南句？沙津少駐。舉目送飛鴻，幅巾老子，樓上正凝佇。

《浩然齋雅談》卷下：翁孟寅賓暘嘗游維揚，時賈師憲開帷閫，甚前席之。其歸又置酒以餞，賓暘即席賦《摸魚兒》。師憲大喜，舉席間飲器凡數十萬，悉以贈之。

# 潘　牥

牥字庭堅，號紫巖，閩人。端平二年進士，通判潭州。

## 水龍吟

玉帶懸魚，黄金鑄印，侯封萬户。待從頭，繳納君王，覓取愛卿歸去。

《後村先生大全集》卷一百七十六：延平藉中，有能墨竹草聖者，潘庭堅爲賦《念奴嬌》，案當作《水龍吟》。美其書畫。末云：詞如上略。余罷袁守，歸途赴郡集，席間借觀，醉墨淋漓，今不復有此雋人矣。

## 劉瀾

瀾字養源，號江村，天台人。嘗爲道士，又還俗。

### 買陂塘

御風來，翠鄉深處，連天雲錦平遠。臥游已動蓬舟興，那在芙蓉城畔。巾嬾岸。任壓頂嵯峨，滿鬢絲零亂。飛吟水殿。載十丈青青，隨波弄粉，菰雨淚如霰。　斜陽外，也有仙妝半面。無言應對花怨。西湖千頃腥塵暗，更憶鑑湖一片。何日見。試折藕占絲，絲與腸俱斷。遐征漸倦。當潁尾湖頭，綠波彩筆，相伴老坡健。

《浩然齋雅談》卷下：此劉瀾養源游天台、雁蕩、東湖所賦《買陂塘》詞，絕筆也，哀哉！

## 金淑柔

### 浪淘沙

雨溜和風鈴。滴滴丁丁。釀成一枕別離情。可惜當年陶學士，孤負郵亭。　邊雁帶秋聲。音信難憑。花鬚偷數卜歸程。料得到家秋正晚，菊滿寒城。

《古杭雜記詩集》卷二：臨安婦人金麗卿，題《廣信道中》：「家住錢唐山水圖，梅邊柳外識林蘇。平生慣占清涼國，豈料人間有暑途。」金淑柔，不知何地人，題《浪淘沙》於豐城道中。麗卿之識林和靖、蘇東坡，已不能出門擁蔽其面矣。淑柔可惜於陶學士，其意果何在耶？諒皆失婦人之體也。

## 李霜涯

### 晴偏好

平湖百頃生芳草。芙蓉不照紅顛倒。東坡道。波光瀲灩晴偏好。

《武林舊事》卷第六：書會李霜涯作賺絶倫。

《山居新話》：宋嘉熙庚子，歲大旱，杭之西湖爲平陸，茂草生焉。李霜涯作謔詞：詞如上略。管司捕話，遂逃避之。

## 鄱陽護戎女

### 望海潮

雲收飛腳，日祛怒暑，新蟬高柳鳴時。蘭佩紫囊，蒲抽碧劍，吴絲兩腕雙垂。聞道五陵兒。蛟龍吼波面，衝碎琉璃。畫鼓聲中，錦標爭處颭紅旂。　使君冠蓋□追。正霞翻酒浪，翠斂歌眉。扇動水風生玉宇，微涼透入單衣。日暮楚天低。金蛇掣電，漾千頃霜溪。宴罷休燃寶蠟，憑月照人歸。

《歲時廣記》卷二十一引《蕙畝拾英集》：鄱陽一護戎，失其姓，厥女極有詞藻。太守以端午泛舟，雅聞其風韻，因遣人求詞，女走筆成《望海潮》以授使者。

## 尹詞客

### 玉樓春

浣花溪上風光主。宴集瀛仙開幕府。商巖本是作霖人，也使閒花沾雨露。　誰憐氏族傳簪組。狂跡偶爲風月誤。願教朱户柳藏春，莫作飄零堤上絮。

《歲時廣記》卷三十五引《蕙畝拾英集》：「錦官官妓尹氏，時號爲詩客，今蜀中有《詩客傳》是也。詩客有女弟，工詞，號詞客，亦有傳。蔡尹因重九令賦詞，以九爲韻，不得用重九字，即席作《西江月》云：『韓愈文章蓋世，謝安才貌風流。良辰開宴在西樓，敢勸一巵芳酒。記得南宫高第，弟兄都占鰲頭。金爐玉殿瑞香浮，名在甲科第九。』蔡公兄弟皆擢甲科，而皆第九。詞客本士族，蔡尹情而與之出籍。王帥繼鎮，聞其名，追之。時郡人從帥游錦江，王公命作詞，且以詞之工拙爲去留，遂請題與韻，令作《玉樓春》以呈。一坐咨賞，會罷釋之。」

## 李　演

演字廣翁，號秋堂，有《盟鷗集》。

### 賀新郎

笛叫東風起。弄尊前、楊花小扇，燕毛初紫。萬點淮峰孤角外，驚下斜陽似綺。又婉娩、一番春意。歌舞相繆愁自猛，捲長波、一洗空人世。閒熱我，醉時耳。　綠蕪冷葉瓜洲市。最憐予、洞簫聲盡，闌干獨倚。落落東南牆一角，誰護山河萬里？問人在、玉關歸未？老矣青山燈火客，撫佳期、漫灑新亭淚。歌哽咽，事如水。

《浩然齋雅談》卷下：淳祐間，丹陽太守重修多景樓，高宴落成，一時席上，皆湖海名流。酒餘，主人命妓持紅牋徵諸客詞。秋田李演廣翁詞先成，衆人驚賞，爲之閣筆。其詞云：詞如上略。

## 陳郁

郁字仲文，號藏一，臨川人。理宗朝，充緝熙殿應制。

### 念奴嬌

没巴没鼻，霎時間、做出漫天漫地。不論高低並小大，平白都教一例。鼓弄滕神，招邀巽二，一恁施威勢。識他不破，至今道是祥瑞。　最是鵝鴨池邊，三更半夜，誤了吴元濟。東郭先生都不管，挨上門兒穩睡。一夜東風，三竿紅日，萬事隨流水。東皇笑道，山河元是我底。

《古杭雜記詩集》卷一：右雪詞，陳藏一作也。藏一爲賈似道所嫉，又爲給事檄駁歸本貫，因雪賦此以寓意。詞語雖粗，然不平而鳴也。

## 聲聲慢

澄空初霽，暑退銀塘，冰壺雁程寥漠。天闕清芬，何事早飄巖壑。花神更裁麗質，漲紅波、一奩梳掠。涼影裏，算素娥仙隊，似曾相約。　閒把兩花商略，開時候、羞趁觀桃階蘂。綠幕黃簾，好頓膽瓶兒著。年年粟金萬斛，拒嚴霜、錦絲圍幄。秋富貴，又何妨、與民同樂。

## 寶鼎現

虞絃清暑，佳氣葱鬱，非煙非霧。人正在、東闈堂上，分瑞祥輝騰翠渚。奉玉斝，總歡呼稱頌，爭羨神光葆聚。慶誕節、彌生二佛，接踵瑤池仙母。　最好英慧由天賦。有仁慈寬厚襟宇。每留念、修身忱意，博問謙勤親保傅。染寶翰，鎮規隨宸畫，心授家傳有素。更吟詠、形容雅頌，隱隱賡歌風度。　恩重漢殿傳觴，宣付祝、恭承天語。對南薰初試，宮院笙簫競舉。問寢日，竢雞鳴舞拜，龍樓深處。但長願、際昇平世，萬載皇基因覩。

## 絳都春

晴春媚曉。正禁苑乍暖，鶯聲嬌小。柳拂玉闌，花映朱簾韶光早。熙朝多暇舒長晝，慶聖主、新頒飛詔。貽謀恩重，齊家有訓，萬邦儀表。　偏稱宮闈歡笑。釀和氣共結，天香繚繞。侍宴回車，韶部將迎金蓮照。雞鳴警戒丁寧了。但管取、咸常同道。東皇先報宜男，已生瑞草。

《隨隱漫録》卷二：庚申八月，太子請兩殿幸本宮清霽亭賞芙蓉木犀。韶部頭陳盼兒捧牙板歌「尋尋覓覓」一句。上曰：「愁悶之詞，非所宜聽。」顧太子曰：可令陳藏一即景撰快活《聲聲慢》。先臣再拜承命，五進酒而成，二進酒，數十人已群謳矣。天顔大悦，於本宮官屬支賜外，特賜百匹。明年四月九日，儲皇生辰，令述《寶鼎現》，俾本宮内人群唱爲壽。上稱得體。又明年，賜永嘉郡夫人全氏爲太子妃。錫宴畢，太子妃回宮，令旨俾立成《絳都春》家宴進酒詞曰：詞如上略。若此者數百篇，史臣章采稱：「陳藏一長短句，以清真之不可，學老坡之可。東宮應令，含情託諷，所謂『曲終雅奏』者耶？沈香亭《清平》之詞，尚託汗青以傳，藏一此詞合太史氏書法，宜牽聯得書。」

## 姚勉

勉字成一，高安人。寶祐元年進士第一。除校書郎，兼太子舍人。後以忤賈似道免歸。

### 賀新郎　六更鼓

月轉宮牆曲。六更殘、鑰魚聲亮，紛紛袍鵠。黼座臨軒清蹕奏，天仗綴行森肅。望五色、雲浮黃屋。三策忠嘉親賜擢，動龍顏、人立班頭玉。臚首唱，衆心服。　殿頭賜宴宮花簇。寫新詩、金牋競進，繡牀爭蹙。御渥新沾催進謝，一點恩袍先緑。歸袖惹、天香芬馥。玉勒新鞭迎夾路，九街人、盡道蒼生福。齊擁入，狀元局。

《古杭雜記詩集》卷一：姚勉爲狀元，嘗作是詞，用六更事。昔宋太祖以庚申即位後有，五庚之説。五庚漸周，禁中忌打五更鼓，遂作六更。前輩歌詩間有言六更者。理宗寶祐癸丑臨軒，勉作大魁賦此，然則五更既可加爲六更，六更之盡，不可復加歟？

## 文及翁

及翁字時學，號本心，綿州人，徙居吴興。寶祐元年進士。景定間，言公田事，有名朝野。宋亡不仕。

## 賀新郎　游西湖有感

一勺西湖水。渡江來、百年歌舞，百年酣醉。回首洛陽花世界，煙渺黍離之地，更不復、新亭墮淚。簇擁紅妝搖畫舫，問中流、擊楫何人是？千古恨，幾時洗？　余生自負澄清志。更有誰、磻溪未遇，傅巖未起？國事如今誰倚仗，衣帶一江而已。便都道、江神堪恃。借問孤山林處士，但掉頭、笑指梅花蕊。天下事，可知矣！

《古杭雜記》：蜀人文及翁登第後，期集游西湖。一同年戲之曰：「西蜀有此景否？」及翁即席賦《賀新郎》云：詞如上略。

## 箕　仙

### 憶少年

淒涼天氣，淒涼院宇，淒涼時候。孤鴻叫斜月，伴寒燈殘漏。　落盡梧桐秋影瘦。菱鑑古，畫眉難就。重陽又近也，對黃花依舊。

《齊東野語》卷十六：湖學甲子歲科舉後，士友有請仙問得失者，賦詞云：詞如上略。此人竟失舉。

## 鵲橋仙

鸞輿初駕，牛車齊發，隱隱鵲橋咿軋。尤雲殢雨正歡濃，但只怕、來朝初八。　霞垂彩幔，月明銀燭，馥郁香噴金鴨。年年此際一相逢，未審是、甚時結煞。

《齊東野語》卷十六：宋慶之寓永嘉時，遇詔歲，鄉士從之結課者頗衆。適逢七夕，學徒醵飲，有僧法辨者在焉。辨善五星，每以八煞爲説，時人號爲「辨八煞」。酒邊一士致仙扣試事，忽箕動，大書「文章伯降」。宋怪之，漫云：「姑置此，且求一七夕新詞如何？」復請韻，宋指辨云：「以八煞爲韻。」意欲困之也。忽運箕如飛，大書《鵲橋仙》一闋，亦警敏可喜。

# 郭居安

居安字應酉，號梅石，賈似道客。

## 聲聲慢

捷書連晝，甘雨灑通宵，新來喜沁堯眉。許大擔當，人間佛力須彌。年年八月八日，長記他、三月三時。平生事，想祇和天語，不遣人知。　一片閒心鶴外，被乾坤繫定，虹玉腰圍。閶闔雲邊，西風萬籟吹齊。歸舟更歸何處？是天教、家在蘇堤。千千歲，比周公、多箇綵衣。

《齊東野語》卷十二：賈師憲當國日，臥治湖山，作堂曰「半閑」，又治圃曰「養樂」。然名爲就養，其實怙權固位，欲罷不能也。每歲八月八日生辰，四方善頌者以數千計，悉俾翹館謄考，以第甲乙，一時傳誦，爲之紙貴，然皆諂詞囈語耳。偶得首選者數闋，戲書于此。以下陳合、廖瑩中、陸景思、奚減、從囊詞並略。郭應酉居安《聲聲慢》云：詞如上略。且侑以儷語云：「綵衣宰輔，古無一品之曾參。袞服湖山，今有半閒之姬旦。」所謂「三月三」者，蓋頌其庚申蘋草坪之捷，而「歸舟」乃舫齋名也。賈大喜，自仁和宰除官告院，既而語客曰：「此詞固佳，然失之太俳，安得有著綵衣周公乎？」

## 倪君奭

君奭，四明人。

## 夜行船

年少疏狂今已老。筵席散，雜劇打了。生向空來，死從空去，有何喜，有何煩惱。説與無常二鬼道。福亦不作，禍亦不造。地獄閻王，天堂玉帝，看你去、那裏押到。

《隨隱漫録》卷三：四明倪君奭，臨終賦《夜行船》詞云：詞如上略。

# 楊僉判

楊僉判，度宗時人。

## 一剪梅

襄樊四載弄干戈。不見漁歌。不見樵歌。試問如今事若何？金也消磨。穀也消磨。柘枝不用舞婆娑。醜也能多。惡也能多。朱門日日買朱娥。軍事如何？民事如何？

《隨隱漫録》卷二：襄樊之圍，食子爨骸，權奸方怙權妬賢，沈溺酒色，論功周召，粉飾太平，楊僉判有《一剪梅》詞云：詞如上略。

## 德祐太學生

### 念奴嬌　德祐乙亥

半堤花雨。對芳辰消遣，無奈情緒。春色尚堪描畫在，萬紫千紅塵土。鵑促歸期，鶯收佞舌，燕作留人語。遶欄紅藥，韶華留此孤主。　真箇恨殺東風，幾番過了，不似今番苦。樂事賞心磨滅盡，忽見飛書傳羽。湖水湖煙，峰南峰北，總是堪傷處。新塘楊柳，小腰猶自歌舞。

### 祝英臺近　德祐乙亥

倚危欄，斜日暮。驀驀甚情緒，穉柳嬌黃，全未禁風雨。春江萬里雲濤，扁舟飛渡，那更聽、塞鴻無數！　歎離阻。有恨流落天涯，誰念泣孤旅？滿目風塵，冉冉如飛霧。是何人惹愁來？那人何處？怎知道、愁來不去！

《湖海新聞夷堅續志》後集卷二：宋德祐乙亥，太學諸生作《念奴嬌》詞：詞如上略。下有注：三、四謂衆宮女行，五謂朝士去，六謂臺官默，七指太學上書，八、九謂只陳宜中在，「東風」謂賈似道，「飛書傳羽」謂北軍至，「新塘楊柳」謂賈妾，「穉柳」謂幼君，「嬌黃」謂太后，「扁舟飛渡」謂北軍至，「塞鴻」指流民，「惹愁來」謂賈出，「那人何處」謂賈去。

案：穉柳以下詞乃《祝英臺近》。

## 蕭某

### 沁園春

《士籍》令行，伯仲分明，逐一排連。問子孫何習，父兄何業，明經詞賦，右具如前。最是中間，娶妻某氏，試問於妻何與焉？鄉保舉，那當著押，開口論錢。　祖宗立法於前。又何必更張萬萬千。算行關改會，限田放糴，生民凋瘁，膏血既朘。只有士心，僅存一脈，今又艱難最可憐。誰作俑？陳堅伯大，附勢專權。

《錢塘遺事》卷六：御史陳伯大奏行《士籍》，賈似道毅然行之。先是朝廷患科場弊倖百出，有發解過省而筆跡不同者，有冒已死人解帖免舉者，多方措置，乃議今後凡應舉及免舉人，各於所屬州縣給歷一道，親書歷首，將來赴舉過省，參對筆跡異同，人謂之繫籍秀才，咸淳庚午科已行之矣，時人有詩曰：「戎馬掀天動地來，襄陽城下哭聲哀。平章束手全無策，卻把科場惱秀才。」又太學生蕭某有詞云：詞如上略。

## 王清惠

清惠字仲華，宋昭儀。德祐丙子，隨三宮入燕。

### 滿江紅

太液芙蓉，渾不似、舊時顏色。曾記得、春風雨露，玉樓金闕。名播蘭馨妃后裏，暈潮蓮臉君王側。忽一聲、鼙鼓揭天來，繁華歇。　龍虎散，風雲滅。千古恨，憑誰說？對山河百二，淚盈襟血。客館夜驚塵土夢，宮車曉碾關山月。問姮娥、於我肯從容，同圓缺？

《浩然齋雅談》卷下：宋謝太后北覲，有王夫人題一詞於汴京夷山驛中云：詞如上略。文宋瑞丞相和云：「燕子樓中，又捱過、幾番秋色。相思處，青春如夢，乘鸞仙闕。肌玉暗銷衣帶緩，淚珠斜透花鈿側。最無端、蕉影上牕紗，青燈歇。　曲池合，高臺滅。人間事，何堪說。向南陽阡上，滿襟清血。世態便如翻覆手，妾身元是分明月。笑樂昌一段好風流，菱花缺。」又代王夫人再用韻云：「試問琵琶，胡沙外、怎生風色？最苦是，姚黃一朵，移根丹闕。王母歡闌瑤宴罷，仙人淚滿金盤側。聽行宮、半夜雨淋鈴，聲聲歇。　綵雲散，香塵滅。銅駝恨，那堪説。想男兒慷慨，嚼穿齦血。回首昭陽辭落日，傷心銅雀迎新月。算妾身、不願似天家，金甌缺。」鄧光薦和云：「王母仙桃，親曾醉、九重春色。誰信道，鹿銜花去，浪翻鼇闕。眉鎖姮娥山宛轉，髻梳墜馬雲欹側。恨風沙、吹透漢宮衣，餘香歇。　霓裳散、庭花滅。昭陽燕、應難説。想春深銅雀，夢殘啼血。空有琵琶傳出塞，更無環珮鳴歸月。又爭知、有客夜悲歌，壺敲缺。」

案：此首《東園友聞》、《佩楚軒客談》俱謂張瓊瑛作。

## 金德淑

德淑，宋宮人。入元，歸章丘李生。

### 望江南　贈汪水雲

春睡起，積雪滿燕山。萬里長城橫縞帶、六街燈火已闌珊，人立玉樓間。

沈雄《古今詞話》卷二引《樂府紀聞》：「章丘李生，至元都，旅次無聊，對月歌曰：『萬里倦行役，秋來瘦幾分。因看河北月，忽憶海東雲。』夜靜聞鄰婦有倚樓而泣者，明日訪之，則宋宮人金德淑也。詢李曰：『客非昨暮悲歌人乎？詞乃佳製否？』李曰：『歌非己作，有同舟人自杭來吟此，故記之耳。』婦泣曰：『此亡宋昭儀王清惠所寄汪水雲詩。』因自舉其《望江南》云：詞如上略。」

## 徐君寶妻

君寶，宋末岳州人。

### 滿庭芳

漢上繁華，江南人物，尚遺宣政風流。綠窗朱户，十里爛銀鉤。一旦刀兵齊舉，旌旗擁、百萬貔貅。長驅入，歌樓舞榭，風捲落花愁。　清平三百載，典章人物，掃地俱休。幸此身未北，猶客南州。破鑑徐郎何在？空惆悵、相見無由。從今後，斷魂千里，夜夜岳陽樓。

《南村輟耕録》卷三：岳州徐君寶妻某氏，亦同時被虜來杭，居韓蘄王府。自岳至杭，相從數千里，其主者數欲犯之，而終以巧計脱，蓋某氏有令姿，主者弗忍殺之也。一日，主者怒甚，將即強焉，因告曰：「俟妾祭謝先夫，然後乃爲君婦不遲也，君奚用怒哉！」主者喜諾。即嚴妝焚香，再拜默祝，南向飲泣，題《滿庭芳》詞一闋於壁上，已，投大池中以死。

案：此首又見《東園友聞》。

## 劉氏

### 沁園春

我生不辰，逢此百罹，況乎亂離。奈惡因緣到，不夫不主，被擒捉去，爲妾爲妻。父母公姑，弟兄姨妹，流落不知東與西。心中事，把家書寫下，分付伊誰？　越人北向燕支，回首望、雁峰天一涯。奈翠鬟雲輭，笠兒怎戴；柳腰春細，馬迅難騎。缺月疏桐，淡煙衰草，對此如何不淚垂！君知否？我生於何處，死亦魂歸。

《梅磵詩話》卷下：近丁丑歲，有過軍挾一婦人，經從長興和平酒庫前，題一詞，詞名《沁園春》，後書雁峰劉氏題。語意悽惋，見者爲之傷心，可與蔣氏詞並傳。

## 張炎

炎字叔夏，號玉田，又號樂笑翁，張循王諸孫。本西秦人，家臨安。宋亡，落魄縱游。

## 南浦　春水

波暖綠粼粼，燕飛來，好是蘇堤纔曉。魚没浪痕圓，流紅去，翻喚東風難掃。荒橋斷浦，柳陰撑出扁舟小。回首池塘青欲遍，絶似夢中芳草。　和雲流出空山，甚年年淨洗，花香不了？新綠乍生時，孤村路，猶憶那回曾到。餘情渺渺。茂林觴詠如今悄。前度劉郎歸去後，溪上碧桃多少！

《伯牙琴》云：「玉田《春水》一詞，絶唱今古，人以『張春水』目之。」

## 解連環　孤雁

楚江空晚，悵離群萬里，怳然驚散。自顧影、欲下寒塘，正沙淨草枯，水平天遠。寫不成書，只寄得、相思一點。料因循誤了，殘氊擁雪，故人心眼。　誰憐旅愁荏苒？漫長門夜悄，錦箏彈怨。想伴侶、猶宿蘆花，也曾念春前，去程應轉。暮雨相呼，怕驚地、玉關重見，未羞他、雙燕歸來，畫簾半捲。

《至正直記》卷四：張炎字叔夏，自號玉田，長於詞，嘗賦《孤雁詞》，有「寫不成行，書難成字，只寄得相思一點」，人皆稱之曰「張孤雁」。有《山中白雲集》，首論作詞之法，備述其要旨。

## 清平樂

候蟲淒斷。人語西風岸。月落沙平流水漫。驚見蘆花來雁。　可憐瘦損蘭成。多情因爲卿卿。祇有一枝梧葉，不知多少秋聲！

《珊瑚網·名畫題跋》卷八：碧梧蒼石一幅，姑蘇汾湖湖天居士陸行直甫之所作。行直有家妓名卿卿，以才色見稱，友人張叔夏爲作古詞贈之，所謂「多情因爲卿卿」是也。後二十一載，行直以翰林典籍致政歸，作此碧梧蒼石，復與其宗人冶仙話舊，因記憶叔夏之贈，則張公、卿卿皆杳隔塵世矣，故並書張詞於卷端。

# 葉　李

李字太白，杭州人。景定五年爲太學生，上書攻賈似道得罪，竄潭州。

## 失調名

君來路。吾歸路。來來去去何時住？公田關子竟何如？國事當時誰汝誤？雷州户。厓州户。人生會有相逢處。客中頗恨乏蒸羊，聊贈一篇長短句。

《南村輟耕録》卷十九：中書左丞葉公亦愚李，錢唐人。宋太學生。上書詆賈似道公田關子不便，專權誤國。似道怒，嗾林德夫告公泥金飾齋扁不法，令獄吏鞫之云：「只要你做箇麻糊。」公即口占一詩曰：「如今便一似麻糊，也是人間大丈夫。筆裏無時那解有，命中有處未應無。百千萬世傳名節，二十三年非故居。寄語長安朱紫客，盡心好上帝王書。」遂遭黥流嶺南。及蒙恩放還，與似道遇諸途，公以詞贈云：詞如上略。歸附後，入京上書言時相，併獻至元鈔樣。此樣在宋時固嘗進呈，請以代關子，朝廷不能用。故今別改年號而復獻之。世皇嘉納使用鑄板。以功累官至今任而終。

## 張幼謙

### 一剪梅

同年同月又同窗。不似鸞凰，誰似鸞凰？石榴樹下事匆忙。驚散鴛鴦。拆散鴛鴦。一年不到讀書堂。教不思量。怎不思量？朝朝暮暮只燒香。有分成雙。願早成雙。

## 長相思

天有神。地有神。海誓山盟字字真。如今墨尚新。　過一春。又一春。不解金錢變作銀。如何忘卻人？

《彤管遺編》續集卷十七：宋端平間，浙東張忠父與羅仁卿鄰居，兩家同日生産，張生子名幼謙，羅生女名惜惜。稍長，羅女寄學於張，人常戲曰：「同日生者，盍爲夫婦？」張子羅女私以爲然，密立券約，誓必偕老，兩家父母罔知也。年十餘歲，嘗私合於軒東石榴樹下，自後無間。明年、羅女不復來學，張子年長不復見，書一詞名《一剪梅》，寄與羅女。羅女以金錢十枚、相思子一枚答之。張忠父爲子求婚於羅仁卿，仁卿以張貧不允，受里富民辛氏聘。張大恨，作詞名《長相思》，遣里媼密遞於女。女云：「受聘乃父母意，但得君來合，寧與君俱死，不願與他人俱生也。」女奉張《卜算子》闋：「幸得那人歸，怎便教來也？　一日相思十二辰，真是情難捨。本是好姻緣，又怕姻緣假。若是教隨別箇人，相見黄泉下。」遂約踰牆相通。久，爲羅父母覺，送官司。張歷叙女事，官斷給辛氏聘而婚張。張明年登科，仕至倅，夫婦偕老焉。

## 徐觀國

### 鷲山溪

儒官措大，是官曰都得做。宰相故崇下，呼召也須同。下脱二字。太原公子，能武又能文。閒暇裏，抱琴書，車馬時相過。　樽開北海，減請還知麽。㝵耐這黥徒，剛入詞、把人點污。儒冠屈辱，和我被干連。累告訐，孟嘗君，帶累三千箇。

《白獺髓》：江左士子徐觀國，就館於鄱陽尉王君家，以館翁被本部告訐，減請於州，連及觀國，被録到庭，遂作《鷲山溪》詞。

## 李　壇

壇，山東濰州人。李全之子。初仕元，景定三年降宋，拜保信寧武軍節度使，旋爲元兵所獲，殺之於濟南。

## 水龍吟

腰刀首帕從軍，戍樓獨倚閒凝眺。中原氣象，狐居兔穴，暮煙殘照。投筆書懷，枕戈待旦，隴西年少。歎光陰掣電，易生髀肉，不如易腔改調。　世變滄海成田，奈群生、幾番驚擾。干戈爛漫，無時休息，憑誰驅掃。眼底山河，胸中事業，一聲長嘯。太平時、相將近也，穩穩百年燕趙。

明祝允明《前聞記》謂景定三年四月三日，元軍圍李璮，璮作《水龍吟》。詞如上略。

# 宇文元質

元質，西蜀文人。

## 于飛樂

休休得也，只消更、一朵茶蘼。

《詩人玉屑》卷二十一引《樹萱録》：宇文元質，西蜀文人。一日開樽，有官妓歌《于飛樂》，末句云：「休休得也，只消我、一朵茶蘼。」宇文爲改一字云：「休休得也，只消更、一朵茶蘼。」更字便自然工妙不俗。

## 游子西

子西，龍溪人。

### 念奴嬌

暑塵收盡，快晚來急雨，一番初過。是處涼飆迴爽氣，直把殘雲吹破。星律飛流，銀河搖蕩，只恐冰輪墮。雲梯穩上，瓊樓今夜無鎖。　便覺浮世卑沈，回翔偃薄，似蟻空旋磨。想得九天高絶處，不比人間更火。獨立乾坤，浩歌春雪，可惜無人和。廣寒宮裏，有誰瀟灑如我。

《詩人玉屑》卷二十一《中興詞話》：龍溪游子西，江西漕試，登酒樓，逢諸少年聯座，不知其爲文人。酒酣，諸少年題詩於樓壁，旁若無人。子西起借韻，諸子笑之。既而落筆，詞意高妙，諸子恍然潛遁。詞如上略。

## 申二官人

### 踏莎行

葱草身才，燈心腳手。閒時與蝶花間走。有時跌倒屋簷頭，蜘蛛網裏翻筋斗。水馬馳來，藕絲纏就。鵝毛般上三盃酒。等閒試把秤兒稱，平盤分上何曾有。

《事林廣記》癸集卷之十三：建康有妓姓李者，舉止輕盈，纖腰一搦，時人取趙飛燕體輕之義，以燕燕名之。李利口卞捷，申二官人一見，因作詞以戲之。形容輕薄，此曲盡之。詞名《踏莎行》。

## 張樞密

### 聲聲慢

星冠懶帶，鶴氅慵披，色心頓起蘭房。離了三清，歸去作箇新郎。良宵自有佳景，更燒甚、清香德香。瑶臺上，便玉皇親詔，也則尋常。　常觀裏、孤孤零零，爭如赴鴛闈、夜夜成雙。救苦天尊，你且遠離他方。更深酒闌歌罷，殢玉人、雲雨交相。問則甚，咱們這裏拜章。

《事林廣記》癸集卷之十三：金陵熙春棚，有嘌唱宋英奴者，每日場中體態妖嬈，歌喉宛轉，似花勝花解語，似玉比玉仍香。有剩道士，爲一友人相拉，到彼觀之。道士見英奴唧溜，而技能又高，遂多與之金，自後情好相牽。偶一日，英奴到觀中燒香罷，道士揖歸火櫃裏面小引，遂諧雲雨之情。從此往來稍密，耳目礙人，事覺，捉到府庭。於時以張樞密出爲留守，判道士還俗，將英奴與爲妻，以《聲聲慢》詞道：詞如上略。

## 陳彥章妻

氏，興化人。

### 沁園春

記得爺爺，説與奴奴，陳郎俊哉。笑世人無眼，老天得法，官人易聘，國士難媒。印信乘龍，夤緣叶鳳，選似揚鞭選得來。果然是，西雍人物，京樣官坯。　送郎上馬三盃，莫把離愁惱別懷。那孤燈隻硯，郎君珍重，離愁別恨，奴自推排。白髮夫妻，青衫事業，兩句微吟當折梅。彥章去，早歸則箇，免待相催。

《湖海新聞夷堅續志》後集卷二：宋嘉熙戊戌，興化陳彥章混補試中，次年正月往參大學，時幼新娶，其妻作《沁園春》以壯其行，一時傳播，以爲佳話。

## 鄭文妻

文，秀州人，其妻孫氏。

### 憶秦娥

花深深。一勾羅襪行花陰。行花陰。閒將柳帶，試結同心。　日邊消息空沈沈。畫眉樓上愁登臨。愁登臨。海棠開後，望到如今。

《古杭雜記》：太學服膺齋上舍鄭文，秀州人，其妻寄以《憶秦娥》云：詞如上略。此詞爲同舍見者傳播，酒樓妓館皆歌之。以爲歐陽永叔詞，非也。

## 劉鼎臣妻

### 鷓鴣天

金屋無人夜翦繒。寶釵翻過齒痕輕。臨行執手殷勤送，襯取蕭郎兩鬢青。　聽祝付，好看成。千金不抵此時情。明年宴罷瓊林晚，酒面微紅相映明。

《古杭雜記》：婺州劉鼎臣赴省試，臨行，妻作詞名《鷓鴣天》云：詞如上略。

## 張任國

### 柳梢青

掛起招牌。一聲喝采，舊店新開。熟事孩兒，家懷老子，畢竟招財。　當初合下安排。又不是、豪門買獃。自古道，正身替代，見任添差。

《古杭雜記》：三山蕭軫登第，榜下娶再婚之婦。同舍張任國以《柳梢青》詞戲之曰：詞如上略。

## 醴陵士人

### 一剪梅

宰相巍巍坐廟堂。說著經量。便要經量。那個臣僚上一章。頭說經量。尾說經量？　輕狂太守在吾邦。聞說經量。星夜經量。山東河北久拋荒。好去經量。胡不經量？

《花草粹編》卷七載此詞，並記云：「咸淳甲子，又復經量湖南。」

## 福建士子

### 卜算子

月上小樓西，雞唱霜天曉。淚眼相看話別時，把定纖纖手。　伊道不忘人，伊卻都忘了。我若無情似你時，瞞不得橋頭柳。

《古杭雜記詩集》卷三：福建有一士子，因在臨安與安泊人家一女子私通，臨歸，女子誓以不嫁他人，候其再來，與之爲偶。次年，父母竟以嫁他人，其人再到，聞其他適，怏怏不樂。因朋友拉其下西湖，忽見女子與二婦人亦飲於小船之上，彼此相顧，含情無語。士子先登蘇堤，題《卜算子》詞於柳樹上。未幾，女子船亦到，登堤閒步，忽見此詞，便覺身體不歡，忽回舟上，隨即不救。報知其夫，來問因由，舟人具道所以。其夫即往柳邊觀所題之詞，忽悟其妻在前已與人有約，挹氣歸家，尋亦暴卒。

## 楚　娘

### 生查子

去年梅雪天，千里人歸遠。今歲雪梅天，千里人追怨。　鐵石作心腸，鐵石剛猶輭。江海比君恩，江海深猶淺。

《醉翁談録》乙集卷一略云：妓女楚娘適三山林茂叔，林正室李氏稍不能容，楚娘作詞題壁。詞如上略。李氏見之，遂歡然式好。

## 連靜女

### 失調名

朦朧月影，黯淡花陰，獨立等多時。只恐寃家誤約，又怕他、側近人知。千回作念，萬般思憶，心下暗猜疑。驀地偷來廝見，抱著郎語顫聲低。　輕移蓮步，暗褪羅裳，攜手過廊西。已是更闌人靜，粉郎恣意憐伊。霎時雲雨，半晌歡娛，依舊兩分飛。去也回眸告道：待等奴、兜上鞋兒。

## 武陵春

人道有情須有夢，無夢豈無情？夜夜相思直到明。有夢怎生成？　伊若忽然來夢裏，鄰笛又還驚。笛裏聲聲不忍聽。渾是斷腸聲。

《醉翁談録》乙集卷一略云：延平連靜女，私通鄰居儒生陳彦臣，曾填一詞以記。詞如上略。後爲母覺，禁制稍嚴。忽一夕，彦臣伺隙潛往靜女之家，靜女乃口占一詞，名《武陵春》。母聞之，遂捉獲，解官囚之。

案：失調名一首，《詞統》卷六作鄭雲娘詞。

# 張　時

時字逢辰，河南人。

## 南鄉子

暖日未斜西。正是迷花殢酒時。紅藥雕欄呈冷豔，依稀。花重枝柔壓半欹。　相對要猴兒。一捻幽芳勸酒卮。魏紫姚黃來覷著，方知。準擬今宵醉伴妻。

《醉翁談録》癸集卷二略云：張時過建康妓謝福娘家，福娘作《南歌子》（應作《南鄉子》）云：「閒傍藥欄西，正是春光三月時。深紫淺紅光照眼，依稀。有似西施醉枕欹。摘放膽瓶兒，冷豔幽光映酒卮。曾記古人題品語，衩知。今夜花王得豔妻。」張時覽之，即就筆和云：詞如上略。和畢，二人相得之歡，不啻魚水。

## 無名氏

### 誤桃源

砥柱勒銘賦，本贊禹功勳。試官親處分，贊唐文。　秀才冥子裏，鑾輿幸并汾。恰似鄭州去，出曹門。

《明道雜志》：掌禹錫學士，厚德老儒，而性涉迂滯，嘗言一生讀書，但得佳賦題數箇，每遇差考試輒用之，用亦幾盡。嘗試監生，試《砥柱勒銘賦》，此銘今具在，乃唐太宗銘禹功，而掌公誤記爲太宗自銘其功。宋渙中第一，其賦悉是太宗自銘。韓玉汝時爲御史，因章劾之。有無名子作一闋嘲之云：詞如上略。「冥子裏」，俗謂昏也。

## 魚游春水

秦樓東風裏。燕子還來尋舊壘。餘寒初退，紅日薄侵羅綺。嫩草初抽碧玉簪，媚柳輕窣黃金縷。鶯囀上林，魚游春水。　幾曲闌干遍倚。又是一番新桃李。佳人應念歸期未。梅妝淚洗。鳳簫聲絶沈孤雁，目斷清波無雙鯉。雲山萬重，寸心千里。

《能改齋漫録》卷十六：政和中，一中貴人使越州回，得詞於古碑陰，無名無譜，不知何人作也。録以進御，命大晟府撰腔，因詞中語賜名《魚游春水》。

## 失調名

千里傷行客。

《能改齋漫録》卷十六：晏元獻早入政府，迨出鎮，皆近畿名藩，未嘗遠去王室。自南都移陳留，離席，官奴有歌「千里傷行客」之詞。公怒曰：「予生平守官，未嘗去王畿五百里，是何千里傷行客耶！」

## 浣溪沙

碎剪香羅裒淚痕。鷓鴣聲斷不堪聞。馬嘶人去近黃昏。　整整斜斜楊柳陌，疏疏密密杏花村。一番風月更銷魂。

《能改齋漫録》卷十六：黃季岑云：往年蔡州瓜陂舖，有用篦刀刻青泥壁爲《浣溪沙》詞云：詞如上略。

## 玉瓏璁

城南路。橋南路。玉鉤簾捲香橫霧。新相識。舊相識。淺顰低笑，嫩紅輕碧。惜，惜，惜！　劉郎去。阮郎住。爲雲爲雨朝還暮。心相憶。空相憶。露荷心性，柳花蹤跡。得，得，得！

《能改齋漫録》卷十六：近時有士人，嘗於錢塘江漲橋爲狹邪之游，作樂府名《玉瓏璁》云：詞如上略。其後，朝廷復收河南，士人者陷而不返。其友作詩寄之，且附以龍涎香。詩云：「江漲橋邊花發時，故人曾共著征衣。請君莫唱橋南曲，花已飄零人不歸。」士人在河南得詩，酬之云：「記得吴家心字香，玉窗春夢紫羅囊。餘薰未歇人何許，洗破征衣更斷腸。」

## 踏青游

識箇人人，恰正二年歡會。似賭賽六隻渾四。向巫山重重去，如魚水。兩情美。同倚畫樓十二，倚了又還重倚。　兩日不來，時時在人心裏。擬問卜、常占歸計。拚三八清齋，望永同鴛被。到夢裏，驀然被人驚覺，夢也有頭無尾。

《能改齋漫録》卷十七：政和間，一貴人未達時，嘗游妓崔念四之館，因其行第，作《踏青游》詞云：詞如上略。都下盛傳。

## 玉樓春

東風楊柳門前路。畢竟雕鞍留不住。柔情勝似嶺頭雲，別淚多如花上雨。　青樓畫幕無重數。聽得樓邊車馬去。若將眉黛染情深，直到丹青難畫處。

《能改齋漫録》卷十七：予紹興戊辰，沿檄至信州鉛山，見驛壁有題《玉樓春》詞，不著姓氏，今載於此。

## 望海潮

彩筒角黍，蘭橈畫舫，佳時競弔沅湘。古意未收，新愁又起，斷魂流水茫茫。堪笑又堪傷。有臨皋仙子，連璧檀郎。暗約同歸，遠煙深處弄滄浪。　倚樓魂已飛揚。共偷揮玉筯，痛飲霞觴。煙水無情，揉花碎玉，空餘怨抑淒涼。楊謝舊遺芳。算世間縱有，不恁非常。但看芙蕖並蒂，他日一雙雙。

《能改齋漫録》卷十七：紹興庚午，台之黄巖妓，有姓謝，與姓楊者情好甚篤，爲嫗所制，相約夜投諸江。好事者有爲《望海潮》以弔之。

## 念奴嬌

炎精中否，歎人才委靡，都無英物。戎馬長驅三犯闕，誰作連城堅壁？　楚漢吞併，曹劉割據，白骨今如雪。書生鑽破簡編，説甚英傑。　天意眷我中興，吾君神武，小曾孫周發。海嶽封疆俱效職，狂虜何勞追滅。翠羽南巡，叩閽無路，徒有衝冠髮。孤忠耿耿，劍鋒冷浸秋月。

《苕溪漁隱叢話》前集卷第五十九：苕溪漁隱曰：「東坡『大江東去』赤壁詞，語意高妙，真古今絶唱。近時有人和此詞，題於郵亭壁間，不著其名，語雖麄豪，亦氣概可喜，今漫筆之。」

《泊宅篇》卷九：有稱中興野人和東坡《念奴嬌》詞，題吴江橋上。車駕巡師江表，過而覩之，詔物色其人，不復見矣。

案：《燼餘録》以爲此乃吴雲公和李山民之作。

## 侍香金童

喜葉葉地，手把懷兒摸。甚恰恨出題廝撞著。内臣過得不住腳。忙裏只是，看得斑駁。　駭這一身冷汗，都如雲霧薄。比似年時頭勢惡。待檢又還猛想度。只恐根底，有人尋著。

《苕溪漁隱叢話》後集卷三十九：《上庠録》云：「政和元年，尚書蔡薿爲知貢舉，尤嚴挾書。是時有街市詞曰《侍香金童》，方盛行，舉人因其詞加改十五字，作『懷挾』詞云：詞如上略。」

## 眉峰碧

蹙破眉峰碧。纖手還重執。鎮日相看未足時，便忍使鴛鴦隻。　薄暮投孤驛。風雨愁通夕。窗外芭蕉窗裏人，分明葉上心頭滴。

《玉照新志》卷第二：詞如上略。祐陵親書其後云：「此詞甚佳，不知何人作，奏來。」蓋以詔曹組者。今宸翰尚藏其家。

沈雄《古今詞話・詞辨》卷上：真州柳永少讀書時，以無名氏《眉峰碧》詞題壁，後悟作詞章法。一妓向人道之，永曰：「某於此亦頗變化多方也，然遂成屯田蹊徑。」

## 柳梢青

曉星明滅。白露點、秋風落葉。故址頹垣，荒煙衰草，谿前宮闕。　長安道上行客。念依舊、名深利切。改變容顏，銷磨古今，隴頭殘月。

《投轄録》：己未歲，虜人入我河南故地，大將張中孚、中彥兄弟，自陝右來朝行在所，道出洛陽建昌宮故基之側，與二三將士張燭夜飲於郵亭。忽有婦人衣服奇古而姿色絶妙，執役來歌於尊前曰：詞如上略。中孚兄弟大驚異，詰其所自，不應而去。

## 行香子

清要無因。舉選艱辛。繫書錢、須要十分。浮名浮利，虛苦勞神。歎旅中愁，心中悶，部中身。　雖抱文章，苦口推尋。更休説、誰假誰真。不如歸去，作箇齊民。免一回來，一回討，一回論。

《容齋四筆》卷第十五：東坡公《行香子》小詞云：「清夜無塵，月色如銀。酒斟時、須滿十分。浮名浮利，休苦勞神。歎隙中駒，石中火，夢中身。雖抱文章，開口誰親？且陶陶、樂盡天真。不如歸去，作箇閒人。對一張琴，一壺酒，一溪雲。」紹興初，范覺民爲相，以自崇寧以來，創立法度，例有泛賞，如學校，茶鹽，錢幣，保伍，農田，居養，安濟，寺觀，開封、大理獄空，四方邊事，御前、內外諸司，編敕會要、學制、禮制、道史等書局，掖庭編澤，行幸，曲恩，諸色營繕，河埽功役，採石、木栰、花石等綱，祥瑞，禮樂，兩城所公田，伎術，伶優，三山，永橋，明堂，西內，八寶，玄圭，種種濫賞，不可勝述。其曰應奉有勞、獻頌可採、職事修舉、特授特轉者，又皆無名直與，及白身補官，選人改官，職名礙格，非隨龍而依隨龍人，非戰功而依戰功人等，每事各爲一項，建議討論。又行下吏部，若該載未盡名色，並合取朝廷指揮，臨時參酌。追奪事件，遂爲畫一規式，有至奪十五官者。雖公論當然，而失職者胥動造謗，浮議蜂起。無名子因改坡語云：詞如上略。至大字書寫，貼於內前牆上，邏者得之以聞。是時，僞齊劉豫方盜據河南，朝論慮或搖人心，亟罷討論之舉。范公用是爲臺諫所攻，今章且叟奏稿中正載彈疏，竟去相位云。

## 失調名

單于若問君家世，說與教知。便是紅窗迴底兒。

《夷堅支乙》卷第六：東坡《送子由奉使契丹》末句云：「單于若問君家世，莫道中朝第一人。」用唐李揆事也。紹興中，曹勛功顯使金國，好事者戲作小詞，其後闋云：詞如上略。謂功顯之父元寵昔以此曲著名也。後大璫張去爲之子安世，以閤門宣贊爲副使，或改其語曰：「説與教知，便是中朝一漢兒。」蓋京師人謂内侍養子不閹者，謂漢兒也。最後知閤門事孟思恭亦使北，或又改曰：「便是鹽商孟客兒。」謂思恭之父爲販鹺巨賈也。

## 失調名

君是園中楊柳，能得幾時青？　趁金明、春光尚好，尊酒賞閒情。它年歸去，強山陰處，一枕曉霞清。

《夷堅乙志》卷第五：樂平士人李南金，紹興二十七年登科，纔唱名，罷歸旅舍，夢二女子執板歌詞以侑酒曰：詞如上略。覺而記其語，不曉強山爲何處。既調官，得光化軍教授，未赴，來謁提點坑冶李稙，獻新發鐵山，自督工烹煉。一日，見巨蛇仰首向爐，如有所訴，李戒坑户勿得害，既而殺之。它日，又有蛇，其大如柱，來冶處，傍小蛇千餘隨之，結爲大團。巨蛇躍起高丈餘，李猶令僕持杖捶之，僕不敢前。又遣人歸家取敕告，置地上，蛇徑行不顧。李甚駭，既覺體中不佳，遂歸。先是其家人夢一姥來尋李教授，曰：「枉殺我兒。」及是知其不可起，數日而卒。

## 失調名

華宮瑶館，游畢卻返，絳節回鸞翼。荷殷勤三斝香醪，供養我上真仙客。　赤霭浮空，祥雲遠布，是我來仙跡。且頻修、同泛舸上雲秋碧。

《夷堅乙志》卷第十一：信州弋陽人吴滂，字潤甫，所居曰結竹村。幼子大同，生而不能言，手亦攣縮。紹興十七年，年十一歲。方秋時，與里中兒戲山下，有道人過，問吴潤甫家所在，旁兒指曰：「在彼。」曰：「此子何不答我？」曰：「不能言。」道人曰：「然則我先爲治此疾而後往。」乃摘茅一莖，取其葳，鍼大同兩耳下，應時呼號。又連鍼其肘，遽伸手執道人衣，曰：「何爲刺我？」群兒皆驚異，與俱還滂家。道人入門曰：「君家又有一人廢疾，可舁至縣中，尋吾治之。」且約以某日。蓋滂兄濬長子不能行，四十五歲矣。過期數日，乃入邑訪之，無所見。後滂與大同至縣，見丐者鬅鬙藍縷，大同指曰：「此是也。」滂以錢遺之，不受，曰：「沽酒飲我足矣。」至酒肆，方具杯，擲去之，曰：「此不足一醉。」自入庫中，取巨甕兩人不能勝者，獨挈之出，其直千錢，舉甕盡飲之，乃去。又曰：「君家麻車源木甚多，可伐之，爲我建一樓於所居竹間。」麻車源，去結竹七里，産大木。滂如其言立樓，名曰遇仙。常烹羊釃酒爲慶會，自此道人不復至。大同獨時有所適，或經日乃返，不告家人以其處。始時身絶短小，今形容偉然，氣韻落落。又數年，復來告曰：「俟爾父母捐館，妻子亦謝世，當訪我於貴溪紫竹巖。」今滂夫婦皆死，大同妻子　此下宋本闕一葉。下書一詞，詞如上略。書畢，人問曰：「先生降臨，何以爲驗？」曰：「赤雲滿空，則吾至矣。」異日復至，果然。故詞中及之。

## 湘靈瑟　原無調名，據劉壎詞補。

霜風摧蘭，銀屏生曉寒。淡掃眉山臉紅殷，瀟湘浦，芙蓉灣。相思數聲哀歎，畫樓尊酒閒。

《夷堅乙志》卷第十四：倪巨濟次子冶爲洪州新建尉，請告送其妻歸寧，還至新淦境，遣行前者占一驛。及至欲入，遥聞其中人語，逼而聽之，譆笑自如，而外間略無僕從，將詢爲何人而不得。入門窺之，聲在堂上。暨入堂上，則又在房中。冶疑懼，亟走出，徧訪驛外居民。一人云：「嘗遣小童來借筆硯去，未見其出也。」乃與健僕排闥直入，見西房壁間題小詞云：詞如上略。墨色尚濕，筆硯在地，曾無人跡，倪氏不敢宿而去。

## 失調名

妙手庖人，搓得細如麻綫。面兒白，心下黑，身長行短。驀地下來後，嚇出一身冷汗。

這一場歡會，早危如累卵。　便做羊肉燥子，勃推飣椀，終不似引盤美滿。舞萬遍，無心看，愁聽絃管。收盤盞，寸腸暗斷。

## 浪淘沙

水飯惡寃家。些小薑瓜。尊前正欲飲流霞。卻被伊來剛打住，好悶人那。　不免著匙爬。一似吞沙。主人若也要人誇。莫惜更攙三五盞，錦上添花。

《夷堅三志》己卷第七：滑稽取笑加釀嘲辭，合於詩所謂「善戲謔不爲虐」之義。陳曄日華編集成帙以示予。因采其可書並舊聞可傳者，併記於此。王季明給事舉饞客席上《粉》詞云：詞如前一首略。以俗稱粉爲斷腸羹，故用爲尾句。《水飯》詞云：詞如後一首略。

## 夜游宮

因被吾皇手詔。把天下寺來改了。大覺金仙也不小。德士道。卻我甚頭腦。道袍須索要。冠兒戴，恁且休笑。最是一種祥瑞好。古來少。葫蘆上面生芝草。

## 西江月

早歲輕衫短帽，中間圓頂方袍。忽然天賜降宸毫。接引私心入道。　可謂一身三教。如今且得逍遥。擎拳稽首拜雲霄。有分長生不老。

## 青玉案

釘鞋踏破祥符路。似白鷺，紛紛去。試盞幞頭誰與度？八廂兒事，兩員直殿，懷挾無藏處。　時辰報盡天將暮。把筆胡填備員句。試問閒愁知幾許？兩條脂燭，半盂餿飯，一陣黄昏雨。

《夷堅三志》己卷第七：政和間，改僧爲德士，以皂帛裹頭項，冠於上。無名氏作兩詞，《夜游宫》云：詞如上略。《西江月》云：詞如上略。後章蓋初爲秀才，乃削髮，卒爲德士也。詠舉子赴省，有《青玉案》云：詞如上略。皆可助尊俎間掀髯捧腹也。

## 減字木蘭花

家門希差。養得一枚依樣畫。百事無能。只去籬邊纏倒藤。　幾回水上。軋捺不翻真箇彊。無處容他。只好炎天暾作巴。

《夷堅支景》卷第四：宗室公衡居秀州，性質和易，善與人款曲。但天資滑稽，遇可啟顏一笑，衝口輒嘲之。里閭親戚以至倡優伶倫，無所不狎。見之者無敢不敬畏。素寡髮，俗目之爲趙葫蘆，遂爲好事者作小詞詠之曰：詞如上略。讀者無不絶倒，蓋亦以謔受報也。

## 滴滴金　原無調名，據《花草粹編》卷四補。

當初親下求言詔。引得都來胡道。人人招是駱賓王，并洛陽年少。　自訟監宫并岳廟。都一時閒了。案：調此句脱一字。誤人多是誤人多，誤了人多少。

《中吴紀聞》卷第五：徽宗既位，下詔求直言，時上書及廷試直言者俱得罪。京師有謔詞云：詞如上略。

## 失調名

頭巾帶，誰理會？三千貫賞錢，新行條例。不得向後長垂，與胡服相類。　法甚嚴，人盡畏。便縫闊大帶向前面繫。和我太學先輩，被人叫保義。

《中吴紀聞》卷第六：宣和初，予在上庠，俄有旨令士人結帶巾，否則以違制論。士人甚苦之，當時有謔詞云：詞如上略。

## 水調歌頭

平生太湖上，來往幾經過。如今重到，何事愁與水雲多？　擬把匣中長劍，換取扁舟一葉，歸去老漁蓑。銀艾非吾事，丘壑漫蹉跎。　鱠新鱸，斟碧酒，起悲歌。太平生長，不謂今日識干戈！　欲捲三江雪浪，淨洗邊塵千里，不用挽天河。回首望霄漢，雙淚墮清波。

《中吳紀聞》卷第六：建炎庚戌，兩浙被虜禍，有題《水調歌頭》於吳江者，不知其姓氏，意極悲壯，今録之於後。詞如上略。

《獨醒雜志》卷六：紹興中，有於吳江長橋上題《水調歌頭》云：詞如上略。不題姓氏。後其詞傳入禁中，上命詢訪其人甚力，秦丞相乃請降黃牓招之，其人竟不至。或曰：「隱者也。自謂『銀艾非吾事』，可見其泥塗軒冕之意。秦丞相請招以黃牓，非求之，乃拒之也。」

《燼餘録》：顧淡雲別號夢梁詞人，著有《夢梁集》。和李山民《吳江橋亭》一闋，倚《水調歌頭》云：詞如上略。淡雲居靈芝坊，亦歲寒社友。

## 失調名

做園子，得數載。栽培得那花木，就中堪愛。時將介。保義酬勞，反做了，今日殃害。詔書下來索金帶。這官誥看看毀壞。放牙笏便擔屎擔，卻依舊種菜。

## 失調名

疊假山，得保義。幞頭上、帶著百般村氣。做模樣，偏得人憎，又識甚條制。今日伏惟安置，官誥又來索氣。不如更疊箇盆山，賣八文十二。

《中吴紀聞》卷第六：朱沖微時，以買賣爲業。後其家稍温，易爲樂肆，生理日益進。以行不檢，兩受徒刑。既擁多貲，遂交結權要，然亦能以濟人爲心。每遇春夏之交，既出錢米藥物，募醫官數人，巡門問貧者之疾，從而賙之。又多買弊衣，擇市嫗之善縫紉者，成衲衣數百，當大寒雪盡以給凍者。詣延壽堂，病僧日爲供飲食藥餌，病愈則已。其子勔，因賂中貴人以花石得幸，時時進奉不絶，謂之花石綱。凡林園亭館以至墳墓間，所有一花一木之奇怪者，悉用黄紙封識，不問其家，徑取之。有在仕途者，稍稍拂其意，則以違上命文致其罪，浙人畏之如虎。花石綱經從之地，巡尉護送，遇橋梁則徹以過舟，雖以數千緡爲之者，亦毀之不恤。初，江淮發運司於真揚楚淮，有轉般倉綱運兵，各據地分，不相交越。勔既進花石，遂撥新裝運船，充御前綱以載之，而以餘舊者載糧運，直達京師，而轉般倉遂廢，糧運由此不繼，禁衛至於乏食，朝廷亦不之問也。勔之寵日盛，父子俱建節鉞，即居第創雙節堂。又得徽廟御容，置之一殿中，監司郡守必就此朝朔望。勔嘗預内宴，徽宗親握其臂與語，勔遂以黄帛纏之，與人揖，此臂竟不舉。弟姪數人，皆結姻於帝族，因緣得至顯官者甚衆。盤門内有園極廣，植牡丹數千本，花時以繒綵爲幙幔覆其上，每花標其名，以金爲標榜，如是者數里。園夫畦子，藝精種植，及能疊石爲山者，朝釋負擔，暮紆金紫，如是者不可以數計。圃之中又有水閣，作九曲橋入之。春時，縱婦女游賞，有迷其路者，朱老設酒食招邀，或遺以簪珥之屬，人皆惡其醜行。一日勔敗，撿估其家貲，有黄發勾者，素與勔不協，既被旨，黎明造其室，家人婦女盡驅之出，雖閭巷小民之家，無敢容納。不數日，已墟其圃。所謂牡丹者，皆析以爲薪。每一扁牓，以三錢計其直。勔死，又竄其家於海島，前日之受誥身者盡褫之。當時有謔詞云：詞如上略。又云：詞如上略。

## 失調名

你自平生行短，不公正，欺物瞞心。交年夜，將燒毁，猶自昧神明。若還替得你，可知好裏，爭奈無憑。　我雖然無口，肚裏清醒。除非閻家大伯，一時間，批判昏沈。休癡呵，臨時恐怕，各自要安身。

《因話録》：紙錢起自唐時，紙畫代人，未知起於何時，今世禱祀禳禬用之，刻板印染肖男女之形而無口。北方之俗，歲暮則人畫一枚，於臘月二十四日夜佩之於身，除夕焚之，有謔詞云：詞如上略。

## 鷓鴣天　上元

春曉千門放鑰匙。萬官班從出祥曦。九重彩浪浮龍蓋，一點紅雲護赭衣。　　串馬過，打毬歸。芳塵灑定不教飛。鈞天品動回鑾曲，十里珠簾待日西。

二

日暮迎祥對御回。宮花載路錦成堆。天津橋畔鞭聲過，宣德樓前扇影開。　　奏舜樂，進堯杯。喧闐車馬上天街。君王喜與民同樂，八面三呼震地來。

三

紫禁煙光一萬重。五開金碧射晴空。梨園羯鼓三千面，陸海鼇山十二峰。　　香霧重，月華濃。露臺仙仗彩雲中。朱闌畫棟金泥幕，卷盡紅簾十里風。

四

香霧氤氳結綵山。蓬萊頂上駕頭還。繡韉狨坐三千騎，玉帶金魚四十班。風細細，珮珊珊。一天和氣轉春寒。千門萬户笙簫裏，十二樓臺月上闌。

五

禁衛傳呼約下廊。層層掌扇簇親王。明珠照地三千乘，一片春雷入未央。宮漏永，御街長，華燈偏共月爭光。樂聲都在人聲裏，五夜車塵馬足香。

六

寶炬金蓮一萬條。火龍圍輦轉州橋。月迎仙仗回三殿，風遞韶音下九霄。登複道，聽鳴鞘。再須酥酒賜臣僚。太平無事多歡樂，夜半傳宣放早朝。

七

玉座臨軒宴近臣。御樓燈火發春温。九重天上聞仙樂，萬寶牀邊侍至尊。花似海，月如盆。不任宣勸醉醺醺。豈知頭上宫花事，貪愛傳柑遺細君。

八

九陌游人起暗塵。一天燈霧銷彤雲。瑶臺雪映無窮玉，閬苑花開不度春。攢寶騎，簇雕輪。漢家宫闕五侯門。景陽鐘動纔歸去，猶掛西窗望月痕。

九

宣德樓前雪未融。賀正人見綵山紅。九衢照影紛紛月，萬井吹香細細風。複道遠，暗相通。平陽主第五王宫。鳳簫聲裏春寒淺，不到珠簾第二重。

十

風約微雲不放陰。滿天星點綴明星。燭龍銜耀烘殘雪，羯鼓催花發上林。河影轉，漏聲沈。縷衣羅薄暮雲深。更期明夜相逢處，還盡今宵未足心。

十一

五日都無一日陰。往來車馬鬧如林。葆真行到燭初上，豐樂歸游夜已深。人未散，月將沈。更期明夜到而今。歸來尚向燈前説，猶恨追游不稱心。

十二

徹曉華燈照鳳城。猶嗔宮漏促天明。九重天上聞花氣，五色雲中應笑聲。頻報道，奏河清。萬民和樂見人情。年豐米賤無邊事，萬國稱觴賀太平。

十三

憶得當年全盛時。人情物態自熙熙。家家簾幕人歸晚，處處樓臺月上遲。花市裏，使人迷。州東無暇看州西。都人只到收燈夜，已向尊前約上池。

十四

步障移春錦繡叢。珠簾翠幕護春風。沈香甲剪熏爐暖，玉樹明金蜜炬融。　車流水，馬游龍。歡聲浮動建章宫。誰憐此夜春江上，魂斷黄粱一夢中。

十五

真箇親曾見太平。元宵且説景龍燈。四方同奏昇平曲，天下都無歎息聲。　長月好，定天晴。人人五夜到天明。如今一把傷心淚，猶恨江南過此生。

《蘆浦筆記》卷十：右上元詞十五首，備述宣、政之盛，非想像者所能道，當與《夢華録》並行也。

玉樓春

春風揑就腰兒細。繫的粉裙兒不起。從來只向掌中看，怎忍在燭花影裏？　酒紅應是鉛華褪，暗蹙損眉峰雙翠。夜深沾輛繡鞋兒，靠著那個屏風立地。

《瑞桂堂暇録》：有士人訪一妓，妓在開府侍宴，候稍久，遂賦一詞寄之云：詞如上略。詞至，爲閫帥所見，善其詞語清麗，明日呼士人來，竟以此妓與之。

案：《豹隱紀談》以此詞爲阮郎中作。

## 大聖樂

千朵奇峰，半軒微雨，曉來初過。漸燕子、引教雛飛，菡萏暗薰芳草，池面涼多。淺斟瓊巵浮緑蟻，展湘簟、雙紋生細波。輕紈舉，動團圓素月，仙桂婆娑。　臨風對月恣樂，便好把千金邀豔娥。幸太平無事，擊壤鼓腹，攜酒高歌。富貴安居，功名天賦，爭奈皆由時命何！休眉鎖，問朱顏去了，還更來麽？

《行都紀事》：朱晦庵爲倉使時，某郡太守遭捃摭，幾爲按治，憂惶百端。未幾，晦庵易節他路，有寄居官因召守飲，出寵姬歌《大聖樂》，至末句云：「休眉鎖，問朱顏去了，還更來麽？」守爲之啟齒。

案：此首全詞見《類編草堂詩餘》卷四。

## 漁家傲

十月小春梅蕊破。

《行都紀事》：某邑宰因預借違旨，遭按而歸，某郡郡將乃宰公之故舊，因留連。有妓慧黠，得宰罷官之由，時方仲秋，忽謳《漁家傲》「十月小春梅蕊破」，宰云：「何大早耶？」答云：「乃預借也。」宰公大慚。

## 失調名

喜則喜，得入手。愁則愁，不長久。忻則忻，我兩箇厮守。怕則怕，人來破鬬。

《苕溪漁隱叢話》後集卷第三十九：《復齋漫録》云：「鄧肅謂余言，宣和三年，初復九州，天下共慶，而識者憂之也。都門盛唱小詞曰：詞如上略。雖三尺之童皆歌之，不知何謂也。七年，儿州復陷，豈非『不長久』耶？郭藥師，契丹之帥也，我用以守疆，啟敵國禍者，郭耳，非『破鬬』之驗耶？」

## 失調名

高文虎，稱伶俐。萬苦千辛，作箇《放生亭記》。從頭没一句説著官家，盡把太保歸美。

這老子忒無廉恥。不知潤筆能幾？夏王説不是商王，只怕伏生是你。

《四朝聞見録》戊集：高文虎字炳如，號爲博洽名儒，疾程文浮誕，其爲少司成，專以藏頭策問試士，問目必曰：「有某人某事者。」士不能應，但以也字對者字。士之憤高也久矣。會京尹趙師羣奏請盡以西湖爲祝聖池，禁捕魚者。作亭池上，甚偉，穹碑摩雲，高實爲記。其文有曰：「鳥獸魚鼈咸若，商歷以興。」既已鐫之石，石本流傳，殆不可掩，改商爲夏，隱然猶有刊跡。無名子作爲詞以謔之云：詞如上略。

## 新水令

冒風連騎出金城，聞孤猿韻切，懷念親眷。爲笑徐都尉，徒誇彩繪，寫出盈盈嬌面。振旅闐闐，覩訝閬苑神仙，越公深羨。驟萬馬、侵凌轉盼。感先鋒，容放鏡，收鸞鑑一半。　歸前陣，慘怛切，同陪元帥恣懽戀。二歲偶爾，將軍沈醉連綿，私令婢捧菱花，都市尋徧。新官聽説邀郎宴。因命賦悲歡孰敢，做人甚難。梅妝復照，傅粉重見。

《歲時廣記》卷十二引《本事詩》：陳太子舍人徐德言之妻，後主叔寶之妹，封樂昌公主，才色冠絶。時陳政方亂，德言知不相保，謂妻曰：「以君才容，國亡必入權豪之家，儻情緣未斷，猶冀相見，宜有以信之。」乃破一鏡，人執其半，約曰：「他時必以正月望日賣於都市，我當以是日訪之。」及陳亡，果入越公楊素之家，寵嬖殊厚。德言流離辛苦，僅能至京，以正月望訪於都市。有蒼頭賣半鏡者，大高其價，人皆笑之。德言直引至其居，具言其故，出半鏡以合之，仍題詩曰：「鏡與人俱去，鏡歸人不歸。無復嫦娥影，空餘明月輝。」公主得詩，悲泣不食。越公知之，愴然改容，即召德言至，還其妻，仍厚遺之。因與餞別，仍三人共宴，命公主作詩以自解。詩曰：「今日何遷次，新官對舊官。笑啼俱不敢，方信作人難。」遂與德言歸江南，竟以終老。後人作詞嘲之，寄聲《新水令》云：詞如上略。

## 臨江仙

莫怪錢神容易致，錢神盡是愚夫。爲何此鬼卻相於？只由頻展義，長是泣窮途。韓氏有文曾餞汝，臨行慎莫躊躇。青燈雙點照平湖。蕉船從此逝，相共送陶朱。

《歲時廣記》卷十三引《古今詞話》：「太學有士人長於滑稽，正月晦日，以芭蕉船送窮作《臨江仙》，極有理致。其詞曰：詞如上略。」

## 駐馬聽

雕鞍成漫駐。望斷也不歸，院深天暮。倚遍舊日，曾共憑肩門户。踏青何處所？想醉拍、春衫歌舞。征旆舉。一步紅塵，一步回顧。　行行愁獨語。想媚容今宵，怨郎不住。來爲相思苦。又空將愁去。人生無定據。嘆後會、不知何處。愁萬縷。憑仗東風，和淚吹與。

《歲時廣記》卷十六引《古今詞話》：「瀘南營二十餘寨，各有武臣主之。中有一知寨，本太學士人，爲壯歲流落隨軍邊防，因改右選。最善詞章，嘗與瀘南一妓相款，約寒食再會。知寨者以是日求便相會，既而妓爲有位者拉往踏青，其人終日待之不至。次日又逼於回期，然不敢輕背前約，遂留《駐馬聽》一曲以遺之而去。其詞曰：詞如上略。亦名《應天長》。妓歸見之，輒逃樂籍，往寨中從之，終身偕老焉。」

## 南歌子

禁苑沈沈靜，春波漾漾行。仙姿才韻兩相并。葉上題詩，千古得佳名。　牆外分明見，花間隱約聲。銀鈎擲處眼雙明。應訝昔時，不得見情人。

《歲時廣記》卷十七引《古今詞話》：「近代有一士人，頗與一姬相惓，無何，爲有力者奪去。忽因清明，其士人於官園中閒游，忽見所惓，頗相顧戀。後一日再往園中，姬擲一書與之，中有一詩，止傳得一聯云：『莫學禁城題葉者，終身不見有情人。』士人感念，作《南歌子》一曲以見情。」

## 菩薩蠻

昔年曾伴花前醉。今年空灑花前淚。花有再榮時。人無重見期。　故人情義重。

不忍營新寵。日月有盈虧。妾心無改移。

《花草粹編》卷三引《古今詞話》云：「蜀中有一寡婦，姿色絶美，父母憐其年少，欲議再嫁。歸家有喜宴，伶唱《菩薩蠻》，婦聞之，泣涕於神前，欲割一耳以明其志。其母速往止之，抱持而痛，遂不易其節。」

## 傾盃序

昔有王生，冠世文章，嘗隨舊游江渚。偶爾停舟寓目。遥望江祠，依依陌上閒步。恭詣殿砌，稽首瞻仰，返回歸路。遇老叟，坐於磯石，貌純古。因語曰：子非王勃？是致生驚，詢之片餉方悟。子有清才，幸對滕王高閣，可作當年詞賦。汝但上舟，休慮迢迢，仗清風去。到筵中，下筆華麗如神助。　會俊侶，面如玉。大夫久坐覺生怒。報云落霞並飛孤鶩，秋水長天，一色澄素。閻公竦然，復坐華筵，次詩引序。道鳴鸞佩玉，鏘鏘罷歌舞。　棟雲飛過南浦。暮簾捲向西山雨。閒雲潭影，淡淡悠悠，物換星移，幾度寒暑。閣中帝子，悄悄垂名，在於何處？算長江、儼然自東去。

《歲時廣記》卷三十五引《摭言》云：「唐王勃，字子安，太原人也。六歲能文，詞章蓋世。年十三，侍父宦游江左，舟次馬當，寓目山半古祠，危闌跨水，飛閣懸崖。勃乃登岸閒步，見大門當道，榜曰『中元水府之神』，禁庭嚴肅，侍衛猙獰，勃詣殿砌，瞻仰稽首。返回歸路，遇老叟，年高貌古，骨秀神清，坐於磯上，與勃長揖曰：『子非王勃乎？』勃心驚異，虛己正容，談論款密。叟曰：『來日重九，南昌都督命客作《滕王閣序》，子有清才，曷往賦之！』勃曰：『此去南昌七百餘里，今日已九月八矣，夫復何言！』叟曰：『子誠能往，吾當助清風一席。』勃欣然再拜，且謝且辭，問叟仙耶神耶，心怯未悟。叟笑曰：『吾中元水府君也，歸帆當以濡毫均甘。』勃既登舟。翌旦昧爽，已抵南昌。會府帥閻公宴僚屬於滕王閣，時公有壻吳子章，喜爲文詞，公欲誇之賓友，乃宿搆《滕王閣序》，俟賓合而出爲之，若即席而就者。既會，公果授簡諸客，諸客辭。次至勃，勃輒受。公既非意，色甚不怡，歸內閣，密囑數吏伺勃下筆，當以口報。一吏既報曰：『南昌故郡，洪都新府。』公曰：『此亦儒生常談耳。』一吏復報曰：『星分翼軫，地接衡廬。』公曰：『故事也。』又報曰：『襟三江而帶五湖，控蠻荆而引甌越。』公即不語。俄而數吏沓至以報，公但頷頤而已。至『落霞與孤鶩齊飛，秋水共長天一色』，公矍然拊几曰：『此天才也。』頃而文成，公大悅。復出主席，謂勃曰：『子之文章，必有神助。使帝子聲流千古，老夫名聞他年，洪都風月增輝，江山無價，皆子之力也。』徧示坐客嘆服。俄子章卒然叱勃曰：『三尺小童兒，敢將陳文以誑主公。』因對公覆誦，了無遺忘。坐客驚駭，公亦疑之。王勃湛然徐語曰：『陳文有詩乎？』子章曰：『無詩。』勃亦了不締思，揮毫落紙作詩曰：『滕王高閣臨江渚，佩玉鳴鑾罷歌舞。畫棟朝飛南浦雲，珠簾暮捲西山雨。閒雲潭影日悠悠，物換星移幾度秋。閣中帝子今何在？檻外長江空自流。』子章聞之，大慚而退。公私讌勃，寵渥薦臻。既行，謝以五百縑。遂至故地，而叟已先坐磯石矣。勃拜以謝曰：『府君既借好風，又教不敏，當具菲禮，以答神庥。』叟笑曰：『幸勿相忘，儻過長蘆，焚陰錢十萬，吾有未償薄債。』勃領命，復告叟曰：『某之窮通壽夭何如？』叟曰：『子氣清體羸，神微骨弱，雖有高才，秀而不實。』言畢，冉冉沒於水際。勃聞此，厭厭不樂，過長蘆而忘叟之祝。俄有群烏集檣，拖櫓弗進。勃曰：『此何處？』舟師曰：『長蘆也。』勃恍然，取陰錢如數，焚之而去。羅隱詩曰：『□□有意憐才子，欻忽威靈助去程。一席清風雷電疾，滿碑佳句雪冰清。煥然麗藻傳千古，赫爾英名動兩京。若匪幽冥□□客，至今佳景絕無聲。』後之人又作《傾盃序》云：詞如上略。」

## 擷芳詞

風搖蕩，雨濛茸。翠條柔弱花頭重。春衫窄，香肌溼。記得年時，共伊曾摘。　都如夢。何曾共？可憐孤似釵頭鳳。關山隔，晚雲碧。燕兒來也，又無消息。

《花草粹編》卷六引《古今詞話》：「政和間，京師妓之姥曾嫁伶官，常入內教舞，傳禁中《擷芳詞》以教其妓。人皆愛其聲，又愛其詞，類唐人所作也。張尚書帥成都，蜀中傳此詞競唱之，卻於前段下添憶憶憶三字，後段下添得得得三字，又名《摘紅英》。其所添字又皆鄙俚，豈傳之者誤耶？擅芳英之名非擅爲之，蓋禁中有擷芳園、擅景園也。」

## 行香子

浙右華亭。物價廉平。一道會、買箇三升。打開餅後，滑辣光馨。教君霎時飲，霎時醉，霎時醒。　聽得淵明。説與劉伶。這一餅、約迭三斤。君還不信，把秤來秤。有一斤酒，一斤水，一斤餅。

《隨隱漫録》卷二：雲間酒淡，有作《行香子》云：詞如上略。嗚呼，豈知太羹玄酒之真味哉！

## 沁園春

道過江南，泥牆粉壁，石具在前。述某州某縣，某鄉某里，住何人地，佃何人田。氣象蕭條，生靈憔悴，經界從來未必然。唯何甚，爲官爲己，不把人憐。　思量幾許山川。況土地分張又百年。正西蜀巉巖，雲迷鳥道，兩淮清野，日警狼烟。宰相弄權，奸人罔上，誰念干戈未息肩。掌大地，何須經理，萬取千焉。

《錢塘遺事》卷四：理宗朝嘗欲舉行推排之令，廷紳有言而未行也。賈似道當國，卒行之。有人作詩曰：「三分天下二分亡，猶把山川寸寸量。縱使一丘添一畝，也應不似舊封疆。」又有作《沁園春》題於道間者。

## 唐多令

天上謫星班。青牛初度關。原缺一句，惟《宋稗類鈔》卷二云：「天上謫星班，群真時往還，駕青牛早度函關。」幻出蓬萊新院宇，花外竹，竹邊山。　軒冕倘來看。人生閒最難。算真閒，不到人間。一半神仙先占取，留一半，與公閒。

《古杭雜記詩集》卷二：度宗賜賈似道第於西湖上，似道扁亭名曰「半閒」，以停雲水道人。每治事罷，則入亭中習打坐，有佞之者，上《唐多令》詞，大稱似道意。議者謂其時乃聖哲馳騖而不足之秋也，曾謂似道而以半閒自處乎。

## 賀聖朝

太平無事，四邊寧靜狼煙杳。國泰民安，漫説堯舜禹湯好。萬民矯望，景龍門上，龍燈鳳燭相照。聽教雜劇喧笑。藝人巧。　寶籙宫前。呪水書符斷妖。艮岳傍相，竹林深處勝蓬島。笙歌鬧。奈吾皇不候，等元宵景色來到。恐後月陰晴未保。

《宣和遺事》亨集：爲甚從臘月放燈？蓋恐正月十五日陰雨，有妨行樂，故謂之預賞元宵。

怎見得？有一隻曲兒喚做《賀聖朝》：詞如上略。

## 失調名

帝里元宵風光好，勝仙島蓬萊。玉動飛塵，車喝繡轂，月照樓臺。　三官此夕歡諧。金蓮萬盞，撒向天街。訝鼓通宵，華燈競起，五夜齊開。

《宣和遺事》亨集：至宋朝開寶年間，有兩浙錢王獻了兩夜浙燈，展了十七、八兩夜，謂之五夜元宵。怎見得？昔人有隻曲調，道是：詞如上略。

## 沁園春

國步多艱，民心靡定，誠吾隱憂。歎浙民轉徙，怨寒嗟暑；荆襄死守，閱歲經秋。虜未易支，人將相食，識者深爲社稷羞。當今亟，出陳大諫，筋借留侯。□□原無空格，據律補。迂闊爲謀。天下士、如何可籍收？況君能堯舜，臣皆稷契；世逢湯武，業比伊周。政不必新，貫仍宜舊，莫與秀才做盡休。吾元老，廣四門賢路，一柱中流。

《癸辛雜識》別集卷下：咸淳辛未，正言陳伯大建議，以爲科場之弊極矣，欲自後舉始行，下諸路運司牒州縣，先置土籍，編排保伍，取各家户貫，三代年甲，娶誰氏，兄弟男孫若干之數。其有習舉業者，則各書姓名，所習賦經。子孫若憑所書年甲，如十五以上實能舉業者，自五家至二十五家而百家，百家而里正，許其自召其鄉之貢士，結罪保明，批書舉歷，然後登士籍。一樣四本，縣州漕部各解其一，仍從縣給印歷，俾各人親書家狀於歷首，以爲字跡之驗，不許臨期陳狀改易。或有隨侍子弟，合赴漕牒諸色漕試者，各令齎歷先赴縣批鑿，前去各處狀試，每遇唱名後，重行編排保伍取會。如有新進可應舉者，續照前式保明付籍。或有事故服制者，並畫時申聞批鑿或毀抹。如虛增人名，妄稱舉子，其犯人與里正保伍並照貢舉條例施行。大意如此，御筆從行，徧牒諸路昭揭通衢。或撰《沁園春》云：詞如上略。又有詩云：「劉整驚天動地來，襄陽城下哭聲哀。廟堂束手渾無計，只把科場惱秀才。」

## 長相思

去年秋。今年秋。湖上人家樂復愁。西湖依舊流。　吴循州。賈循州。十五年間一轉頭。人生放下休。

《東南紀聞》卷一：賈似道當國，京師亦有童謠云：「滿頭青，都是假。這回來，不是耍。」蓋時京妝競尚假玉，以假爲賈，喻似道之專權，而丙子之事，非復庚申之役矣。因記似道貶時，有人題壁：詞如上略。比之雷州寇司户之句，勸儆尤多。